BASTEI LÜBBE

Portia da Costa

Claudia und der Fremde

Erotischer Roman

Ins Deutsche übertragen
von Sebastian Inzlingen

BASTEI
LÜBBE

BASTEI LÜBBE TASCHENBUCH
Band 14 173

Erste Auflage: Dezember 1998
Zweite Auflage: Januar 1999

Sie finden uns im Internet unter
http://www.luebbe.de

Deutsche Lizenzausgabe 1998 by
Bastei-Verlag Gustav H. Lübbe GmbH & Co.,
Bergisch Gladbach
Originaltitel: The Stranger
Titelbild: Tony Stone
Umschlaggestaltung: QuadroGrafik, Bensberg
Satz: KCS GmbH, Buchholz / Hamburg
Druck und Verarbeitung: 45576
Groupe Hérissey, Évreux, Frankreich
Printed in France
ISBN 3-404-14173-3

Der Preis dieses Bandes versteht sich einschließlich der gesetzlichen Mehrwertsteuer

Der Mann im Fluß

Ein Sturm kündigte sich an.

Claudia Marwood schaute zum Himmel und sah nur das hohe blaue Zelt, gesprenkelt mit unruhigen, diesigen Wolken, durchsichtig wie Gaze. Sie fragte sich, warum sie in dem idyllischen Anblick etwas Unheilvolles sah. Es war ein vollkommener Sommertag, und doch spürte sie in ihrem Innern das ferne Drohen eines Unwetters. Sie konnte es nicht sehen und nicht hören, und doch wußte sie, daß es kommen würde.

Närrin!

In der Küche blieb sie stehen und schaute hinüber zum Schirm und der leichten Baumwolljacke, die sie an kühleren Tagen im Garten trug. Sei nicht so empfindlich! redete sie sich gut zu und setzte dann nur einen breiten Strohhut mit einem gelben Band auf, bevor sie hinaus auf die Terrasse trat. Wenn es regnet, wirst du eben naß. Na und? Das wird dich schon nicht umbringen!

Während sie über den Rasen schritt und dabei den Hut etwas schiefer rückte, analysierte sie noch einmal ihre kleine Mutprobe. Sie kam sich wild und ein bißchen verwegen vor. Ihr wurde plötzlich bewußt, daß sie sehr glücklich war.

Was für eine Erleichterung! Endlich! Sie schritt kräftiger aus und sah begeistert zu, wie sich die Grashalme des frisch geschnittenen Rasens sofort wieder aufrichteten, wenn sie weiterschritt. Die üppigen Düfte, die von ihrem überladenen Blumenbeet herüberwehten, machten sie fast benommen. Die Rosen, die zarten Blüten der süßen Erbsen, die herb duftenden Kräuter.

Himmel, es war Sommer, und sie fühlte sich großartig! Sie hatte keine Verpflichtungen – und es gab absolut nichts, was sie tun *mußte*! Die Tauben gurrten, und die Honigbienen schwirrten über den Rosen, den Pelargonien, und sie fühlte sich eins mit ihnen in ihrer Unbeschwertheit.

Am Ende des Gartens führte ein schmales Tor zum Wäldchen und zu dem Pfad, auf dem man zum Fluß gelangen konnte. Als Claudia das Tor öffnete und auf den Pfad trat, empfand sie wieder eine beglückende Genugtuung. Auch dies war ihr Land, und sie konnte ihren Spaziergang in unendlicher Ruhe genießen, ohne anderen Spaziergängern zu begegnen.

Dieses Gefühl war neu für sie, sie wollte es begreifen, damit sie es fassen konnte, bevor es platzte wie ein Luftballon, in den ein böser Mensch hineingestochen hatte. Bald würde sie sich einen neuen Bekanntenkreis erschließen, nahm sie sich vor. Aber noch fühlte sie sich allein oder bei ihren zwei, drei engsten Freunden sicherer.

Das Wäldchen war an einem Sommernachmittag ein zauberischer Ort zum Verweilen. Der scheckige Schatten war grün und frisch und kühl, voller Leben und doch still und beruhigend. Ein Ort, an dem man die Phantasien spielen lassen konnte. Es war leicht, sich vorzustellen, daß Elfen und Gnome sich hier begegneten und munter miteinander plauderten, obwohl es wahrscheinlich nur die Tauben waren, die im Laub raschelten, und der nahe Fluß, der fröhlich plätscherte.

Aber es war auch ein lauschiges Plätzchen zu zweit, dachte sie, und dann wartete sie auf den Schmerz und lächelte dankbar, als er sich nicht einstellte. Nur glückliche Erinnerungen tauchten auf. Sie und Gerald auf einem nachmittäglichen Spaziergang, beide angeheitert von der lauen Luft und dem guten Wein, fröhlich und erregt. Sie hatten im Unterholz herumgetollt und gealbert, und schließlich hatten sie sich dort auf dem duftenden Waldboden geliebt, gleich unter dem alten Baum rechts neben ihr. Auf dem schlammigen Boden, umgeben von Moos und Ameisen, hatten sie ihren Höhepunkt laut und keuchend herausgeschrien.

Wir waren gut füreinander, dachte sie, wenn man alles zusammenzog. Ein wehmütiges Lächeln streifte ihr Gesicht. Natürlich hatte es auch härtere Zeiten gegeben. Ihr Altersunterschied und Geralds Eifer, was geschäftliche Dinge anging, hatten diese spontanen Begegnungen im Wäldchen zu raren Angelegenheiten werden lassen – aber in ihrem Gedächtnis hatten sie nur die schönen, fröhlichen Zeiten gespeichert. Sie meinte, noch das zerdrückte Farnkraut sehen und den moosigen Boden im Rücken spüren zu können, als sie mit ihrem Mann die Liebe zelebrierte.

Mit Gerald würde sie es nie wieder erleben können. Er war tot. Seit acht Monaten schon. Aber eines Tages, wenn die Zeit reif dafür war, würde sie wieder mit einem Mann auf dem Boden des Wäldchens die Liebe erleben, nahm sie sich vor. Und der Schatten ihres Mannes würde auf sie herunter lächeln.

Komm weg von deinen obszönen Gedanken, schalt sie sich, als sie forsch den Pfad hinunterging, über Wurzeln stieg und den kriechenden Schlingpflanzen auswich, die den ungepflegten Pfad überquerten.

In der Stille des Wäldchens wurde ihr allmählich bewußt, daß sich die Geräusche des Wassers veränderten. Das gemächliche Fließen des Bachs war immer noch ein beruhigendes Hintergrundgeräusch, aber dann konnte sie ein lauteres, weniger rhythmisches Plätschern hören – das Geräusch eines Menschen im Wasser. Der Bach dehnte sich an dieser Stelle, wo der Pfad endete, zu einem breiten Teich aus, der sie oft zum Baden eingeladen hatte, und es hörte sich so an, als ob auch jetzt jemand dort badete.

Claudia runzelte die Stirn. Sie mißgönnte den Leuten nicht den Zugang zu ihrem Land – es war sowieso nicht eingezäunt und deshalb auch nicht als Privatbesitz erkennbar –, aber sie fühlte sich in ihrem eigenen Revier sicher und geschützt, und sie wollte nicht, daß ihr mühsam gewonnenes Gleichgewicht und die beginnende Knospe neuer Zuversicht gefährdet wurden.

Trotz ihrer Beunruhigung schritt sie weiter. Irgendwann mußt du mal heraus, redete sie sich zu, du kannst dich nicht immer einschließen, Mrs. Marwood. Fang jetzt damit an. Es war, als könnte sie Gerald hinter sich spüren, der sie dazu ermunterte.

Aber gerade, als sie auf die Lichtung treten und sich zeigen wollte, riet ihr ein sechster Sinn, sich zurückzuhalten. Sie nahm den Hut ab und verhielt sich ganz still. Sie wagte kaum zu atmen. Nach ungefähr einer Minute traute sie sich, mit einer Hand die Zweige vorsichtig zur Seite zu schieben, um einen Blick zu riskieren.

Auf einem Felsen, auf dem auch sie gern gesessen hatte, die Füße im Wasser, saß ein nackter Mann. Er war groß und schlank, und jung sah er aus mit seinen langen wuscheligen, braunen Haaren. Er starrte versonnen auf das Wasser zu seinen Füßen, und Claudia erkannte, daß Falten seine Stirn durchzogen.

Als sie ihren ersten Schock über die Nacktheit des jungen Mannes überwunden hatte, atmete sie wieder normal, und nun nahm sie sich Zeit, seine Erscheinung genauer zu betrachten. Er sah sehr gut aus. Ein schöner Mann, schoß es ihr durch den Kopf.

Aber irgend etwas stimmte nicht, er wirkte verunsichert oder benommen. Das Plätschern des Wassers mußte er verursacht haben, denn sie sah, daß glänzende, dicke Wassertropfen seine blasse Haut bedeckten. Er starrte immer noch ins Wasser, offenbar starrte er in sein Spiegelbild.

Das eckige und jungenhafte Gesicht hätte Claudia auch gern lange angestarrt, aber nun erkannte sie, daß die Art, wie er ins Wasser schaute, keineswegs narzißtisch war. Im Gegenteil – er schien zu Tode erschrocken zu sein, als hätte er Angst vor seinem eigenen attraktiven Gesicht.

Du bist geschlagen worden, Fremder, dachte Claudia,

als sie sah, daß es einige auffällige Blutergüsse an Oberschenkeln und Rippen gab. Als er eine Hand hob und seine wilde Haarmähne aus der Stirn strich, sah sie, daß er auch eine häßliche Verletzung an der Schläfe hatte. Er berührte sie behutsam und zuckte zusammen. Claudia litt mit ihm, aber als er sich nach einer Weile langsam und anmutig erhob, ließ sie das, was sie sah, all ihr Mitleid vergessen.

Oh, ja! Oh, ja, ja, ja!

Claudia empfand einen verrückten Drang, vor Bewunderung einen Pfiff auszustoßen, aber sie schaffte es, das zu unterdrücken. Trotzdem – wer immer dieser geheimnisvolle Fremde war, sein Körper schien ihren Sinnen vertraut zu sein. Er hatte genau jene Art von Statur, die sie bei einem Mann so liebte. Schlank und hager, dabei kräftig, ausgeprägte Glieder, einen breiten Brustkorb – aber unbehaart. Der schwingende Penis erinnerte sie an einen Glockenklöppel, selbst im ruhenden Zustand beachtlich.

Sie hätte gern einen längeren Blick auf diesen bestimmten Teil seiner Anatomie geworfen, aber er entschied sich in diesem Moment, ins Wasser zu springen.

Sie nutzte die Gelegenheit, um sich näher heranzuschleichen und verharrte in einer bequemeren Hocke. Trotz ihrer Besorgnis über die Verletzungen des jungen Mannes wurde sie von einem anderen Gefühl erfaßt, gegen das sie sich nicht wehren konnte – das Gefühl heimlicher Erregung. Es breitete sich in ihrem Inneren aus wie eine Schlingpflanze, die alle anderen Empfindungen erstickte. Er war so männlich, so schön, so völlig ahnungslos über die verborgene Beobachterin. Es war ihr, als würde sie Lust und Energie von diesem jugendlichen Körper auf sich ziehen.

Du solltest dich schämen, Claudia, schalt sie sich, und dabei lächelte sie und fühlte sich noch verwegener als vorher. Sie war eine Witwe und näherte sich der zweiten Lebenshälfte schneller, als ihr lieb sein konnte. Aber der

Anblick dieses Mannes, so unschuldig und doch so verführerisch, erfüllte ihr weibliches Herz mit einem plötzlichen Anflug der Sehnsucht.

Wer bist du, geheimnisvoller Mann? fragte sie sich und spürte, wie sich ihr Körper unter dem Baumwollkleid und der spärlichen Unterwäsche des Sommers spannte. Und was hast du in meinem kleinen See zu suchen?

Nach kurzer Zeit fühlte sich Claudia so erregt wie lange nicht mehr. Aus ihrem sicheren Versteck beobachtete sie jede Bewegung von ihm. Dabei hämmerte ihr Herz, und ihre Fingerspitzen prickelten, weil ihnen verwehrt wurde, ihn zu berühren.

Der junge Mann tauchte den Kopf unter und kam prustend wieder hoch, rieb sich das krause Haar, als wollte er es schamponieren, dann fuhr er mit den Fingerspitzen über sein Kinn, um die Länge der Bartstoppeln abzuschätzen.

Sein bedauerndes Achselzucken sagte Claudia, daß er daran gewohnt war, glatt rasiert zu sein. Aber da das zur Zeit nicht möglich war, klatschte er sich immer wieder Wasser ins Gesicht, gegen den Brustkorb und auf die Schultern.

Claudia wäre am liebsten zurück zum Haus gelaufen, um Shampoo und Duschgel und Handtücher zu holen und all die Düfte, in die ein Mann sich hüllen konnte. Jetzt sah sie, wie er sich sogar mit der Länge des Zeigefingers über die Zahnreihen rieb.

Nachdem sich der junge Mann genug um seinen Oberkörper gekümmert hatte, trat er näher zum Ufer hin ins seichtere Wasser und widmete sich der unteren Körperhälfte, um sie einer gründlichen Waschung zu unterziehen.

Claudia hielt wieder den Atem an. Da er sich allein und unbeobachtet wähnte, legte sich ihr junger Gott keinerlei Zurückhaltung auf, und nachdem er sich über Beine und Oberschenkel gerieben hatte, begann er, das Wasser großzügig gegen die Hinterbacken und Genitalien zu klatschen. Claudia sah gebannt zu, wie er in die Hocke ging, ins Wasser tauchte und wieder in aufrechte Stellung zurückkehrte, die Beine spreizte und die Kerbe zwischen den beiden Backen rieb. Dann nahm er sich seinen Penis vor, er streifte die Vorhaut zurück und lächelte versonnen, als die unvermeidliche körperliche Reaktion nicht ausblieb.

Ein sehnsüchtiger Seufzer wollte aus ihr heraus, aber sie unterdrückte ihn im letzten Augenblick. Doch als sie sah, wie der beeindruckende Penis des Fremden zwischen seinen Fingern zu einer langen, steifen Erektion anschwoll, hielt sie keuchend die Luft an.

Während er sich gemächlich rieb, legte sich eine innere Ruhe über sein hageres Gesicht, nichts mehr war zu sehen von Bedrücktheit oder Angst oder der tiefen Traurigkeit, die bisher seine Züge beherrscht hatten.

Mitten in ihrer eigenen Erregung – ein Schwall feuchter Hitze ließ ihr Geschlecht so plötzlich anschwellen, daß es sie erschreckte – begriff Claudia, daß seine Selbstliebe ihm ebenso große Lust verschaffte wie ein Akt mit einer Frau. Er schien durch die vertrauten Reaktionen seines Körpers an Selbstsicherheit zu gewinnen.

Aber dies minderte nicht die erotische Wirkung seiner ungewollten Vorführung.

Der Fremde schloß die Augen und warf den Kopf in den Nacken. Claudia kam es so vor, als schwinge ein Tor weit auf, gegen das sie sich seit Wochen gestemmt hatte. Die Gefühle, die sie bisher entweder für verloren geglaubt hatte – oder hatte sie sich nur gesträubt, sie aufkommen zu lassen? – waren wieder da, überzogen sie mit einer unerträglichen Hitze und übermannten sie.

Mit weit aufgerissenen Augen verfolgte sie, wie der junge Mann seine Hand immer schneller einsetzte. Ohne sich darüber klar zu werden, tat sie es ihm nach – eine Hand nahm Besitz von ihrem feuchten, erhitzten Schoß.

Sie wollte lachen. Sie wollte weinen. Sie wollte sich weit zurücklegen, ihre Beine spreizen und sich mit den eigenen Fingern einen Höhepunkt verschaffen bis zur Selbstvergessenheit.

Aber am meisten drängte es sie, ihrem geheimnisvollen Fremden für die Befriedigung zu danken, die er ihr beschert hatte.

Die Knospe der Zuversicht war nun eine offene, duftende Blüte geworden.

Ein schöner Tag

Der Sturm war da. Er begann mit Donner und Blitzen, und der reinigende Wolkenbruch würde nicht lange auf sich warten lassen.

Nicht, daß Claudia übermäßig Angst gehabt hätte. Gewitterstürme ängstigten sie schon mal, wenn sie zu gewaltig waren, aber an diesem Abend waren ihre Gedanken zu sehr mit dem geheimnisvollen nackten Fremden beschäftigt, den sie am Fluß beobachtet hatte.

Sie konnte sein Bild nicht aus ihren Gedanken verdrängen. Es war ein Film mit gesofteten Bildern, der sich immer und immer wieder in ihrem Kopf abspielte. Zuerst starrte er sein Spiegelbild im Wasser an, dann wusch er sich, und schließlich onanierte er. Sie konnte immer noch den gebrochenen Aufschrei des Triumphs hören, als er seinen Höhepunkt erlebte.

Sie konnte ihn immer noch taumeln sehen, als er aus dem Wasser kam und am Ufer zusammenbrach, die Augen geschlossen, der blasse Brustkorb auf und ab rasend, erleichtert von der gewaltigen Anspannung.

Du hättest aus deinem Versteck hinter den Büschen hervorkommen und dich vorstellen sollen, du Dummkopf, sagte sie sich, während sie sich in dem duftenden Wasser der Badewanne wiegte und daran dachte, wie sehr ihm die cremige Seife und der Duft ihres aromatherapeutischen Badezusatzes gefallen hätte.

Sie versuchte sich vorzustellen, wie es wäre, mit ihm in der breiten Wanne zu liegen und wie seine Hände diesmal *ihren* Körper streichelten, nicht seinen eigenen.

Ihre Hand schob sich verstohlen den Körper hinunter und wollte gerade über den Schoß mit den weichen, blonden Haaren streichen, als ein unerwartet lauter Donnerschlag sie in der Bewegung verharren ließ.

»Okay, das reicht«, murmelte sie, lachte leise und gab den Himmelskräften recht, die durch das Zusammenkrachen der Elemente wohl befunden hatten, daß drei Orgasmen innerhalb eines Bades genügen mußten. Sie würde später noch hinreichend Gelegenheiten dazu haben, wenn sie dann immer noch den vertrauten Trieb spürte.

Ich wüßte nicht, was diesen Trieb vertreiben sollte, dachte Claudia, erhob sich aus dem Wasser und langte nach dem Badetuch von der Wärmestange, solange ich es nicht schaffe, die Bilder meines aufregenden Fremden vom Fluß aus meinem Kopf zu verbannen.

Sie hatte sich in ihrem Versteck zurückgehalten, weil sie befürchtete, ihn zu stören. Sie brauchte ihre Stimme, wenn es um Lust und körperliche Liebe ging, und sie neigte zum Kreischen, wenn die Leidenschaft sie überwältigte. Und weil eine lange Zeit verstrichen war, seit sie einen Orgasmus erlebt hatte, glaubte sie nicht, daß sie den ersten nach all diesen Monaten schweigend hätte genießen können.

Nach seinem Orgasmus schien der Fremde auf der Stelle eingeschlafen zu sein. Sein Körper hatte sich nicht mehr bewegt, nachdem er Arme und Beine ausgestreckt hatte. Claudia hatte ihn noch eine Weile beobachtet und war erst beruhigt, als sie sah, daß sich sein Brustkorb im

Rhythmus seiner Atmung regelmäßig auf und ab bewegte.

Wer, zum Teufel, bist du, mein kleiner verlorener Junge? fragte sich Claudia und fuhr sich mit gespreizten Fingern durch ihre kurzen blonden Haare.

Wer bist du? Sie wurde diese Frage nicht los und grübelte, wo der schöne Schläfer wohl jetzt sein mochte. Konnte es nicht sein, daß er noch ganz in der Nähe war? Sie haßte die Vorstellung, daß er dort draußen irgendwo schlief. Aber wenn der Fluß sein Badezimmer war, dann lag der Gedanke nahe, daß das Firmament seine Schlafzimmerdecke war.

Und *was* bist du? fragte sie sich still, während sie nackt vor ihrem Spiegel stand und sich eine Nährcreme ins Gesicht rieb. Sie betrachtete ihren Körper, der ihr eine Spur zu üppig war, zu ›geschwungen‹, um es wohlwollend auszudrücken. Trotzdem, so räumte sie ein, sah sie für eine Vierzigerin noch ganz gut aus. Und sie hatte sich ihre Mädchenhaftigkeit erhalten.

Ja, *was* war er?

Ein Landstreicher? Irgend so ein Esoterik-Fanatiker?

Aber für das erste war er zu jung und für das zweite viel zu sauber, dachte sie. Esoteriker zogen gelegentlich durchs Dorf, wenn sie drüben zu den uralten Steinen in der Heide wollten. Aber diese Leute trafen immer in Gruppen ein, während ihr badender Fremder ein Einzelgänger gewesen war.

Und wenn er ein entflohener Sträfling war? Oder ein Geisteskranker, der aus der Anstalt ausgebrochen war?

Claudia erschauerte, obwohl es im Badezimmer immer noch wohlig warm war. Und wieder drängte sich ihr die Frage auf, ob der Fremde noch in der Nähe sein mochte.

Sie schraubte den Deckel auf die Dose mit der Feuchtigkeitscreme und verdrängte alle boshaften Spekulationen über seine Herkunft. Ihr geheimnisvoller Mann schien verwirrt zu sein, desorientiert, ja, sicher, das mußte sie zugeben, aber im Grunde verhielt er sich normal und schien zu wissen, was er tat. Und die Kleider, die sie gesehen hatte – eine lange, dunkle Jacke und eine hellgraue Hose, die er über einen Strauch gelegt hatte, dazu Hemd und Unterwäsche, schienen nicht zu einer Anstaltskleidung zu passen. Aber dann, räumte sie ein, konnten sie ja auch gestohlen sein.

Wieder grollte der Donner, als ob gewaltige Felsbrocken in die Täler stürzten. Claudia griff nach ihrem seidenen Kimono und schlüpfte hinein. Heute abend hatte sie sich nicht für den bequemen Frotteemantel entschieden, er kam ihr plötzlich altmodisch und spießerhaft vor. Der Kimono – ein Geschenk von Gerald nach seiner Rückkehr von einer Fernostreise – drückte ihre gelöste Stimmung aus. Die Seide fühlte sich kühl auf ihrer Haut an und doch auch beunruhigend wohlig, und als sie die Treppe hinunterschritt, um sich auf einen frohen Abend vorzubereiten, wehte er wie eine frische Brise um ihre Schenkel.

Der Fremde war ja auch viel zu hübsch, um ein Krimineller zu sein, sagte sie sich und nahm eine Flasche Weißwein – eine 1990er Auslese – aus dem Kühlschrank. Sie entschied sich für eines ihrer Lieblingsgläser von Riedel Sommelier und ging mit Flasche und Glas hinüber ins Wohnzimmer.

Aber trotzdem, normal war es nicht, seine Waschungen in einem Bach zu verrichten.

Nun ja, nichts als Spekulationen, sagte sich Claudia. Sie schenkte sich ein Glas Wein ein, kuschelte sich aufs Sofa und setzte mit der Fernbedienung den CD-Player in Betrieb. Sie würde den Mann nie wiedersehen. Sie würde nie erfahren, wie er in seinen Kleidern aussah.

Die einzigartigen Klänge von *Madame Butterfly* füllten den Raum, als der erste Schluck des Weins ihren Gaumen kitzelte. Er war so erlesen und fruchtig, wie sie es gehofft hatte, und während sie ihn auf der Zunge zergehen ließ, kam ihr ein tröstlicher Gedanke. Der junge Mann vom Fluß hatte wahrscheinlich nichts mit der geheimnisvollen romantischen Gestalt zu tun, die sie sich in ihrem Kopf geschaffen hatte, aber sie konnte ihn in ihren Träumen immer wieder lebendig werden lassen. Sie würde so lange an ihn denken, bis ein wirklicher Geliebter des Weges kam.

Der Donner grollte wieder, und der Fremde schien bei ihr zu sein, sie spürte, wie er sich über ihr bewegte. Sein Körper fühlte sich kühl und kräftig an. Sie stellte das Glas ab, damit ihre Hände die seinen sein konnten. Sie stellte sich vor, daß er ihren Hals berührte, über ihre Schultern streichelte, hinunter zu den Brüsten glitt und mit den langen Fingern die Konturen nachzeichnete. Er umspielte die Warzen mit dem hellen Stoff des Kimonos. Die kleine Erhebung verhärtete sich augenblicklich, und ihr war, als hörte sie sein glucksendes Lachen, obwohl sie keine Ahnung hatte, wie sich sein Lachen in Wirklichkeit anhörte.

Der Kimono klaffte auseinander, und sie hielt sich so, wie er sie halten würde und ließ ihren Daumen langsam kreisen. Sie wünschte, sie hätte seine Stimme gehört, dann könnte sie sich den Klang vorstellen, wenn er ihr leise zuflüsterte, wie sehr er sie begehrte und bewunderte. In ihrer Phantasie war sie natürlich genau die Richtige für ihn.

Ihre Beine bewegten sich ruhelos, sie ließ die Schenkel auseinandergleiten, als ob er sie ihr gespreizt hätte, weil er es nicht mehr erwarten konnte, sie an der intimsten Stelle zu betrachten. Er würde zärtlich ihren Bauch streicheln, sie necken, an den kurzen krausen Härchen zupfen, und dann würde sein Finger ganz delikat in die Spalte schlüpfen und ihre Klitoris entdecken.

Mit einem tiefen Atemzug vollführte Claudia die Handlungen ihres Phantomgeliebten nach, und gleichzeitig entlud sich die Energie des Himmels erneut in einem gewaltigen Donnerschlag, während die schmeichelnde Sopranstimme der *Butterfly* die Arie ›*Un Bel Dia, Vendremo*‹ sang.

Ein schöner Tag ...

Claudia lächelte, während sie den Finger kreisen ließ, der herrliche sensationelle Gefühle in ihr auslöste, die ihren Bauch wärmten und aufwühlten. In der Arie ging es um die Wiederkehr eines Geliebten – des hohlen, ungetreuen Pinkerton –, aber für Claudia war es eher die Ankunft. Jemand war an diesem schönen Tag in ihr Leben getreten, auch wenn er nur ein Schattenspieler in ihren Gedanken war, eine Ikone ihrer Selbstliebe, ein zauberhaftes Geschenk, an dem sie sich immer wieder erfreuen konnte.

Seufzend rutschte sie auf dem Sofa herum. Sie spürte unter ihren Fingern die brodelnde Erregung zwischen den Schenkeln. Bald. Bald würde sie sich einen weiteren Höhepunkt gönnen. Nur noch ein paar Sekunden ...

Der Donner grollte, und die stimulierende Stimme schwang sich empor – und plötzlich hörte sie, wie jemand kräftig gegen ihre Haustür hämmerte.

Ihr Herz pochte fast so laut wie die Faust des Unbekannten vor der Tür. Claudias Finger zuckte zurück, sie sprang auf die Füße und hätte dabei fast das Weinglas umgestoßen.

Sie blickte zur Uhr. Es war fast zehn. Wer, zum Teufel, versuchte zu dieser Nachtzeit ihre Tür einzuschlagen? Sie faßte den Kimono zusammen, band den Gürtel fest, als wollte sie sich dadurch schützen, und trat in den Flur. Dort blieb sie stehen und bemerkte, daß sie am ganzen Körper zitterte.

Wieder donnerte es, und über das heulende Pfeifen des Sturms hörte sie die verstärkten Bemühungen des Unbekannten, die Holzpaneele der Tür einzuschlagen.

Plötzlich wußte sie, wer draußen stand.

Das ist wahnsinnig, dachte sie, als sie barfuß den Flur entlangging. Er könnte gefährlich sein. Gewalttätig. Mörderisch. Dies konnten die letzten Momente ihres Lebens sein.

Sie ignorierte ihre Ängste, schob den Riegel zurück und ließ die Tür weit aufschwingen.

Und dort stand er mit seiner wilden, braunen Mähne, die der Sturm zerzauste, mit den verblüffend blauen Augen, in denen die Furcht lauerte, und mit der ungewöhnlichsten Kleidung, die sie je gesehen hatte – ihr verwunschener, verzaubernder Fremdling vom Fluß.

»Bitte! Helfen Sie mir!« rief er aufgeregt, und in diesem Moment durchzuckte ein Kugelblitz den Himmel über ihnen, als wollte er nach ihnen greifen. Er stieß einen Schrei des blanken Entsetzens aus, und seine Augen fielen beinahe aus den Höhlen. Er stolperte auf sie zu und wäre der Länge nach auf den Boden ihres Flurs gefallen, wenn sie ihn nicht mit den Armen aufgefangen hätte.

Sie hatte keine Zeit, Fragen zu stellen, sie fing ihn einfach auf, wurde aber von seinem Gewicht mitgerissen und landete mit ihm auf dem Boden. Zum Glück hatte sie instinktiv die Beine angezogen, so daß sie halb kniend und halb sitzend auf der Türmatte hockte, während der Kopf des Fremden in ihrem Schoß lag.

Herzlichen Glückwunsch, Claudia, dachte sie. Da hast du einen netten Fang gemacht. Und was stellst du jetzt mit ihm an? Sie schaute hinunter in das vertraute und doch unbekannte Gesicht.

Aus der Nähe erkannte sie, daß ihr Flüchtling kaum älter war, als sie ihn aus der Ferne geschätzt hatte. Ende zwanzig, höchstens dreißig. Jünger als sie. Aber nicht zu sehr.

Nicht zu sehr wofür? konterte des Teufels Advokat in ihrem Innern. Es verblüffte sie, daß sie selbst jetzt noch erotische Gedanken hegte, wo der arme Kerl bewußtlos auf dem Boden lag.

Und doch hatte sie diese Gedanken. Sie konnte sie nicht kontrollieren. Sein Kopf mit den krausen Locken drückte gegen ihren Leib, und durch den dünnen Stoff konnte sie seinen Atem auf den Schenkeln spüren.

Sie sah aus dieser intimen Nähe auch, daß er noch besser aussah, als sie zunächst geglaubt hatte. Sein Haar war weich, das entspannte Gesicht so edel wie das eines Erzengels. Der richtige Mann zur falschen Zeit, dachte sie wehmütig, während sie mit dem Zeigefinger die Konturen seines Gesichts nachzeichnete und liebevoll über die halb geöffneten Lippen strich. Umgekehrt mochte es auch stimmen – der falsche Mann zur richtigen Zeit, aber das war genauso schlimm.

Sie gab der Versuchung nach und streichelte seinen Kopf, fuhr mit gespreizten Fingern durch seine Haare und strich sie aus der Stirn. Jetzt konnte sie auch die Wunde betrachten, die sie schon aus der Ferne gesehen hatte. Behutsam fuhr sie mit der Fingerkuppe darüber. Er reagierte, indem er sich leicht bewegte, das Gesicht verzog und leise stöhnte.

»Es ist schon gut, es ist schon gut«, murmelte sie, um ihn zu beruhigen. Sie hielt ihn an den Schultern fest, als er versuchte, sich zu erheben. »Es ist alles in Ordnung … Sie sind in Sicherheit. Niemand wird Ihnen etwas tun.«

Er setzte sich auf, die Augen immer noch geschlossen, und tastete nach der Verletzung an der Schläfe. Als es draußen blitzte, stieß er einen erbärmlichen Angstschrei aus, und schutzsuchend warf er sich in Claudias Arme.

»He, he, he«, sagte sie besänftigend und strich ihm über Schultern und Rücken, über den schwarzen Samtrock, den er trug. »Machen Sie sich keine Sorge. Das Gewitter ist noch weit weg«, log sie. »Wir sind hier nicht in Gefahr.« Daß er trotzdem weiter unkontrolliert zitterte, verriet ihr, daß sie ihn nicht überzeugt hatte.

Trotz ihrer fortgesetzten Versuche, den Ankömmling zu beruhigen, empfand Claudia selbst alles andere als Gelassenheit. Sie saß vor ihrer eigenen Tür, der Regen peitschte heran, und der Seidenkimono war ihr halb vom Leib gerissen worden, als der Fremde ihr in die Arme gefallen war. Sie saß immer noch da und hielt ihn umschlungen. Bisher hatte er drei Worte gesagt, und doch hatte er seine von den Bartstoppeln rauhen Wangen schon an ihre fast nackte Brust gedrückt.

»Es wird alles wieder gut«, sagte sie, weil sie nicht wußte, was sie sonst sagen oder tun sollte. Am liebsten hätte sie ihn geküßt und überall berührt und dann noch viel, viel mehr, aber dieses Wollen stammte aus ihren Phantasien, aus ihren Träumen, und was sich jetzt hier abspielte, war Realität.

Ein Donnerschlag zerriß die Stille, und der Mann in ihren Armen schrie auf. »Oh, nein!« Er versuchte, die Ohren mit den Händen zuzuhalten, und dabei zerrte er Claudias Kimono noch weiter auseinander. Erfolglos versuchte sie, das Kleidungsstück zusammenzuraffen, ohne ihren verängstigten Schützling noch mehr zu verwirren.

»Nein, nein!« schrie er wieder und warf den Kopf hin und her, als wäre der Donner in seinem Schädel. Einen flüchtigen Moment lang strichen seine halb geöffneten Lippen über ihre nackte Haut.

Wegen des Regens konnten sie nicht dort bleiben, wo sie waren, auch wenn er die Luft reinigte und überaus erfrischend war. Als Claudia Anstalten traf, sich aufzurichten, achtete sie darauf, daß der Kimono nicht weiter verrutschte, und gleichzeitig half sie dem Fremden ebenfalls auf die Beine.

»Kommen Sie, wir gehen hinein, ja?« schlug sie vor. Ihre Stimme klang dabei zuversichtlicher, als sie war, als sie sein Schwanken bemerkte. Er hielt beide Hände immer noch gegen die Ohren gepreßt, und seine Augen waren fest geschlossen, aber dann schien er sich zusammenzureißen und nickte gottergeben.

Claudia drückte die Tür hinter sich zu und war erleichtert, als sie feststellte, daß der Fremde ihr langsam in den Flur hinein folgte, dann ins Wohnzimmer.

Zu ihrer Überraschung lief immer noch die Arie der Butterfly. Der ganze melodramatische Vorgang auf der Türschwelle konnte kaum länger als eine Minute gedauert haben.

»Setzen Sie sich hierhin«, sagte sie zu ihrem ungewöhnlichen Gast und wies aufs Sofa. Er durchquerte widerspruchslos das Zimmer und setzte sich gehorsam hin. Er lehnte sich zurück, schloß die Augen und stieß einen tiefen Seufzer aus, und dabei hüpfte sein Brustkorb wie bei einem Läufer, der gerade den Marathon absolviert hatte.

Claudia starrte ihn nur an.

Wer bist du? wollte sie ihn fragen, aber er schien sich in einem tiefen Schock zu befinden, daß es eine Zumutung gewesen wäre, ihn jetzt zu bedrängen. Trotzdem hätte sie gern gewußt, als was er sich verkleidet hatte.

Unten am Fluß war sie von seiner Nacktheit so gefangen genommen worden, daß sie sich nicht für seine Kleider interessiert hatte. Aber jetzt war sie von seiner seltsamen Kleidung fasziniert.

Was sie im ersten Augenblick für einen Samtrock gehalten hatte, war in Wirklichkeit eine lange Frackjacke aus schwarzem zerknautschtem Samt, und dazu trug er eine graue Hose, eine schwarz-grau gestreifte Brokatweste und ein weißes Hemd mit altmodischem Flügelkragen. Das Hemd war aufgeknöpft und gab den Blick auf den Oberkörper frei. Um den Hals trug er ein Stück grauer Seide, und es sah so aus, als wäre es einmal eine Krawatte gewesen. Die ganze Kleidung war zerknautscht und verdreckt, besonders das Hemd, und auf der Hose sah man Grasflecken.

Und trotzdem strahlte der Fremde so etwas wie einsame Eleganz aus. Er konnte kein Anhänger der Esoteriker sein, er sah eher wie ein Flüchtling aus dem Victoria-und-Albert-Museum in London aus oder wie eine Puppe aus dem Kabinett von Madame Tussaud, die ein Gott berührt und zum Leben erweckt hatte.

Plötzlich richtete er sich auf, aber im nächsten Augenblick zuckte er zusammen, weil die Bewegung ihm offenbar Schmerzen bereitete. »Es tut mir leid«, murmelte er, »ich dringe hier so einfach bei Ihnen ein … ich gehe jetzt lieber.« Er brachte einen halbherzigen Versuch zustande, sich vom Sofa zu erheben, aber dann schwankte er so bedenklich, daß er sich gleich wieder setzen mußte.

Claudia hastete zu ihm, sah ihn besorgt an und kniete an seiner Seite nieder.

»Sie sind verletzt«, sagte sie und schaute ihm ins Gesicht. Er war verschmutzt, und doch hatte er nichts von seiner Engelsgleichheit verloren. Sie wünschte, daß er die Augen wieder öffnete, aber er schien wirklich am Rande der Bewußtlosigkeit zu sein. Sie berührte seinen Arm. »Es ist besser, wenn ich einen Krankenwagen rufe«, sagte sie. »Sie brauchen Hilfe. Man muß sich um Sie kümmern.«

Er riß die Augen auf. Jetzt waren sie von einem blassen, beinahe glasklaren Blau, und als sich der Blick auf sie fixierte, spürte sie, wie sich in ihrem Innern etwas bewegte. »Bitte, machen Sie keine Umstände«, sagte er. »Ich bitte Sie!« Er legte seine Hände auf ihre, und die Bewegung in ihrem Innern wurde stärker, wuchs sich zu einem tiefen Verlangen aus. »Ich bin bald wieder in Ordnung … Ich muß nur noch etwas sitzen bleiben. Dann werde ich weg sein … Ich will Sie nicht länger belästigen, als es unbedingt erforderlich ist.«

Claudia nagte an ihrer Unterlippe, als er wieder zurückfiel und die Lider sich wieder schlossen. Medizinische Betreuung wäre sicherlich angezeigt, aber im Grunde ihres Herzens wollte sie ihn nicht weggeben. Sie wollte ihn für sich behalten, wenn auch nur für eine kurze Zeit. Sie wollte ihn anschauen und ihre fleischgewordene Phantasie genießen.

Lügnerin! sagte die Schlange der Lust in ihr. Du willst

ihn nicht nur anschauen. Du willst ihn berühren! Du willst mit ihm Liebe machen! Du willst dich an seiner Schönheit laben, solange er sich nicht so richtig wehren kann!

Hör auf damit! wies sie ihre unterschwelligen Emotionen zurecht, obwohl sie wußte, daß die lüsterne Stimme die Wahrheit sagte.

»Kann ich Ihnen irgend etwas holen?« fragte sie. Ihr Blick fiel auf die Weinflasche, aber sie nahm an, daß Alkohol in diesem Moment keine glückliche Wahl sein würde. »Vielleicht Kaffee? Ein Glas Wasser? Eine Tasse Tee?«

Die kristallblauen Augen öffneten sich und wurden Teil des lächelndsten Gesichts, das Claudia je gesehen hatte. Es war, als brächte dieses Lächeln das dickste Eis zum Schmelzen.

»Tee wäre wunderbar«, sagte er so unterwürfig, daß ihr fast das Herz brach. »Bitte ...«

»Kommt sofort«, sagte Claudia und kam langsam auf die Füße, wobei sie bemerkte, daß sie leicht zitterte. »Soll ich die Musik abstellen?« fragte sie, weil sie sah, daß er wieder bewußtlos zu werden schien.

»Oh, nein«, murmelte er, schlug die Augen auf und schaute sie bittend an. »Sie ist wunderschön. Eines meiner Lieblings ...« Er brach ab, runzelte die Stirn. »Sie gefällt mir sehr ... Ich möchte die Arie der Cho Cho San noch einmal hören. Ich meine, wenn Sie nichts dagegen haben ...«

Sie war immer noch gefangen von seinem Lächeln, und wenn sie die Stimme gehabt hätte, würde sie die Arie selbst für ihn singen, so aber entschied sie sich, per Fernbedienung zurückzuschalten und ›Un Bel Dia‹ noch einmal laufen zu lassen. Dann ließ sie ihn allein und ging in die Küche.

Dies muß die dümmste Sache sein, die du je in deinem Leben getan hast, dachte sie, als der Wasserkessel kochte und sie die Dinge zusammensuchte, die sie brauchte, um den Tee aufzuschütten. Du hast in der Nacht einen unbekannten Mann in dein Haus aufgenommen, und jetzt hast du ihn allein in einem Zimmer gelassen, in dem es vor wertvollen Sammlerstücken nur so wimmelt. Selbst wenn er kein Mörder oder Vergewaltiger ist, kann er sich an den kostbaren Dingen im Wohnzimmer schadlos halten. Vielleicht hat er sich schon die Moorcroft Pansy-Vase geschnappt oder Geralds Schnupftabakdose aus wertvollem Schildkrötenpanzer. Oder er steht auf modernen Errungenschaften und krallt sich den CD-Player von Bang und Olufsen.

Mach dich nicht lächerlich, wies sie sich gleich darauf zurecht. Sie konnte immer noch Madame Butterflys Klagen raumfüllend hören.

Claudia stellte das beste Porzellan, Milch, Zucker und eine gute Keksmischung auf ihr Silbertablett, und ihr wurde bewußt, daß sie zwischen der Wirklichkeit und ihren Träumen hin und her gerissen wurde.

Sie bereitete Tee zu, als wartete die Frau des Vikars im Wohnzimmer, während in Wirklichkeit ihr Gast ein Mann war, dessen Namen sie nicht einmal kannte und den sie vor diesem Nachmittag noch nie gesehen hatte. Aber an diesem Nachmittag hatte sie ihn nackt gesehen, und sie hatte auch erlebt, wie er einen Orgasmus gehabt hatte.

Viel bizarrer konnte der Beginn einer Bekanntschaft nicht sein.

Als sie ins Wohnzimmer zurückkehrte, war ihr Gast noch da. Er hatte die Augen wieder geschlossen und schien zu schlafen. Er hatte seine modernen Halbschuhe – wenn auch völlig verschlammt und verkratzt – abgestreift und lag in einer Fötusposition auf dem Sofa, die Hände unter seiner Wange. Wie ein schlafender Engel, dachte Claudia.

Es muß eine entgegengesetzte Beziehung zwischen Verletzlichkeit und Lüsternheit geben, dachte Claudia, als es sie derart reizte, ihn zu berühren, daß das Silbertablett in ihren Händen zu zittern begann. Die Tassen und Löffel klirrten. Im Hintergrund spielte noch die Musik, aber das Klirren hatte den Schläfer geweckt.

»Oh nein«, sagte er und richtete sich mühevoll auf, »ich muß eingeschlafen sein.« Er schwang die Beine vom Sofa und schlüpfte in die Schuhe, die so gar nicht zu seinem übrigen Outfit passen wollten. »Es tut mir leid«, sagte er, »bitte, entschuldigen Sie.«

»Das geht in Ordnung«, sagte sie lächelnd, stellte das Tablett ab und war sich plötzlich stärker denn je bewußt, daß der Kimono jeder Bewegung ihres Körpers folgte und dabei verschiedene Körperteile entblößte. Zusätzlich wurde ihr bewußt, daß die dünne Seide verführerisch über ihre Nippel strich und dafür sorgte, daß sie erigierten. »Man sieht Ihnen an, daß Sie völlig erschöpft sind.«

Sie schenkte den Tee ein und war ob der Abwechslung froh, denn sie wußte nicht, was sie sonst noch sagen sollte. Konnte sie ihn geradeheraus fragen, ob er ein Vagabund war? Und wenn er nicht einer von ihnen war, wie konnte sie ihn dann auf das Bad im Bach ansprechen, ohne ihn wissen zu lassen, daß sie ihn heimlich dabei beobachtet hatte? Der arme Kerl gab von allein nichts von sich selbst preis, einzig aus dem Grund, schätzte sie, daß er zu erschöpft und zu verwirrt war, um Erklärungen abzugeben, nach denen sie dürstete.

»Milch und Zucker?« fragte sie.

Statt einer direkten Antwort schien der Fremde lange überlegen zu müssen, wie er den Tee trank. Er ballte seine Fäuste, schlug sie auf seine Schenkel und starrte intensiv auf einen imaginären Punkt im Raum. Dann schaute er sie an, sein hübsches Gesicht eine einzige Verwunderung.

»Ich weiß es nicht«, sagte er schließlich und schüttelte den Kopf.

Claudia starrte ihn an und spürte die Ahnung eines beunruhigenden Verdachts. Konnte es das wirklich sein? Konnte dieser wundervolle junge Mann geistig verwirrt sein?

»Probieren Sie den Tee mit Milch, dann werden Sie es erleben«, sagte sie, goß Milch in die erste Tasse und reichte sie ihm. Sie beobachtete ihn, wie er den ersten Schluck mit einem erleichterten Seufzer nahm, als wäre es der erste anständige Tee, den er seit tausend Jahren getrunken hätte.

Claudias Gedanken schwenkten ab in die Vergangenheit, in ihre Kindheit, als sich ein Zwischenfall ereignet hatte, als sie gerade begonnen hatte, reiten zu lernen.

Sie war ein Naturtalent gewesen, aber eines Nachmittags war sie sich ihrer Sache zu sicher gewesen und war abgeworfen worden und auf dem Kopf gelandet. Glücklicherweise hatte sie keinen Bruch davongetragen, und sie war auch von inneren Verletzungen verschont geblieben, aber zwei entsetzliche Wochen lang hatte sie nicht den blassesten Schimmer gehabt, wer sie war oder wie es zu dem Sturz hatte kommen können. Das Glück war dann auf ihrer Seite gewesen, und nach den beiden furchterregenden Wochen war sie morgens aufgewacht und erinnerte sich wieder an alles.

Während sie an ihrem Tee nippte, beobachtete sie den Fremden, der seine Tasse mit beiden Händen umfaßt hielt und hineinstarrte, als könnte er eine bedeutende Wahrheit auf der English Country House-Mischung schwimmen sehen. Sie dachte an seine häßliche Wunde an der Schläfe, die von seinen Haaren fast völlig verdeckt wurde.

Hatte ihr schöner Mann vom Fluß sein Gedächtnis verloren?

Und wenn dem so war, wie konnte sie ihm dann helfen?

Ihm helfen? He, mach dir nichts vor, hörte sie ihre innere Stimme. *Du willst über ihn herfallen!*

Sie empfand Entsetzen ob ihrer aufrührerischen Triebe, aber gleichzeitig labte sie sich an ihnen. Ihr Blick fiel auf seine langen Beine, die in der zerknautschten grünen Hose steckten. Er hatte kräftige Oberschenkel, sie hatte sie gesehen, und wo sie sich trafen, strotzte sein Geschlecht vital und verführerisch.

Oh, Mann, das kam alles so plötzlich! Sie hatte den Tag in vollkommener Harmlosigkeit begonnen, sie hatte nicht einen Gedanken an ihr Los als Witwe verschwendet, und jetzt fühlte sie sich wie eine Jägerin, die auf Beute lauerte. Und er, dieser hübsche, verwirrte Fremdling in seiner bizarren Kleidung, hatte dieses Gefühl in ihr ausgelöst. Sie traute sich kaum aufzuschauen, denn ein sechster Sinn sagte ihr, daß er sie nun seinerseits betrachtete.

Na und?

Sie hob den Kopf und schaute ihm in die Augen.

»Sie sind sehr freundlich«, sagte er und lächelte sie scheu an. »Der Tee schmeckt ausgezeichnet. Genau das, was ich brauche. Ich ... ich wußte gar nicht mehr, wie sehr ich Tee mag.« Seine glänzenden Augen nahmen einen traurigen Ausdruck an, als ob er wieder grübeln müßte.

»Sind Sie okay?« fragte Claudia, stellte ihre Tasse ab und stand auf, um auf ihn zuzugehen, von ihm angezogen wie eine Motte von der gefährlichen Flamme. »Ich habe gesehen, daß Sie sich am Kopf verletzt haben. Haben Sie Kopfschmerzen?« Sie setzte sich neben ihn aufs Sofa, und bevor sie sich Zurückhaltung auferlegen konnte, hatte sie seine Mähne sanft beiseite geschoben und die Wunde aufgedeckt.

Jetzt klirrte bei ihm die Tasse auf die Untertasse.

»Entschuldigen Sie«, sagte Claudia und zog rasch ihre Hand zurück. »Ich wollte Sie nicht erschrecken, aber diese Verletzung sieht nicht gut aus ... Sie muß Ihnen Schmerzen bereiten.«

»Das ist schon in Ordnung, danke«, sagte er, stellte die Tasse ab und machte Anstalten, sich zu erheben. »Sie sind sehr freundlich zu mir«, sagte er wieder, »aber ich sollte Ihre Gastfreundschaft nicht länger strapazieren.«

Nein! Du kannst jetzt nicht gehen! schrie es in Claudia, aber dann sagte sie: »Das ist doch kein Strapazieren von

Gastfreundschaft, ich bitte Sie.« Er war schon halb vom Sofa hoch, aber sie hielt ihn am samtenen Ärmel fest und zog ihn wieder auf den Sitz. Er gehorchte ihr, und sie sah, wie es um seine wunderschön geschwungenen Lippen leicht zuckte. »Mir kommt es so vor«, fuhr sie fort, ohne seinen Ärmel loszulassen, »daß Sie sehr müde sind. Sie sollten sich Ruhe gönnen …«

Ein guter Anfang, Claudia, redete sie sich zu. *Komm schon, sage es jetzt.*

»Warum bleiben Sie nicht über Nacht? Ich habe ein Gästezimmer, das hergerichtet ist. Sie sind willkommen, dort zu schlafen, wenn Sie möchten.«

Eine Serie von Emotionen durchlief sein Gesicht. Furcht, Versuchung, Dankbarkeit und andere, die nicht so leicht zu definieren waren.

»Ich … ich …«, begann er, schloß dann die Augen und rieb sich mit beiden Händen das Gesicht. »Sind Sie sicher, daß es Ihnen keine Mühe macht? Ich wäre Ihnen sehr dankbar. Ich bin wirklich sehr müde.«

»Es macht keine Mühe, das versichere ich Ihnen«, sagte sie, und ihr Herz hüpfte, weil sie ihn so leicht gewonnen hatte. Sie stand auf, griff seinen Arm und führte ihn. »Kommen Sie, ich zeige Ihnen, wo Ihr Zimmer ist. Sie sehen so aus, als könnten Sie auf der Stelle einschlafen.«

»Danke. Ich danke Ihnen sehr. Ja, ich glaube, das könnte ich tatsächlich«, sagte er. Seine Stimme klang sanft, hatte aber einen erstaunlichen Resonanzton. Er ließ sich von ihr in das Zimmer führen.

Vor Erregung brachte Claudia kaum ein Wort heraus, als sie den unerwarteten Hausgast die Treppe hochführte. Reiß dich zusammen, mahnte sie sich. Er ist ausgelaugt, völlig fertig. Was du tust, ist nur ein Samariterakt. Sonst nichts. Und es wird auch nichts passieren.

»Kann ich mich vorher irgendwo waschen, bitte?« fragte er, als Claudia die Tür zu seinem Zimmer aufstieß. Sie hatte das Gästezimmer immer hergerichtet – für den

Fall, der so gut wie gar nicht eintrat, daß sie unerwarteten Besuch erhielt. Nur in den ersten Tagen nach Geralds Tod war ihre beste Freundin Melody ein paarmal über Nacht geblieben, um sie nicht allein zu lassen. Seither war es ihre Gewohnheit geworden, das Zimmer für Notfälle gerichtet zu halten.

»Ja sicher, das Zimmer hat ein eigenes kleines Bad.« Sie schaltete das Licht ein und wies auf die gegenüberliegende Tür. »Sie finden Handtücher und Seife und alles, was Sie brauchen.« Aus irgendeinem Grund konnte sie sich nicht mehr erinnern, ob sie auch Geralds Rasierwasser hingestellt hatte. »Ich bringe Ihnen einen Pyjama und einen Bademantel meines Mannes.«

»Wird er nichts dagegen haben?« fragte der Fremde, plötzlich alarmiert.

»Nein ... Ich bin sicher, daß es ihm recht wäre. Wenn er hier wäre.« Der Gast sah sie noch beunruhigter an. »Ich bin Witwe. Mein Mann ist vor acht Monaten gestorben.« Dem jungen Mann klappte die Kinnlade nach unten, und sein Gesicht spiegelte sein Mitgefühl. »Ich bin mit meiner Trauer über den Berg«, sagte sie, und dann wurde ihr bewußt, daß diese Feststellung noch nie so wahr war wie an diesem Abend. »Die Zeit heilt alle Wunden, heißt es.«

Der Fremde sah sie immer noch mitleidig an, aber als Claudia sich umdrehen wollte, um die Nachtsachen für den Gast zu holen, trat er rasch auf sie zu, hob ihre Hand an die Lippen und küßte sie.

»Danke«, sagte er und küßte die Hand noch einmal. »Sie wissen ja nicht, was das für mich bedeutet. Ich weiß nicht, was ich sonst hätte tun sollen. Ich ...«

»Schon gut«, sagte sie. Ich hole Ihnen den Pyjama.«

Claudia drehte sich um und rannte fast aus dem Zimmer. Plötzlich hatte sie Angst vor seiner dramatischen Reaktion, die er gezeigt hatte. Er war ein schöner Mann, aber wenn er wirklich unter Gedächtnisverlust litt, konnte er auch die Beherrschung verlieren. Und wieder fragte sie sich, worauf sie sich an diesem Abend eingelassen hatte.

Als sie mit Geralds königsblauem Baumwollpyjama, einem Bademantel und einem Paar Slipper zurückkam, fand sie das Zimmer leer vor, aber sein Frack, die Hose und das Hemd lagen ordentlich zusammengefaltet über einem Stuhl, die Schuhe nebeneinander darunter. Aus dem kleinen Badezimmer hörte sie das Geräusch fließenden Wassers.

Er ist wieder nackt, dachte sie und erlaubte sich, die Bilder des Nachmittags ins Gedächtnis zurückzurufen. Er ist nackt in meinem Haus. So ein schöner junger Mann.

Ihr Herz begann zu klopfen, und sie fühlte sich schwindlig vor Leichtsinn. Die Seide des Kimono fühlte sich wie Feuer auf ihrer nackten Haut an, am liebsten hätte sie ihn sich vom Leib gerissen, weil das minimale Gewicht sie zu erdrücken schien. Eine große Welle, so etwas wie Schicksal oder Unvermeidbarkeit, schien auf sie zuzurollen.

Sie ließ die Sachen, die sie ihm gebracht hatte, fallen, und rannte aus dem Zimmer. Sie hatte Angst vor dem, was mit ihrem Körper geschah.

Seltsamerweise gewann sie die Beherrschung bald wieder. Sie drehte eine Runde im Haus und sicherte alle Türen und Fenster, wie sie es jeden Abend tat, wenn sie sich zur Nacht zurückzog. Sie ging in ihr eigenes Badezimmer, putzte die Zähne, benutzte die Toilette und fuhr mit der Bürste durch ihre Haare.

Im Gegensatz zu den sonstigen Abenden, seit sie allein war, ertappte sie sich dabei, daß sie den Parfumflakon benutzte. Sie schaute intensiv in den Spiegel und schaute nach Zeichen des Alterns und Dingen, die …

… die was? fragte sie sich, drehte ihrem Spiegelbild abrupt den Rücken zu und schritt resolut in ihr Schlafzimmer, wo Geralds Foto auf dem Nachttisch stand. Du hast nach Zeichen gesucht, die einen jüngeren Liebhaber an einer älteren Frau stören könnten, nicht wahr?

Das Lächeln ihres Mannes schien allwissend zu sein, und entdeckte sie nicht auch Ermutigung in diesem Lächeln? Als sie das Foto wieder an seinen Platz stellte, brach sich das Licht im Glas, und für den Bruchteil einer Sekunde sah es so aus, als zwinkerte er ihr zu.

Sie trat auf den Treppenabsatz, und in diesem Moment donnerte es grollend. Das Gewitter war weitergezogen, und der Donner hörte sich nicht mehr so bedrohlich an, wenn auch immer noch gewaltig und voller Symbolkraft.

War das nicht ein Wink des Schicksals? Bot ihr das Donnern nicht den Vorwand, auf den sie gewartet hatte? Ihr Gast hatte Angst vor Gewittern …

Der Mann ohne Namen

Er war wach, saß aufrecht im Bett und sah durchs Fenster dem Sturm zu. Er schien nicht mehr verängstigt zu sein.

»Hallo. Ist alles in Ordnung?« fragte Claudia und lugte um die Tür herum, die sie nur einen Spalt breit geöffnet hatte, als er auf ihr Klopfen hin »herein« gesagt hatte. Sie deutete aufs Fenster, und in diesem Moment zuckte in der Ferne ein Blitz, gefolgt von einem langgezogenen Donnern. »Macht das Gewitter Ihnen noch zu schaffen?»

»Es ist nicht mehr so schlimm«, sagte er und zeigte ihr eine kleinere Version des Lächelns, das sie immer noch erzittern ließ. »Ich glaube, das Gewitter und ich, wir haben uns beide ein wenig beruhigt.«

Obwohl sie wußte, wie dumm sie sich verhielt – er schien ja wieder zu Vernunft gekommen zu sein –, drückte sie die Tür hinter sich ins Schloß und ging auf das Bett zu.

Der Fremde sah ihr mit einem so unergründlichen Blick entgegen, daß sie sich fast umgedreht hätte und hinausgelaufen wäre. Aber als sie ans Bett trat, fuhr eine Hand glättend über die Zudecke an seiner Seite. Claudia nahm das als Einladung an und setzte sich, wobei sie darauf achtete, daß der Kimono nicht auseinanderklaffte. Wenn sie zuviel Haut entblößte, würde er vielleicht zurückschrecken.

Du dumme Pute! schalt sie sich, als der Fremde sie scheinbar reglos ansah. Sie fühlte ihre Lenden schmelzen wie Honig auf dem Herd. Er ist jung, und er ist schön. Selbst wenn er ein Ausreißer ist oder geistesgestört – warum sollte er dich wollen? Aber irgendwas in ihrem Innern sagte ihr, daß sie sich ungerecht beurteilte. Ihr wiedererwachtes Selbstbewußtsein erinnerte sie an ihre Kraft.

»Sie müssen sich fragen, was mit mir los ist«, sagte ihr Gast leise. »Daß ich mitten in der Nacht wie verrückt an Ihre Tür klopfe … daß ich schreie und ohnmächtig werde und mich am Boden winde … Ich hoffe, ich habe Sie nicht zu sehr erschreckt.«

»Nein, nicht zu sehr«, antwortete Claudia. Ihr Puls und ihre Hormone rasten. Geralds Pyjama schien dem jungen Mann wie angegossen zu passen, das kräftige Blau schien genau seine Farbe zu sein. Es brachte die glatte, milchweiße Haut im Lampenlicht zum Glühen, und es ließ die Augen wie zwei Aquamarine aussehen. Im Kontrast zur weißen Bettwäsche sahen die feuchten Haare schwarz aus.

»Für mich war das so etwas wie ein unerwartetes Happening«, sagte Claudia. Dabei spannte sie jeden erreichbaren Muskel ihres Körpers an, um die Kontrolle nicht zu verlieren. Sie wollte sich über ihn werfen, ihn küssen und kosen. »Schließlich wirft sich nicht jeden Abend ein gut aussehender Mann, der wie ein Minnesänger aus der Edwardischen Zeit gekleidet ist, in meine Arme.«

Der Fremde lachte; eine Reaktion, die Claudias Körper

in Aufruhr versetzte und vibrieren ließ. Sie wußte, daß sie jeden Moment etwas Undenkbares tun würde, zum Beispiel, sich den Kimono vom Leib reißen und sich in seine Arme werfen. Wenn er sie haben wollte.

»Ich wünschte, ich könnte alles erklären«, sagte er und zuckte die Achseln. »Die Kleider, die Schreie. Alles. Aber ich kann es nicht.« Er sah sie ernst an, in seinem Gesicht eine komplizierte Mimik aus verschiedenen Gefühlen. Sie spürte, daß er sich geschmeichelt fühlte, als sie ihn ›gut aussehend‹ genannt hatte. Aber sie spürte auch, daß er immer noch ein bißchen verzweifelt und verwirrt war.

»Der Donner war der letzte Tropfen, der das Faß zum Überlaufen brachte.« Er streckte einen Arm aus und umfaßte ihre Hand. »Ich weiß nicht, was mit mir geschehen ist ... Es ist ... Ich sehe nur dicken Nebel ...« Seine Finger fühlten sich wie Stahlbänder um Claudias Hand an, aber selbst der Schmerz seines harten Griffs war erregend. »Ich erinnere mich an Bruchstücke von dem, was gestern und heute geschehen ist. Aber in meinem Kopf geht alles durcheinander ... Und sonst kann ich mich an nichts erinnern. An gar nichts!« Seine Augen glänzten jetzt, und seine Lippen zuckten, als wollten sie das aufwühlende Geschehen der letzten Tage nicht herauslassen. »Das muß sich alles so lächerlich anhören. Sie werden mir kaum glauben ... Ich erinnere mich nicht einmal mehr an meinen Namen.«

»Aber ich glaube Ihnen doch«, sagte Claudia rasch, entwand ihm rasch ihre Hand und nahm nun ihrerseits seine Hand, die sie sanft streichelte. »Mir ist so etwas auch einmal passiert. Ich bin von einem Pferd gefallen, bin mit dem Kopf aufgeschlagen und wußte zwei Wochen lang nicht, wer ich war.« Sie legte eine Pause ein, spürte, wie ihr Körper bebte und bemerkte, daß sie immer noch seine Hand streichelte. »Aber danach ist meine Erinnerung wieder zurückgekommen. Ich bin sicher, daß es in Ihrem Fall auch so sein wird.«

»Ich hoffe es«, sagte er, und plötzlich hörte er sich schon ein wenig zuversichtlicher an. Er blickte auf seine Hand, über die ihr Daumen immer noch streichelte. »Ich hätte mich Ihnen wenigstens gern vorgestellt.«

»Oh«, sagte sie, und dann fiel ihr ein, daß sie ihm auch noch nicht ihren Namen genannt hatte. »Ich heiße Claudia Marwood«, sagte sie und schüttelte seine Hand. Er drückte fest zu und deutete eine Verbeugung an.

»Und ich bin ...« Er zuckte und hob die Schultern.

»Der Mann ohne Namen«, sagte sie lächelnd.

Er erwiderte ihr Lächeln, dann verzog er das Gesicht, als ob er eine Erkenntnis aus seinem Gehirn herauspressen wollte. »Ist das nicht ein Filmtitel gewesen?« Claudia nickte. »He, dann habe ich mich gerade an etwas erinnert! Das erste Mal! Danke.« Er beugte sich vor und berührte ihre Lippen mit seinen.

Es war, als hätte einer der Blitze draußen sie getroffen. Der flüchtige Kontakt mit seinem Mund war elektrisierend und erfüllte Claudia mit einer solchen Leidenschaft, daß sie einen Moment lang nicht atmen konnte.

Das ist wahnsinnig! dachte sie. Sie machte einen kompletten Narren aus sich. »Es ist besser, wenn ich mich jetzt auch zur Ruhe begebe«, sagte sie und tat so, als wollte sie vom Bett aufstehen und gehen.

Der Griff um ihre Hand wurde wieder stählern. »Bleiben Sie.« Seine Stimme klang heiser, voller Erregung, und ihr Herz hüpfte vor Freude. »Bitte«, fügte er noch hinzu.

Sie hätte ihn fragen sollen, warum, aber sie wußte es ja! Im dämmrigen Licht schienen auch seine Augen wie Stahl, und sie funkelten eine Botschaft, die sie nicht mißverstehen konnte.

»Sind Sie sicher?« fragte sie. Dann mußte sie lächeln, weil ihr bewußt wurde, daß unter normalen Umständen der Mann es war, der diese Frage stellte.

Der Fremde nickte und erwiderte ihr Lächeln. »In diesem Augenblick ist es die einzige Sache der Welt, der ich mir sicher bin«, sagte er.

Claudia hätte nicht wegrennen können, auch wenn sie gewollt hätte. Sie spürte, wie sich das Gleichgewicht zwischen ihnen verlagerte; ihr verlorener Junge hatte seine Kraft wiedergefunden und übernahm das Kommando.

»Ich will das Licht löschen«, sagte sie leise.

»Willst du wirklich?« Seine Stimme klang neckend, sie war tief und intensiv.

»Ja, ich glaube schon.« Sie kämpfte darum, nicht ganz unterzugehen. Er ließ ihre Hand los. Claudia streckte sich und knipste die Lampe aus.

»Ich kann dich mir vorstellen«, sagte er, als sie den Kimono abstreifte.

Sie war dankbar für die Dunkelheit, sie machte ihre Verwirrung unsichtbar. Es war eine lange Zeit her, daß sie ihren Körper vor einem Mann entblößt hatte, und es war noch viel länger her, daß sie sich einem neuen Liebhaber nackt gezeigt hatte.

Der Fremde hob die Decke an, und zitternd vor Nervosität und Verlangen schlüpfte Claudia neben ihn ins Bett.

»Hab keine Angst«, raunte er, und dann lag sie in seinen Armen, ihre nackte Haut an die Baumwolle seines Pyjamas geschmiegt.

Claudia suchte seine Lippen, die sich gleichzeitig öffneten, um sich zum ersten richtigen Kuß zu treffen.

Sie erwartete jungenhafte Hast und war erstaunt, als er begann, sie langsam und genüßlich zu küssen. Seine Lippen waren sanft und fordernd zugleich, und sie verstärkten allmählich den Druck. Ohne zu überlegen, öffnete sie den Mund weiter, und seine Zunge schoß vor, nahm ihre Einladung an, forschte in ihrer Mundhöhle und umspielte ihre Zungenspitze. Er schmeckte nach Minze, von der Zahnpasta, die er eben benutzt hatte. Claudia fragte sich, warum ihr nie aufgefallen war, wie so ein gewöhnlicher Geschmack so exotisch sein konnte.

Auch seine Griffe waren noch vorsichtig und zurückhaltend. Seine Hände übten gerade so viel Druck aus, daß ihre Körper dicht zusammenlagen; es gab kein Grabschen, keinen Zwang. Sein Körper fühlte sich warm und fest an, und durch den Stoff spürte sie seine kräftige Erektion gegen ihren Oberschenkel klopfen.

Sie hatte das Gefühl, daß seine Selbstbeherrschung dazu führte, daß sie sich Jahre jünger fühlte. Sie war wieder das junge ungeduldige Mädchen, das darauf brannte, den Körper des Partners zu erforschen, ihn zu berühren und zu schmecken. Sie zupfte an seiner Pyjamahose, weil sie seine Haut spüren wollte.

»Langsam«, flüsterte er und langte hinunter, um ihre Hände festzuhalten. »Wir haben doch keine Eile ... Ich laufe nicht weg.« Er drückte sanft gegen ihre Finger, dann schob er sie behutsam auf den Rücken.

»Du bist eine wunderbare Frau, Claudia«, sagte er und legte eine Hand auf ihre Brust. »So weich und warm. Bei dir fühle ich mich so geborgen.«

Seine Hände umfaßten jetzt beide Brüste, hoben sie leicht an, streichelten sie. Die leichten Berührungen fachten das Feuer in Claudia an. Sie wollte, daß er sie drückte, daß er rauh mit ihren Brüsten umging, er sollte sie hart und rücksichtslos nehmen, daß sie kaum noch atmen konnte. Sie öffnete die Schenkel und versuchte, sich an ihm zu reiben.

Der Fremde lachte leise. »Ich habe gar nicht gewußt, daß ich so begehrenswert bin. Hast du mich auch schon so sehr gewollt, als du mich am Fluß beobachtet hast?«

Entsetzt bis ins Mark begann Claudia sich gegen ihn zu wehren, aber der Fremde war zu schnell für sie, er nahm ihr den Atem, indem er seinen Mund auf ihren preßte, und er bändigte ihren Körper, indem er seinen eigenen auf ihn drückte. Irgendwo in der Ferne grollte der Donner.

Er weiß, daß ich ihn beobachtet habe! Wie konnte er das wissen? Wer ist er? In Claudias Kopf überschlugen sich die

Gedanken. Sie fühlte Furcht, aber die Furcht erhöhte noch ihre Erregung. Ihr Körper schien unter seinem zu brennen, und ihre Brustwarzen hatten sich so versteift, daß sie schmerzten. Sie schickten sublime Signale zu ihrem Schoß.

Der Fremde konnte ein widerlicher Betrüger sein, schwirrte es in ihrem Kopf herum. Die Verwirrung und den Gedächtnisverlust hatte er nur gespielt. Sehr clever. Und doch war es ihr egal. Ihre Vulva brannte lichterloh, und ihre Säfte flossen unaufhörlich. Sein Schenkel lag jetzt zwischen ihren. Sie war so erregt, daß sie keinen klaren Gedanken fassen konnte. Er lachte wieder, und sein Lachen vibrierte in ihrem Mund.

Claudia löste den Kuß. »Woher hast du gewußt, daß ich es war? Warum hast du mich nicht angesprochen?«

»Ich war mir nicht sicher, ob ich recht hatte«, sagte er fast ein bißchen zerknirscht. »Es war nur ein Gefühl ... Ich wußte nicht wirklich, ob da jemand war.« Er seufzte und schwieg. »Alles war so verwirrend ... Es konnte sein, daß ich Halluzinationen hatte ... daß ich mir solche Dinge vormachte.«

Der verlorene Junge war wieder da, obwohl die stählerne Erektion, die sie an ihrem Oberschenkel fühlte, vom Penis eines ausgewachsenen Mannes stammte.

»Ich hätte dich nicht heimlich beobachten dürfen«, murmelte Claudia, schlang ihre Arme um ihn und spürte, wie er leicht zitterte, als sie ihn näher zu sich zog. »Ich hätte mich bemerkbar machen sollen ... dann hättest du Gelegenheit gehabt, dich zu bedecken.«

»Wahrscheinlich wäre ich eine Meile weit gerannt«, antwortete er, und schon hatte er sein Gleichgewicht wieder gefunden. Er schaukelte leicht hin und her, neckte sie mit der steifen Erektion, die er immer näher an ihr Geschlecht brachte. »Aber jetzt fühle ich mich viel besser. Und ich habe mich auch schon an dich gewöhnt.«

Claudia stöhnte und hob ihren Unterleib an, um die Spitze des Penis durch den Baumwollstoff zu spüren. »Ich will mich an den da gewöhnen«, sagte sie, und dann langte sie mit einer Hand hin und umfaßte ihn, rieb ihn langsam auf und ab, und als der Fremde lüstern aufstöhnte, gab ihr das noch mehr Sicherheit.

Claudia wurde von einem unfreiwilligen Schütteln erfaßt. Ihre Vagina flatterte, als wollte sie damit ihren Hunger ausdrücken. Sie wollte, daß er sich intensiv mit ihr beschäftigte, wie er es ja auch versprochen hatte.

Wie gut konnte dieser junge Mann als Liebhaber sein? Er schien selbstbewußt genug, und seine Genitalien waren beeindruckend genug. Er hatte die natürliche Anmut und den geschmeidigen Körper eines guten Liebhabers. Und auch wenn er schlotternd vor Angst vor der Haustür in ihre Arme gefallen war, war er doch kein grüner Junge. Wieder sagte sie sich, daß er älter sein mochte, als er aussah, und deshalb vielleicht auch erfahrener in der körperlichen Liebe.

Zeit, das herauszufinden.

Sie ließ die Hand fallen, die den Penis gestreichelt hatte, und griff seine Hand, die sie gegen ihren Schoß drückte. Sein Gesicht lag in ihrer Halsbeuge, sie fühlte ihn wissend und zufrieden lächeln.

Seine langen Finger begannen sich ganz langsam zu bewegen, sie kämmten durch die weichen Haare ihres Venusbergs, teilten sie vorsichtig, und dann schob er den Mittelfinger behutsam zwischen die zarten Lippen.

Er berührte sie voller Zärtlichkeit, es fühlte sich an ihrer Klitoris wie die Berührung eines Schmetterlingsflügels an. Aber es war so intensiv, daß Claudia ihre Erregung herausschrie. Sie hatte gewußt, daß sie ihn haben und erleben wollte, aber sie hatte nicht gewußt, wie sehr. Die beinahe flüchtige Berührung hatte sie an den Rand eines Orgasmus gebracht. Sie lag keuchend da, verwundert über ihre starke Reaktion.

»Mehr?« fragte der Fremde an ihrem Hals.

Claudia hörte die vertraute Note männlicher Arroganz

in seiner Stimme, und am liebsten hätte sie gelacht über die Verwandlung des jungen Mannes. Von einer Sekunde zur anderen war aus dem Findling ein Superlover geworden.

»Ja, ja! Viel mehr!« stieß sie hervor, griff seinen Kopf und grub ihre Finger in seine weichen, zerzausten Locken. Sie zog sein Gesicht zu ihrem, damit sie ihn küssen konnte, während er mit ihrem Geschlecht spielte.

Wieder die leichte Berührung, und wieder ihre unverhältnismäßig starke Reaktion. Seine Fingerspitze verweilte diesmal länger auf dem Punkt, zu lange, als daß Claudia sich hätte zurückhalten können.

Sie wurde vom Höhepunkt geschüttelt und schrie ihre Lust in seinen Mund hinein. Sie spürte ihre Vagina pulsieren wie ein rasendes Herz. Er beschrieb winzige Kreise mit seinem Finger, wodurch ihr Orgasmus lange ausgedehnt wurde. Sie schrie wieder auf, und ihr Körper bäumte sich hoch, während sie eine Hand gegen seine preßte, um den Druck seines Fingers zu verstärken.

»Du … du …«, keuchte sie, krümmte wieder den Rücken und schwebte wie auf einer wundersamen Welle. »Verdammt! Wer bist du?«

»Ich weiß es nicht! Ich weiß es wirklich nicht.« Der Fremde lachte und schaute in ihr Gesicht, seine Augen wie blasses Feuer in der Dunkelheit. »Und in diesem Augenblick ist es mir auch egal.«

Und als sie wieder von einem Orgasmus überflutet wurde, stärker noch als bisher, küßte er sie härter und eindringlicher als je zuvor.

Augenblicke später – oder auch eine Stunde später, denn sie hatte jedes Zeitgefühl verloren – stöhnte Claudia: »Genug! Ich brauche eine Minute zum Luftholen, sonst bekomme ich einen Herzanfall!«

Gehorsam zog der Fremde seine Hand von ihrem Körper zurück, der von einem warmen Schweißfilm überzogen war. Nur Sekunden später streichelte er zart ihren

Bauch. Die Fingerspitzen glitten auf die Operationsnarbe, die von ihrem Schamhaar verdeckt wurde. Zu einer anderen Zeit wäre es Claudia vielleicht peinlich gewesen, daß er die Narbe unter den Kuppen seiner Finger ertasten konnte, aber jetzt schwebte sie noch zu sehr in den Gefühlen des Glücks, als daß ihr das etwas ausgemacht hätte. Sie öffnete die schweren Lider und schaute zu ihm hoch.

Der Fremde hatte die Decke zurückgeschlagen und lag auf der Seite, gestützt auf einen Ellenbogen. Er betrachtete die Bewegungen seiner Hand auf ihrem Bauch. Ihre an die Dunkelheit gewohnten Augen sahen seinen ernsten Gesichtsausdruck und die Kontur seines Körpers, denn er hatte die Knöpfe der Pyjamajacke geöffnet.

»Das muß weh getan haben«, sagte er und deutete auf die kleine Narbe.

»Ja«, sagte sie. »Aber jetzt schon lange nicht mehr. Meistens denke ich gar nicht mehr daran.«

»Das ist gut so«, sagte er und betrachtete sie wieder. Seine hellblauen Augen blickten so lebhaft, daß sie sich fast fürchtete. Dann beugte er sich vor und küßte die Narbe und das weiche Haar, das sie wie einen Schleier umgab.

Claudia erschauerte, und er richtete sich sofort wieder auf. »Möchtest du, daß ich ...?« Er ließ die Frage in der Luft hängen, aber sie wußte, was er fragen wollte.

Sie hätte es gern gehabt, aber sie konnte auch den erregten Zustand sehen, in dem er sich befand. Die Erektion drückte immer noch gegen den Stoff der Pyjamahose. Jetzt war er an der Reihe, beschloß sie, und ihre Hand griff nach ihm.

»Das bewahren wir uns für später auf«, antwortete sie, »und in der Zwischenzeit kümmere ich mich um ihn.« Sie fuhr mit der Hand leicht über den bebenden Penis.

»Ich würde es gern tun«, sagte er schelmisch, dann öffnete er den Knopf der Pyjamahose, und das steife Glied federte heraus. »Ist er aus der Nähe so beeindruckend wie aus der Entfernung?« fragte er, hob ihn spielerisch an und ließ ihn auf und ab schnellen. Es war, als wollte er ihr seine Männlichkeit als ein *objet d'art* darbieten und auf ihre Zustimmung warten.

»Natürlich ist er das, du eitler Mann!« sagte sie lachend und umfaßte den Penis. Er bedachte sie mit seinem wunderbaren Lachen, dann schloß er seufzend die Augen, während sie fragte: »Aber weißt du auch was mit ihm anzufangen?«

»Das ist eines der wenigen Dinge, an die ich mich erinnern kann«, erwiderte er. Er entzog sich ihrem Griff und glitt über sie. »Es steht mir jetzt wieder ganz klar vor Augen.« Er richtete sich zwischen ihren Schenkeln auf und führte die Penisspitze zwischen die geschwollenen Lippen ihrer Vagina. »Ist es so richtig?« fragte er, dann stieß er leicht zu, bis die Eichel verschwunden war. Er ruckte mit den Hüften und stieß noch ein bißchen tiefer. Er stützte sich mit den Händen ab und verhielt sich reglos in ihr.

Sie sah in sein Gesicht, das blaß aussah – eine wunderschöne Maske in der Dunkelheit. Seine Augen blinzelten nicht. Die Lippen waren ein wenig geöffnet. Er kam ihr wie ein Herrscher vor, wie ein Wesen aus einer anderen Welt, wie ein dämonischer Liebesgott.

Plötzlich erstarrte Claudia. Ein neuer Gedanke belegte ihre Gehirnzellen gerade in dem Augenblick, in dem sie von diesem Fremden genommen werden sollte.

Was war, wenn ihr begehrenswerter Fremdling noch viel geheimnisvoller war, als sie bisher geglaubt hatte? Ein Engel, ein Alien, ein übernatürliches Wesen, das ihr geschickt worden war, um sie zu beglücken? Mit seinem Aussehen konnte er durchaus für ein solches Wesen durchgehen, und das Geheimnisvolle an ihm würde auch zu der Rolle passen. Selbst seine Kleidung war romantisch und aus einer anderen Zeit.

»Oh, bitte«, murmelte sie und stieß von unten zu ihm

hoch. Sie packte ihn an den Hüften. Ob seiner Fremdheit mochte sie ihn noch mehr. Er stieß ein bißchen tiefer, aber er bestimmte diesen Akt. Seine Augen waren noch immer weit geöffnet, sie beobachteten jede Regung auf ihrem Gesicht und lasen die Bewegungen ihrer Seele.

»Komm, stoß endlich richtig zu, wer auch immer du bist!« rief sie laut. Sie wollte von ihm ganz ausgefüllt werden. Sie wollte seine Kraft spüren.

»Gern«, keuchte er und stieß tief in sie hinein.

Es war nichts Unwirkliches an dem Penis des Fremden, der jetzt tief in ihr verharrte. Das war real, endlich! Sie hatte einen Mann in sich aufgenommen! Er war in ihr, lebendig in ihr drin, heiß und hart. Sie kannte seinen Namen nicht, aber seinen Körper schien sie schon seit einer Ewigkeit zu kennen. Er füllte sie so umfassend aus, als wäre er für sie bestimmt gewesen.

Sie versuchte, sich unter ihrem namenlosen Liebhaber zu bewegen, hin und her zu rutschen. Aber er hielt sie fest, als wollte er sie zähmen. Sie schlang die Arme um seinen Rücken und drückte ihn kräftig auf sich herab, aber er stemmte sich dagegen. Er hielt ihre beiden Hände mit einer Hand über ihrem Kopf fest, und mit der anderen fuhr er leicht über ihre Schultern.

»Ganz langsam«, murmelte er und küßte ihren Hals. »Bleib still liegen. Laß unsere Körper sich aneinander gewöhnen.«

Aber mein Körper kennt deinen schon! wollte sie herausschreien, aber irgendwie brachte sie nur ein Keuchen und ein Stöhnen heraus. Seine Tatenlosigkeit hatte etwas Kraftvolles an sich, so widersprüchlich es sich auch anhörte. Es genügte, wenn sie ihn nur spürte, er brauchte sich gar nicht zu bewegen.

»Du bist wunderbar. Du bist wunderbar«, sagte er ein paarmal hintereinander, und in seiner Stimme klang ein Schluchzer durch, als ob auch er den Drang bekämpfen müßte, vor lauter Glück zu weinen. Claudia spürte seine langen Wimpern, die ihre Wangen berührten, als er ihr Kinn küßte und dann das Ohrläppchen.

Und dann begann er sich zu bewegen. Er zog sich ganz langsam aus ihr zurück, daß sie jeden Millimeter des Schafts spüren konnte, wie er sich an ihrem feuchten Gewebe rieb und wie er von den zuckenden Muskeln gereizt wurde. Sie konnte es kaum erwarten, bis er seinen Schaft ebenso langsam wieder bis zum Grund stieß.

Wie konnte ein junger Mann eine solche Kontrolle über sein doch so offensichtliches Verlangen ausüben? Sie hatte Hast und Ungeschick erwartet, wilde, unbeherrschte Stöße und tölpelhaftes Fummeln. Aber er zelebrierte den Akt, und in diesen Momenten spürte sie den nächsten Orgasmus nahen. Ihr Schoß schmolz in der Implosion, die so alt war wie die Menschheit.

Sie verlor die Herrschaft über sich selbst und bäumte sich gegen ihn auf. Ihr Körper wurde von einer wilden, herrlichen Gewalt erfaßt. Er erstickte ihre Schreie, indem er ihren Mund mit einem Kuß verschloß, und es war, als staute sich damit auch die Hitze in ihrem Innern, die Sekunden später in ein alles verzehrendes Feuer ausbrach.

Als sie dieses Gefühl erreicht hatte, entspannte sich ihr Körper in einem lang anhaltenden Orgasmus, der mehr ein Zustand zu sein schien als ein kurzes Erlebnis. Der Fremde begann jetzt erst mit entschiedenen Stößen. Sie genoß jeden einzelnen, trieb ihn an, zog ihn tiefer in sich herein.

»Oh, ja!« schrie er, gab ihre Hände frei, damit er unter ihren Hintern greifen konnte, und dann stieß er mit einer solchen Gewalt in sie hinein, als wollte er auf immer eins mit ihr werden.

Gefangen in ihrer Lust, spürte Claudia, wie sie ab und an in ein anderes Bewußtsein tauchte. Sie fühlte sich wie eine Feder, die über einem Wasserfall schwebte. Und dann spürte sie Nässe auf ihrem Gesicht. Tränen. Nicht ihre eigenen, sondern die warmen, salzigen Tränen des Fremden, die Glückstränen einer Seele, die sich befreit hatte.

»Oh, Claudia!« rief er und umarmte sie mit seiner ganzen Liebe.

Der Fremde wachte in der Dunkelheit auf. Zum ersten Mal seit Stunden – oder seit Tagen, Wochen? – waren seine beherrschenden Gefühle nicht Entsetzen oder Angst, und seine erste Frage war auch nicht: »Wer bin ich?«

Die Frage, die er sich jetzt als erstes stellte, lautete: »Wer ist diese Frau?«

Er lag in einem breiten, bequemen Bett, bezogen mit frisch duftenden Laken, und er trug einen ebenso frischen Pyjama. Neben ihm lag eine Frau im tiefen Schlaf.

Und er hatte Erinnerungen! Sie handelten zwar von Dingen, die sich erst kürzlich abgespielt hatten, aber sein Gedächtnis funktionierte wieder – wenigstens seit er in der Nähe dieser Frau war. Ein unbeschreibliches Glücksgefühl durchzog ihn.

»Claudia«, raunte er leise, denn er wollte sie nicht wecken.

Ja, sie hieß Claudia.

Er wandte sich der Schläferin zu und bemerkte, daß sie eine Schönheit war. Das Licht des frühen Morgens filterte durch die Gardinen und zauberte ein leichtes Maschenmuster auf ihre ebenmäßigen Züge und die kurzen Haare, in denen er verschiedene Blondnuancen entdeckte.

Vorsichtig setzte er sich auf, um sie aus einer anderen Perspektive betrachten zu können. Sie hatte winzige Fältchen um die Augenwinkel, ein Beweis dafür, daß sie gern lachte. Er sah, daß sie kein junges Mädchen mehr war, aber sie kam ihm exquisit und zeitlos vor. Das Laken war hinuntergerutscht, und er konnte ihre wunderschönen runden Brüste sehen.

Wir haben Liebe gemacht, dachte er staunend. Im nächsten Augenblick lächelte er, denn er fühlte – nein, er wußte –, daß das Lächeln, das um ihre Mundwinkel spielte, ihm galt. Oder daß er es bewirkt hatte. Er wollte sie küssen, aber es schien ein Verbrechen zu sein, ihren Schlaf zu stören. Er wollte sie wieder lieben, aber es würde viel schöner und befriedigender sein, wenn sie wach war, wenn er sehen und spüren konnte, daß sie wirklich von ihm genommen werden wollte. Er wollte sich keine Lust stehlen, wie ein Kind ein Bonbon stibitzte.

Das gemütliche Zimmer, in dem er sich befand, war ihm nur deshalb vertraut, weil er gestern abend im Bett gesessen und sich umgeschaut hatte, ehe sie zur Tür hereingekommen war. Dann hatte sie schon bald das Licht gelöscht ...

Dies war Claudias Haus. Er erinnerte sich noch daran, wie er gestern hier angekommen war, er erinnerte sich an das Gewitter und an seine entsetzliche, blinde Panik, die eher die Reaktion eines Tiers auf die Gewalt der Elemente war, nicht die eines aufgeklärten Menschen. Er erinnerte sich an Claudias Wärme und Gastfreundschaft, und er erinnerte sich daran, daß er sich sofort in sie verliebt hatte.

Aber wenn er versuchte, sich vorzustellen, was außerhalb dieses Hauses lag, kehrten Furcht und das Gefühl des Verlorenseins in seine Gedanken zurück. Oft zuckten Fragmente von Bildern durch seinen Kopf, und die meisten gingen mit Schmerzen einher.

Nur eine Erinnerung war angenehm. Er erinnerte sich, an einem Fluß zu sitzen. Das Sonnenlicht brach sich auf dem glitzernden Wasser. Das Bild des tanzenden Lichts löste ein Gefühl der Erotik in ihm aus. Er spürte einen seltsamen Drang zu lachen, aber er preßte rasch eine Hand vor den Mund, um es zu unterdrücken, denn er wollte Claudia nicht aufschrecken. Aber er mußte lächeln, als er sich daran erinnerte, was er dort im Fluß getan hatte.

Schon seltsam, daß Sex so konstant blieb, während alles andere in Vergangenheit und Gegenwart bestenfalls unwesentlich und schlimmstenfalls nicht vorhanden schien. Wenn er Lust erlebte – aber auch, wenn er Lust gab, fügte er lächelnd seinen Gedanken hinzu –, war er existent. Ein Mann. Eine Person. Auch wenn er keine Ahnung hatte, welche Person er war.

Er bedeckte das Gesicht mit den Händen. Eins hatte er in diesen letzten Tagen gelernt. Wenn er sich den Kopf nach Erinnerungsstücken marterte, fühlte er sich viel schlechter als vorher – und unsagbar erschöpft. Schläfrigkeit überkam ihn auch jetzt, ganz plötzlich, und in diesem weichen, einladenden Bett fiel ihm kein Grund ein, warum er gegen das Gefühl ankämpfen sollte.

Seit er bei ihr war, hatte er keine Angst mehr.

Noch einmal mußte er die Augen öffnen, um sie anzuschauen. Seine Retterin.

Er mochte keinen Namen haben, aber wenigstens war er nicht mehr allein. Er war geborgen!

»Claudia«, flüsterte er, bevor der Schlaf ihn holte.

Hausgast

Claudia hatte es nicht übers Herz gebracht, ihn zu wecken, als sie ihn so friedlich schlummern sah.

Ein Strahl der Morgensonne, der ihr Gesicht berührte, hatte sie aufgeweckt. Ein paar Sekunden noch war sie reglos liegengeblieben, um zu erkunden, ob ihre Sinne ihr einen Streich gespielt hatten. Dann zwickte sie sich ins Bein und öffnete die Augen, und als erstes sah sie den Engel, der bei ihr im Bett lag.

Ihr gut aussehender junger Fremder – ihr Liebhaber, dachte sie und sprach das Wort leise aus, um es besser genießen zu können – lag weit ausgebreitet auf seiner Bettseite, das Haar zerzaust, das blasse, ebenmäßige Gesicht sanft lächelnd. Er schlief tief und fest, die fleischgewordene Versuchung. Claudia zwickte sich noch einmal, um ganz sicherzugehen, daß sie nicht träumte. Bald würde sie zwei blaue Flecken auf ihrem Oberschenkel haben.

In der Nacht warst du bei mir, murmelte sie in Gedanken. Du hast mich berührt, du hast mich geliebt. Ich bete dich an.

Oh, meine liebe Claudia, das geht viel zu schnell, viel zu weit.

Sie stand auf und legte frische Kleidungsstücke für ihn ans Bettende. Der Fremde hatte glücklicherweise eine ähnliche Figur wie Gerald, und obwohl ihr verstorbener Mann weit in den Fünfzigern gewesen war, hatte er bei seinen Kleidern einen jugendlichen Geschmack gehabt. Bisher hatte Claudia es nicht fertiggebracht, die Kleider irgendeiner Wohltätigkeitsorganisation zur Verfügung zu stellen, so daß der Fremde eine große Auswahl hatte. Sie legte ihm jetzt Jeans und ein weiches, weißes Hemd hin, dazu Boxershorts, Socken und Leinenschuhe.

Sie mußte ihre kribbelnden Finger im Zaum halten, um nicht nach ihm zu langen und ihn zu streicheln. Sie begnügte sich mit einem sehnsüchtigen Blick auf den schönen Schläfer. Sein längliches, klassisch schönes Gesicht, das weiche, wuschelige Haar, die geschwungenen Lippen. Oh, wie diese Lippen sie in der Nacht geküßt hatten!

Und sie konnte immer noch seinen befreienden Aufschrei hören, als es ihm gekommen war.

Reiß dich zusammen, du lockeres Weibsbild, schalt sie sich. Sie sammelte die Kleider ein, in denen der Fremde bei ihr eingetroffen war, dann wandte sie der Versuchung im Bett den Rücken zu.

Leichtfüßig lief sie die Treppe hinunter. Sie wußte nicht, wie gut ihrem namenlosen Hausgast die hektische Liebesnacht getan hatte, aber die Wirkung auf sie war unbeschreiblich.

Seit langem hatte sie sich nicht mehr so gut und voller Energie gefühlt. Als sie nach der Dusche vor dem Spiegel stand, fiel ihr das Glühen ihrer Haut auf. In ihren braunen Augen glitzerte ein verwegenes Licht, und um die Lippen war ein verführerisches, zufriedenes Lächeln eingebrannt, – kurz und gut – sie umgab die Aura einer Frau, die durch und durch befriedigt war. Sie erinnerte sich an das alte Klischee, daß nur eine befriedigte Frau eine schöne Frau ist. Ob nun Klischee oder nicht – sie hatte keinen Grund zur Klage.

Du bist verrückt, Claudia, dachte sie, als sie das Hemd und die Unterwäsche des Fremden in die Waschtrommel schob und sich vorstellte, wie sie mit ihrer eigenen Unterwäsche herumgewirbelt wurden. Dann lief sie wieder die Treppe hoch, um ihrem Hausgast näher zu sein.

Ja, es war eine Art glücklicher Verrücktheit, räumte sie ein, aber wenn sie Gelegenheit hätte, den gestrigen Tag zu wiederholen, dann würde sie wieder genau das tun, was sie getan hatte. Selbst wenn sich herausstellen sollte, daß der Fremde ein Schauspieler und Betrüger war, was sie immer noch nicht ausschließen konnte. Schließlich war sie eine wohlhabende Witwe, die allein lebte – ein ideales Opfer für jemanden, der so jung und hübsch war wie er.

Sie verdrängte diesen Gedanken und dachte lieber an einige Einzelheiten der vergangenen Nacht, während sie Kaffee aufsetzte und sich dann am Küchentisch niederließ, um ihn zu genießen. Nachher würde sie ihm Tee ans Bett bringen, den er so gerne trank, und wenn er nichts dagegen hatte, würde sie ihm beim Tee Gesellschaft leisten.

Nachdem sie den Kaffee getrunken hatte, inspizierte sie den Frack aus Samt, in dem er gestern gekommen war.

Der Frack war wunderschön gearbeitet und trug innen das handgestickte Etikett ›Hawkes of Savile Row‹, was darauf schließen ließ, daß es sich um ein echtes Stück handelte und nichts, was man zu einem Maskenball trug. Er war verstaubt und sah so aus, als hätte der Träger mindestens zwei Nächte darin geschlafen. Trotzdem würde eine erfahrene Reinigung das gute Stück wieder tragbar machen.

Als sie ihre Finger über den wunderbar weichen Stoff gleiten ließ, spürte sie etwas Hartes ziemlich weit unten, in der Nähe des Saums. Sie drehte den Frack auf die Innenseite und tastete über das Seidenfutter. Sie entdeckte einen Riß in der Innentasche, drang mit zwei Fingern in das Loch und langte hinunter, bis sie den harten Gegenstand hochgezogen hatte.

Es war eine Taschenuhr.

Sie schien aus Gold gefertigt zu sein. Claudia legte sie behutsam auf den Tisch, während sie den Frack nach anderen Gegenständen absuchte, die hätten helfen können, den Fremden zu identifizieren. Aber sie fand nichts mehr, auch in den Hosentaschen befand sich nichts.

Das konnte bedeuten, daß man ihn ausgeraubt hatte, dachte Claudia. Die kostbare Uhr hatten die Räuber nur deshalb nicht gefunden, weil sie durch das Loch in der Innentasche gefallen war.

Claudia nahm die Uhr in die Hand und ließ den Deckel aufschnappen. Sie lächelte, als blechern die Melodie ›An der schönen blauen Donau‹ erklang. Sie drehte die Uhr herum und sah eine Gravur.

Meinem lieben Sohn Paul zu seinem einundzwanzigsten Geburtstag. In Liebe – Dad.

Paul! Ihr Liebhaber hieß Paul!

Ein plötzliches »Hu-hu« ließ sie derart zusammenzucken, daß sie beinahe die Taschenuhr hätte fallen lassen. Es klopfte ungeduldig an die Tür, und Claudia stopfte die Uhr hastig in die Tasche ihrer Jeans. Dann sah sie auch schon eine vertraute Gestalt durch die offene Küchentür treten.

Melody Truebridge war die Freundin, die sich in der ersten Zeit von Claudias Witwenschaft aufopferungsvoll um sie gekümmert hatte. In letzter Zeit hatte Melody vermehrt Anstrengungen unternommen, Claudia wieder ins Leben zurückzuführen. Es war beinahe lachhaft, daß alle Bemühungen der Freundin nichts genutzt hatten, während es gestern abend so gut wie von selbst geschehen war.

»He, was soll das denn?« fragte Melody und zeigte auf Claudias cremefarbenes T-Shirt. »Ich dachte, wir wollten uns in Schale werfen und den Tag mit Einkaufen verbringen.«

Melody war wie immer tadellos gekleidet, ihr junges, glattes Gesicht war kunstvoll zurechtgemacht, das platinblonde Haar zu einem schlanken Turm gestylt. Das Kostüm war maßgeschneidert.

Sie trägt ihre Kostüme wie eine Uniform, dachte Claudia und wünschte, daß Richard, Melodys Mann, endlich damit aufhörte, die junge Frau als Geschäftsanhängsel zu sehen. Er verlangte, daß Melody stets wie aus dem Ei gepellt aussah.

‚Nun?« drängte Melody.

»Tut mir leid, ich hab's vergessen», gab Claudia zu und lächelte verlegen. Sie hatte ein schlechtes Gewissen, daß sie in Gedanken wieder an Melodys Mann herumkritisiert hatte, und was dann an Gedanken noch übrig blieb, hatte sie auf ihren Paul verwendet.

»Geht's dir gut, Claudia?« fragte Melody und betrachtete die Freundin eindringlich, während sie sich an den Küchentisch setzte.

»Ja, natürlich geht es mir gut. Ich war nur mit meinen Gedanken woanders«, sagte sie schnell, dann schaute sie auf ihre Hände, die immer noch den samtenen Frack umklammert hielten. »Es hat sich da was getan ...«

»Was denn?« fragte Melody eifrig, und in ihre großen Augen trat eine Art Lauern. Bei all ihrer Liebenswürdigkeit hatte die junge Frau einen klaren Verstand, und es fiel schwer, ihr etwas vorzumachen. »Und was ist das da?« fragte sie und langte nach dem Frack, fuhr kurz mit einer Fingerspitze über den Stoff. »Das sieht so gar nicht nach Gerrys Geschmack aus. Ist wohl eher etwas für einen Maskenball, oder?«

Claudia befand sich mitten in einer Zwickmühle. Was sollte sie Melody sagen? Konnte sie ihr die Wahrheit sagen? Sie hatten so viele intime Dinge geteilt, sie kannte die Freuden und Ärgernisse der jungen Frau so gut wie ihre eigenen. Aber Paul war eine so dramatische Wende in ihrem Leben! Plötzlich fühlte sie sich wegen ihm schuldig, als hätte sie ihre liebe Vertraute zugunsten eines Fremden hintergangen.

»Er … er gehört einem Freund.«

»Einem Freund?« Melodys hübsche, graue Augen wurden noch größer.

Claudia zögerte noch. Sie wollte so gern die wunderbare Nachricht mit der Freundin teilen, aber …

»Ja, ja, natürlich! Ich sehe es dir an!« rief Melody triumphierend und griff Claudias Hand. »Du wirst ja rot! Komm schon, spuck alles aus! Sieh mal einer an, so eine alte Geheimniskrämerin!«

»›Alte‹ wäre nicht nötig gewesen«, sagte Claudia und täuschte ein Schmollen vor. Sie bemerkte, daß sie feuerrot geworden war, als hätte ihre Freundin sie dabei ertappt, wie sie Paul auf dem Küchentisch liebte.

»Du weißt, wie ich es meine … Komm, keine Ausflüchte mehr. Ich bin ganz Ohr!« Melody zwang Claudia, sie anzuschauen. »Also, wann hast du ihn kennengelernt? Wir haben uns erst vor zwei Tagen gesehen, und da hast du kein einziges Wort von ihm gesagt!«

Wieder überlegte Claudia, ob sie ihrer Freundin alles erzählen sollte. Hatte sie überhaupt das Recht, etwas von dem Geschehen zu erzählen? Schließlich gehörten zwei zu diesem Mitternachtstango.

Und doch war ein unwiderstehlicher Drang in ihr, es

zu erzählen. Melody war ja schließlich ihre beste Freundin.

»Nun ja, also … es wird sich ein bißchen wild anhören … sehr wild sogar. Aber du kannst mir glauben – jedes Wort ist wahr.« Sie beschrieb in allen Einzelheiten die Ankunft des geheimnisvollen und so unwirklich gekleideten Fremden. Über die Aktivitäten am Fluß schwieg sie sich aus, sie ließ nur durchblicken, daß er im Wasser gebadet habe. Sie erwähnte auch nicht, daß sie gestern abend zu ihm ins Zimmer gegangen war.

Melodys nachgezogene Augenbrauen gingen ein paarmal steil hoch, und ihr skeptischer Blick verriet, daß sie nicht glaubte, daß Claudia alle Einzelheiten erzählt hatte.

»Nun, ich muß sagen, du bist völlig wahnsinnig gewesen«, sagte Melody schließlich. Sie saß kopfschüttelnd da. »Aus mehreren Gründen«, fuhr sie fort. »Erstens« – jetzt sah sie sorgenvoll drein – »was du getan hast, ist sehr, sehr gefährlich. Du hättest dir spät in der Nacht einen Dieb oder Triebtäter ins Haus holen können. Und zweitens« – jetzt glänzten ihre Augen, und sie blinzelten Claudia zu – »wenn dieser Paul in Ordnung ist und so toll, wie du angibst, dann kann ich nicht verstehen, daß du noch keine Hand angelegt hast. Er hört sich genau nach dem an, was ich für dich im Sinn hatte, als ich dir Tristan als Partner vorschlug.«

»Jetzt hör aber auf!« rief Claudia. »Ich habe Paul nur für eine Nacht ein Obdach geboten. Und du weißt, daß ich meine Bedenken gegen Tristan habe.«

Tristan van Dissell war ein Geschäftspartner Geralds gewesen, und dazu noch ein gut aussehender Mann, der einige Jahre jünger war als Claudia. Trotzdem hatte Melody vorgeschlagen, sie sollte sich mit ihm verabreden, sozusagen als ersten Schritt zurück in die Welt von Romantik und Beziehung.

»Das tut jetzt eh nichts mehr zur Sache«, sagte Melody wegwerfend wie ein Strafverteidiger vor Gericht, der sich nicht mehr um Indizien scherte, wenn er den unwiderlegbaren Beweis vor Augen hatte. Sie griff Claudias Hand. »Man braucht dich nur anzuschauen! Du glühst von innen nach außen! Niemand sieht so glücklich aus, wenn er nur den guten Samariter gespielt hat!« Sie zog Claudia näher und betrachtete sie ungeniert. »Du hast mit ihm geschlafen, nicht wahr? Komm, lege ein Geständnis ab!«

Das Gesicht immer noch gerötet, mied Claudia den Blick der Freundin. Sie überlegte sich gerade eine Antwort, als sie im äußersten Winkel ihres Blickfelds eine Bewegung wahrnahm. Zu der Bewegung kam jetzt eine Stimme. Claudia fuhr herum und sah ihm entgegen.

»Guten Morgen«, sagte Paul schüchtern. Er blieb in der Küchentür stehen und war sich bewußt, daß die beiden Frauen ihn genau musterten.

Wie sie ihn jetzt wieder sah, ihren geheimnisvollen Fremden und Geliebten, hüpfte Claudias Herz vor Freude. Selbst in den gewöhnlichen Jeans und dem schlichten weißen Hemd sah er exotisch und ›anders‹ aus als in seiner Kleidung aus der Edwardischen Zeit.

Daß sein wuscheliges Haar noch feucht war und ungekämmt und daß das geborgte Hemd nicht bis obenhin zugeknöpft war und lose aus den Jeans heraushing, war für Melody genug an Beweisen, daß es eine Vertrautheit zwischen Paul und der Gastgeberin gab, die sie vergeblich aus ihr herauszufragen versucht hatte. Er sah von oben bis unten wie ein Mann aus, den sich eine wohlhabende Frau hält.

Und Melody konnte es der Freundin nicht verübeln, besonders nicht, als der Mann sie mit einem warmen, aber auch unsicheren Lächeln bedachte, das sowohl Nervosität wie männliches Bravado ausdrückte.

Vor Stolz hätte Claudia jubilieren wollen. Dieser Mann erregte sie ungemein, und wenn Melody nicht da gewesen wäre, hätte sie ihn umarmt und geküßt und dazu gebracht, es hier in der Küche mit ihr zu tun.

Sie schaute von ihrem Liebhaber zur Freundin. Melody starrte Paul mit unverhohlenem sexuellen Interesse an. Ihr pinkfarbener Mund hatte sich leicht geöffnet. Claudia wollte die beiden gerade miteinander bekanntmachen, als die jüngere Frau die Initiative übernahm.

»Und auch Ihnen einen guten Morgen«, erwiderte sie lächelnd. »Ich bin Claudias Freundin Melody, und sie hat mir gerade alles über Sie erzählt.«

Paul trat in die Küche und ergriff die Hand, die Melody ausgestreckt hatte. Die ganze Zeit lächelte er dieses scheue, wunderbare Lächeln, das Claudia so betörte und das nun seine verblüffende Wirkung auch auf Melody ausübte.

»Ich bin ...« Er runzelte einen Augenblick lang die Stirn. Man sah ihm an, daß er sein Gedächtnis nach seinem Namen zermarterte.

»Paul«, sagte Claudia leise, stand auf und trat ihm entgegen. Sie holte die Taschenuhr heraus. »Ich glaube, du heißt Paul. Ich habe diese Uhr im Futter deines Rocks gefunden. Sie ist wahrscheinlich durch ein Loch in der Tasche ins Futter gerutscht.« Sie öffnete den Deckel und drückte ihm die Uhr in die Hand.

Er lächelte, als die Melodie des Wiener Walzers erklang, dann las er die Gravur.

»Bringt dir das irgendeine Erinnerung zurück?« fragte Claudia, als er nichts sagte und nur auf die in Gold gravierten Buchstaben starrte.

»Ich bin nicht sicher«, murmelte er schließlich, klappte den Deckel zu und ließ ihn sofort wieder aufschnappen, als ob dieser Vorgang seinem Gedächtnis auf die Sprünge helfen könnte.

»Paul ... Paul ...«, sagte er ein paarmal hintereinander. »Es klingt nicht falsch. Aber ich kann beim besten Willen nicht sagen, ob es wirklich mein Name ist.«

»Mir gefällt der Name«, sagte Claudia. »Er gefällt mir sogar sehr, sehr gut. Er paßt zu dir.«

»Ja, es ist ein hübscher Name«, stimmte Melody zu, die sich offenbar aus dem Bann gelöst hatte, der sie seit Pauls Eintreten gelähmt hatte. »Sie sehen genauso aus, wie ein Paul aussehen sollte.«

Es entstand ein kurzes, intensives Schweigen. Claudia spürte, daß Pauls zerbrechliches Selbstvertrauen in Gefahr war. Es war erst einen Tag her, daß er voller Angst und Verwirrung bei ihr Zuflucht gefunden hatte.

»Wie wäre es mit einer Tasse Tee, Paul?« fragte sie und zog einen Stuhl für ihn heran. Als er sich setzte, warf sie Melody einen bestimmten Blick zu.

»Nun, kann ich dir irgend etwas aus den Geschäften mitbringen, Claudia?« fragte Melody, die den Blick richtig gedeutet hatte. »Soll ich diese Sachen in die Reinigung bringen?« Sie deutete auf den Frack, auf die Weste und die Hose, alles gebündelt auf einem Küchenstuhl. »Taylor's sind bei speziellen Geweben besonders zuverlässig. Ich könnte ihnen sagen, daß sie die Sachen bringen sollen, sobald sie fertig sind.«

Ein paar Minuten später, nachdem sie noch Belangloses geplaudert hatten, brach Melody mit den Sachen für die Reinigung auf. Im Flur hatte sie ihre Warnung noch einmal bekräftigt. »Sei sehr, sehr vorsichtig«, hatte sie gesagt und Claudias Hand gedrückt. »Er sieht himmlisch aus, aber er kann trotzdem ein gefährlicher Irrer sein.«

Als sie zurück in die Küche kam, sagte sie: »Es tut mir leid. War es schwierig für dich?« Er saß noch auf seinem Platz und starrte auf die Taschenuhr, die wieder ›An der schönen blauen Donau‹ spielte.

Er schaute zu Claudia hoch, und dieser Blick rührte sie in der Tiefe ihres Herzens. Er lächelte dieses besondere Zwischen-uns-Lächeln, das gleichzeitig unschuldig und wissend wirkte. Claudia fühlte sich gebannt von diesem Lächeln. Es löste in ihr eine unwiderstehliche Sehnsucht nach ihm aus. Sie war versucht, ihm alles über sich zu enthüllen, sie wollte in diesem Augenblick Körper und Seele entblößen. Sie konnte sich nicht vorstellen, daß er etwas anderes war als ehrlich.

Sie errötete wieder, als ihr Blick auf seine nackte Brust fiel und die Erinnerungen an die letzte Nacht in ihr hoch kamen.

»Ein bißchen schon«, sagte er, »aber gestern wäre es viel schlimmer gewesen.« Er klappte die Uhr zu und legte sie auf den Tisch. Claudia blinzelte, sie wußte nicht mehr, was sie ihn gefragt hatte. Es fiel ihr erst wieder ein, als er hinzufügte: »Deine Freundin ist nett. Sie scheint sehr um dich besorgt zu sein.«

»Das ist sie«, bestätigte Claudia mit nicht sehr fester Stimme. Sie wandte sich ab, ehe sie etwas Albernes tat, ihn zum Beispiel bitten, wieder Liebe mit ihr zu machen. »Manchmal glaube ich, daß ich die ersten Wochen nach dem Tod meines Mannes nicht überstanden hätte, wenn Mel nicht gewesen wäre. Sie hat mich auf den Beinen gehalten. Sie hat dafür gesorgt, daß ich den Verstand nicht verlor.«

»Sie hat offenbar ein gutes Herz«, bemerkte Paul. »Obwohl es etwas gibt, was sie unglücklich macht …«

»Wie kommst du denn darauf?« fragte Claudia und drehte sich überrascht wieder zu ihm. Sie sah, daß er sich mit dem Zeigefinger über die geschwungene Unterlippe rieb. Es war wohl eine Angewohnheit, die sein Nachdenken anregen sollte, aber es war auch eine sehr erotische Geste.

»Ich weiß es nicht«, murmelte er. »Vielleicht ist das eine Verbindung, die verlorene Seelen haben, weißt du. Wenn man selbst eine ist, erkennt man die andere.«

Möglich, dachte Claudia. Sie fragte sich, ob er über Wahrnehmungen verfügte, die ihr versagt blieben. »Sie ist nicht immer glücklich«, sagte sie hinhaltend, denn sie wollte nicht in die Einzelheiten über die ehelichen Schwierigkeiten ihrer Freundin gehen. Schließlich war Paul immer noch ein Fremder, von dem sie absolut nichts wußte. »Gelegentlich kümmere ich mich auch um sie.«

»Ich kann mir eure Freundschaft sehr gut vorstellen«, sagte Paul leise und stand auf. Er trat auf sie zu. Sie war gerade dabei, den Kessel mit Wasser für seinen Tee zu füllen, aber es wollte ihr nicht gelingen. Der Kessel schlug gegen den Wasserhahn, so sehr zitterte ihre Hand.

Er nahm ihr den Wasserkessel aus der Hand, stellte ihn auf die Ablage, drehte Claudia zu sich um, legte die Arme um ihre Taille und drückte sie an sich.

»Ich danke dir, daß du dich auch um mich kümmerst«, flüsterte er und küßte sie auf den Nacken. Seine Lippen zogen eine feuchte Spur bis zum Hals.

Claudias Beine schienen den Körper nicht mehr tragen zu können, sie begann zu schwanken. Sie ließ sich gegen ihn fallen. Ihr Atem kam in hechelnden, rasselnden Zügen. Er brauchte ihr bloß nahe zu sein und sie in unschuldiger Umarmung zu kosen, und schon war sie so wahnsinnig verrückt nach ihm!

Dabei gestand sie sich ein, daß seine Umarmung alles andere als unschuldig war. Zwischen ihren Backen spürte sie die Schwellung seines Geschlechts. Er hatte wieder eine Erektion, genauso hart und fabelhaft wie in der Nacht. Sie konnte nicht widerstehen und drückte ihren Hintern gegen den pochenden Schaft.

Sie fühlte sich benommen, schaute hoch und sah ihr Spiegelbild im Fenster über der Spüle. Ihre Augen glänzten hell, sie hatte die Lippen geöffnet. Sie sah, daß ihre Brustwarzen sich unter dem dünnen T-Shirt deutlich abzeichneten.

Sie konnte Paul eher spüren als sehen. Sein Gesicht war nur eine blasse Maske. Es lag schräg über ihrer Schulter, weil er fortfuhr, ihren Nacken zu küssen. Seine wilde, krause Mähne bildete einen merkwürdigen Kontrast zu ihren kurzen, blonden Haaren. Sie erkannte seine langen

Wimpern, die zart ihre empfindliche Haut in der Halsbeuge berührten.

»Du sorgst dafür, daß er in diesen Zustand gerät«, sagte er, während seine Zähne ihre Haut schrammten und er seinen Unterleib gegen sie drückte. »Ich fühle mich wieder gut«, sagte er heiser. »Wenn ich bei dir bin, brauche ich meinen Namen nicht zu wissen.«

Claudia zuckte in seinen Armen, als er eine Hand über ihren Leib gleiten ließ bis hinunter zum Schoß. Er griff ihre Jeans im Schritt. Es war, als wäre sie in einem elektrischen Zaun gefangen; wo immer er sie auch berührte, ging ein Stromstoß durch ihren Körper, und jeder Stromstoß setzte neue Energie frei. Er lachte laut und triumphierend, als sie sich noch mehr an ihn schmiegte.

»Du machst alles so leicht für mich«, murmelte er, knabberte an einem Ohr und sog die Haut am Nacken ein. Sie spürte, wie der Saum der Jeans gegen ihre Klitoris zwickte, und sie wußte auch, daß ihr dämonischer Liebhaber es genau darauf anlegte.

»Oh, Paul, oh, Paul«, keuchte sie und war froh, mit seinem Namen auch die Lust aussprechen zu können, die er ihr bereitete. Die Spannung zwischen ihren Beinen wurde unerträglich. Er stimulierte sie mit den Fingern und bedrängte sie von hinten mit seinem Schaft. Wie nahe bist du schon am Orgasmus? fragte sie sich verträumt.

Ihre Vulva zuckte und pulsierte in seinem Griff, und sie wußte, daß er ihre Reaktion durch den Baumwollstoff der Jeans spüren mußte. Er lachte wieder, als ob er ihre Vermutung bestätigen wollte.

»Paul, oh, Paul, du Bastard! Du bist ein Teufel!« rief sie. Ihr Orgasmus schien Minuten zu dauern.

Die Augenlider flatterten, und als sie genug Kraft geschöpft hatte, um sich auf eigenen Beinen zu halten, fiel ihr erster Blick auf den Wasserkessel.

»Was ist mit dem Tee?« fragte sie mit schwacher Stimme.

»Später«, raunte er, »das hat Zeit.« Seine Stimme klang dominanter und älter als bisher. Mit einem leichten Stoß seiner Hüften erinnerte er Claudia an seine Erektion. Er fuhr mit den Händen über ihre Hüften.

»Ich brauche etwas anderes dringender als Tee«, sagte er, und dann mußte er selbst lachen, weil dieses ›andere‹ so extrem offensichtlich war. Er ließ Claudia los, fand den Knopf ihrer Jeans und zog dann den Reißverschluß auf.

Claudia konnte es kaum noch erwarten. Er wollte sie hier in der Küche nehmen, sie würde sich über die Spüle beugen, und er würde ...

Wie spät war es eigentlich? Acht? Neun? Zehn? Eigentlich hätte sie längst gefrühstückt haben sollen, und normalerweise würde sie jetzt an der Spüle stehen und den Abwasch erledigen. Und dann war es Zeit für die Putzfrau.

Oh, Himmel! Was war, wenn Mrs. Tisdale jetzt hereinmarschierte und Claudia vorfand, wie sie über der Spüle von einem völlig Fremden geliebt wurde? Mrs. Tisdale war eine treue Seele, und wie Melody sagte auch sie immer, daß Claudia wieder unter Menschen kommen müßte. Aber so würde sie sich ihren guten Ratschlag nicht vorgestellt haben. Wahrscheinlich würde sie die Polizei rufen, ehe Paul den Akt beendet hatte!

Und das alles vor dem Frühstück!

Solche trivialen Überlegungen wurden aus ihrem Kopf weggeschwemmt, als sie Pauls Finger auf dem nackten Po spürte. Er hatte ihr Jeans und Slip heruntergezogen und packte jetzt die Backen in beide Hände und knetete sie.

Claudia seufzte und hielt sich am Rand der Spüle fest. Pauls Berührungen erregten sie, als hätte sie nicht eben erst einen minutenlangen Höhepunkt genossen. Auch in der Nacht hatte er ihre Backen gepackt, aber irgendwie war die intime Szene jetzt, zwischen Kleidern und Kesseln und Töpfen, noch viel verwegener, lüsterner. Seine Finger glitten tiefer.

»Du bist so wunderschön, Claudia«, murmelte er in ihr Ohr, und gleichzeitig verstärkte er den Druck seiner Hände.

Sie wurde zu erregt, um weiter stillhalten zu können. Sie rutschte hin und her, drückte gegen seine forschenden Finger, gegen die zupackenden Hände. Sie wollte ihn dazu bringen, mit einer Hand über ihren Bauch zu streicheln und die Klitoris zu berühren. Sie wollte ihn darum bitten, aber ihre Beziehung war noch zu frisch, zu ungewöhnlich. Sie wollte den Zauber nicht gefährden, er konnte sonst wie ein Traum verfliegen.

Aber es war ein Traum mit magischen Kräften, so schien es ihr. Vielleicht, dachte sie, hatte der Verlust seines Gedächtnisses in seinem Gehirn Platz für andere Fähigkeiten geschaffen. Telepathie zum Beispiel. Oder es lag einfach nur daran, daß er genau wußte, was sie wollte, denn er kam ihrem Wunsch ohne Worte nach.

Sie bewegte die Schenkel schneller, erzeugte zusätzliche Reibung und schrie auf, als er die Fingerkuppe auf die Klitoris legte.

Ihr langgezogener Schrei ging ihm durch Mark und Bein. Sie spürte ein Pochen in sich, das die Säfte in ihr zum Brodeln brachte. Während sie wie in einer Zentrifuge geschüttelt wurde, hielt sie sich verkrampft am Rand der Spüle fest, sonst hätte sie sich auf dem Boden wiedergefunden, denn ihre Beine wackelten wie Pudding.

Während die Wogen der Lust noch in ihr tobten, während ihr Orgasmus noch anhielt, spürte sie, wie er die Jeans weiter nach unten streifte, und im nächsten Moment hatte er seinen Penis bloßgelegt und fuhr mit einem Ruck in sie hinein.

Diesmal war er nicht behutsam, und langsam ging er auch nicht zu Werke. Du hast wieder meine Gedanken gelesen, dachte Claudia. Genauso wollte ich es haben – schnell und hart.

Ihr wilder Orgasmus hielt an, der eine ging in den nächsten über, als Paul mit einer Hand ihre Brüste drückte und mit der anderen über den Kitzler rieb. Es dauerte nicht lange, da spürte sie das verräterische Zucken in seinem Schaft, und unmittelbar darauf hörte sie seinen bebenden Aufschrei. Claudia biß sich auf die Unterlippe, als sie spürte, wie er sich mächtig in ihr ergoß.

Es war wie ein Wunder, daß sie nicht zusammenklappten und auf dem Boden landeten, denn in der letzten Minute des Aktes hatte Claudia auch noch den größten Teil seines Gewichts zu tragen gehabt.

Sie lachten wie ausgelassene Teenager, als sie umständlich ihre Kleider ordneten.

»Ich werde nie wieder an der Spüle stehen können, ohne daran zu denken«, sagte Claudia lachend. Der Wasserkessel stand verloren auf dem Abtropfbrett, aber als sie danach greifen wollte, weil ihr der Tee einfiel, den sie Paul versprochen hatte, nahm er ihre Hand und führte sie zu ihrem Stuhl am Küchentisch.

»Wenn du gestattest«, sagte er, ging zur Spüle und füllte den Wasserkessel, den er dann auf die Herdplatte stellte. Er schaute sie über die Schulter an und lächelte sein warmes, sonniges Lächeln. »Unter den gegebenen Umständen ist das wohl das wenigste, was ich tun kann.«

Claudia schaute ihm zu, wie er sich in der Küche bewegte, als ob er es schon immer getan hätte. Jetzt bist du deiner Sache sehr sicher, was, junger Mann? Er holte Tassen und Untertassen heraus, stellte Milch und Zucker auf den Tisch und bereitete den Tee mit einer Routine eines Mannes zu, der jahrelang nichts anderes getan hatte. Er nahm die richtige Dosis und ließ die Blätter lange genug ziehen – daran konnte er sich erinnern, nicht aber an seinen Namen und an seine Herkunft.

Melodys Warnung schlich sich in Claudias Gedanken ein. Konnte diese Schau des verlorenen kleinen Jungen wirklich gespielt sein? War er ein cleverer Bastard, der sie damit hereinlegen wollte?

Sie wartete, bis er für sie beide Tee eingeschenkt und bis sie ihn probiert und für besser als ihren eigenen befunden hatte, ehe sie zur Sache kam.

»Nun, Paul, was fangen wir mit dir an?«

Er schaute ihr offen ins Gesicht, völlig ohne Argwohn. Diese Unschuld in seinem Blick ließ sie erröten, als ob sie es wäre, die unter Verdacht stünde.

»Ich weiß es nicht«, sagte er bedächtig, und dann begann er nervös mit seiner Tasse und dem Teelöffel zu spielen. Das plötzliche Zurückfallen in seine Verwirrung warf auch Claudia aus dem Gleichgewicht. Er veränderte sich so schnell, daß sie damit nicht zurechtkam.

»Ich weiß nicht, wo ich anfangen soll«, fuhr er fort. »Oder wohin ich gehen soll. Ich weiß nicht einmal, wo ich bin.« Er legte den Löffel hin, hob die Tasse an die Lippen und nahm einen tiefen Schluck. Der Genuß war auf seinem Gesicht abzulesen.

»Zählen wir doch mal auf, was wir bisher von dir wissen«, sagte Claudia, stellte ihre Tasse hin und legte die Hände auf den Tisch. Sie wollte die Führung des Gesprächs übernehmen. »Du heißt Paul, du bist älter als einundzwanzig, du magst Tee, *Madame Butterfly* und Sex.«

»Oh, es ist ein bißchen mehr als das«, gab er zurück, und ein Leuchten trat in seine blassen Augen. »Ich genieße fast jede klassische Musik, glaube ich ... und für Tee könnte ich sterben, aber Sex – ich liebe die Liebe! Ich glaube, das ist das einzige, worin ich wirklich gut bin.« Das Pendel seines Verhaltens hatte erneut umgeschlagen, plötzlich war seine Selbstsicherheit wieder da.

Claudia versuchte, weiterhin den Ton anzugeben, sie wollte sich die Gesprächsführung nicht aus der Hand nehmen lassen, obwohl die spontane Reaktion ihres Körpers das erschwerte. Dabei hätte sie doch noch gesättigt sein müssen ...

»Um darauf zurückzukommen, wo du bist ...« Sie schaute sich um, was leichter war, als ihn anzuschauen, und machte eine umfassende Handbewegung. »Dies ist mein Haus, Perry House, und es liegt an der Green Giles Lane in Rosewell in Oxfordshire. Wir sind etwa sechzig Meilen von London entfernt, zehn von Oxford, und der Fluß, in dem du gestern gebadet hast, ist der Little Ber, der später in die Themse mündet.«

»Und von dessen Ufer du mich beobachtet hast«, fügte er schalkhaft hinzu und schaute sie an.

»Du warst auf meinem Grund und Boden!« wies sie ihn zurecht. »Unerlaubtes Betreten fremden Eigentums. Ich würde sagen, daß ich jedes Recht hatte, dich zu beobachten.« Sie fühlte, wie sie mehr und mehr seiner Gegenwart erlag, und dieses Gefühl wurde mit jeder Sekunde, die verstrich, stärker. Es war beängstigend, deshalb kämpfte sie dagegen an. »Hör auf, mich ablenken zu wollen«, sagte sie streng. Hast du eine Ahnung, in welcher Zeit wir leben? Ich meine, welches Datum wir haben?«

Er runzelte die Stirn, obwohl er nicht eingeschüchtert schien. »Ich habe keine Ahnung ... Ist es Sommer?«

Sie nannte ihm das Datum, und er hob die Schultern. »Ja, das klingt okay.«

»Kannst du dich an irgend etwas erinnern? An ein Ereignis, an einen Namen?«

Paul stellte die Tasse ab, atmete tief ein und schien jede Zelle seines Gehirns nach einer Erinnerung abzurufen. Claudia mußte gegen ein Schuldgefühl ankämpfen, weil sie ihn derart bedrängte und wegen ihrer Zweifel. Der Ausdruck der Anstrengung auf seinem Gesicht schmerzte ihr Herz.

»Ich kann mich nur an Bruchstücke erinnern«, sagte er schließlich, und seine Stimme klang rauh, als müßte er sich gegen Tränen der Frustration zur Wehr setzen. Er fummelte an seinem Hemd herum, strich es glatt, legte es dann zwischen seinen langen, eleganten Fingern in Falten. »Eindrücke, Bilder ... Ich erinnere mich daran, daß jemand mich schlägt. Und tritt.« Er ließ das Hemd los und drückte eine Hand in die Seite. Claudia wußte, daß er dort einen handtellergroßen Bluterguß hatte. »Ich sehe einen Platz mit vielen Leuten ... Autos auf dem Parkplatz ... Alle Leute starren mich an ... Sie scheinen übergroße Augen zu haben. Unheimlich ...«

»Ist das kürzlich gewesen? Oder glaubst du, daß es etwas aus der Vergangenheit ist, was dir widerfahren ist, bevor du dein Gedächtnis verloren hast?« Claudias Besorgnis um ihn nahm zu. Paul zitterte jetzt, und dann sah sie, wie er beide Hände vors Gesicht schlug.

»Kürzlich, glaube ich.« Die Worte kamen gedämpft. »Und ich erinnere mich auch, in einer Art Cafeteria zu sein. Ich muß ein bißchen Kleingeld in der Tasche gehabt haben ... Ich habe Tee getrunken ...« Er ließ die Hände sinken und lächelte sie schief an. »Ja, an den Tee erinnere ich mich. Er war entsetzlich. Danach war ich auf der Toilette und habe mein Gesicht gewaschen. Ich bin zu Tode erschrocken, als ich mein Bild im Spiegel sah. Mein Gesicht ... ich kannte mich nicht.«

Sein Gesicht war jetzt schmerzverzerrt. Voller Mitgefühl streckte Claudia die Hand aus und legte sie auf seine. Sie fühlte sich kalt an.

»Danach kann ich mich erinnern, daß ich gegangen und gegangen bin, immer weiter. Vielleicht habe ich irgendwo angehalten und geschlafen, aber das weiß ich nicht. Dann erinnere ich mich erst wieder an den Fluß. Von dort an scheint alles so klar zu sein. Ich badete und ...« Er schaute ihr ins Gesicht und brachte ein Lächeln zustande. »Als meine Sachen trocken waren, zog ich sie an, legte mich hin und schlief ein. Als ich wach wurde, war es dunkel, und ich schien im Zentrum eines Gewittersturms zu sein. Als ich die Lichter deines Hauses sah, bin ich darauf zugelaufen.«

Es hätte also irgendein Haus sein können, dachte Claudia, und wieder sah sie in das gut aussehende Gesicht und auf den Körper des jungen Mannes, der im wahrsten

Sinne des Wortes ihr zu Füßen gefallen war. Sie hatte ihn aufgehoben, aber er hatte sie wieder lebendig gemacht.

Reiner Zufall ...

Aber das glaubte sie nicht. Schicksal, Karma, Glück, was auch immer, hatte ihn genau zu einem Zeitpunkt zu ihr gebracht, als sie ihn am dringendsten brauchte. Er hatte sie wirklich aufgeweckt, er war ihr geschickt worden, damit sie ihre Sexualität neu entdeckte.

»Und den Rest kennst du«, sagte er schlicht. Seine Hand in ihrer zuckte leicht.

Claudia fühlte, wie auch ihre Seele zuckte, als seine langen Finger sich um ihre schlangen, wie er mit den Fingernägeln behutsam über ihre Handfläche rieb. Es hätte nicht viel gefehlt, und sie hätte ihn an sich gezogen und ihn aufgefordert, wieder das mit ihr zu tun, was er so gut konnte. Aber es gab einige praktische Dinge zu erwägen.

»Wir haben jetzt zwei Dinge zu tun«, sagte sie und versuchte, ihrer Stimme einen überlegenen Klang zu geben. »Du hast seit langer Zeit nichts Gescheites mehr gegessen, deshalb sollte ich dir zuallererst ein herzhaftes Frühstück zubereiten. Und zweitens solltest du einen Arzt aufsuchen. Sehr bald. Du hast dir offenbar eine ernste Kopfverletzung zugezogen.« Sie warf einen raschen Blick auf die Wunde an der Schläfe, die immer noch beängstigend aussah, auch wenn sie größtenteils von den Locken verdeckt wurde.

Paul schaute auf ihre ineinander verschlungenen Hände. »Ich soll einen Arzt aufsuchen?« Er sah sie stirnrunzelnd an, als ob das Wort ihm völlig fremd wäre oder als ob es eine bedrohliche Bedeutung für ihn hätte. »Ich glaube nicht, daß ich einen Arzt sehen will. Jedenfalls noch nicht. Mein Kopf schmerzt auch gar nicht mehr.«

Er stellt sich an wie ein dickköpfiges Kind, dachte sie schmunzelnd, das sich von der Mutter das aufgeschürfte Knie nicht verbinden lassen will.

Er fuhr fort: »Hast du mir nicht gesagt, daß dein

Gedächtnis nach zwei Wochen einfach wieder da war? Vielleicht wird das bei mir auch so sein.«

»Vielleicht auch nicht«, sagte Claudia, und in ihre Gedanken mischten sich wieder leise Zweifel.

»Ich will nicht, daß an mir herumgedoktert wird«, sagte er. »Sie bedrängen einen, quetschen einen aus und behandeln dich wie eine Mißgeburt!« sagte er ausbruchartig, und gleichzeitig zog er seine Hand aus ihrer zurück.

»Aber so würde es nicht sein«, wandte Claudia ein. Sie dachte an ihren eigenen Hausarzt, der ein ausgezeichneter Diagnostiker war und nicht lange herumredete, sondern direkt auf den Punkt kam.

Während sie auch noch in Betracht zog, zur ambulanten Behandlung ins Krankenhaus zu gehen, fiel ihr noch eine andere Möglichkeit ein.

Sie erinnerte sich an ein kurzes Gespräch auf Geralds Beerdigung und an ein kurzes, unerwartetes Telefongespräch ein paar Tage später.

»Ich weiß, daß ich nicht Ihre Hausärztin bin, aber wenn Sie jemals jemanden brauchen, mit dem Sie reden wollen, dann zögern Sie nicht, mich anzurufen. Entweder in meinem Haus oder in meiner Londoner Praxis. Auch wenn es nur für einen kurzen Plausch ist. Vielleicht kann ich Ihnen helfen.«

Diese Möglichkeit ist jetzt da, dachte Claudia. Sie nahm wieder Pauls Hand und zwang ihn, sie anzusehen.

»Ich kenne jemanden ... Sie ist Ärztin, aber sie ist auch eine ... nun ja, fast eine Freundin. Wenn ich sie anrufe, wirst du wenigstens zu ihr gehen? Ich kann dir versprechen, daß sie dich nicht wie eine Mißgeburt behandelt.«

Was der Arzt verschrieben hat

Die Sache mit der Ärztin war nicht so einfach, wie Claudia ihren Gast glauben gemacht hatte. Es hatte immer schon viel Gerede um Doktor Beatrice Quine in Rosewell gegeben, und als Claudia die Haustür öffnete, verstand sie, warum die Leute sich so gerne das Maul über die Ärztin zerrissen.

»Hallo! Ich hatte immer gehofft, daß Sie mich eines Tages anrufen würden, aber ich hätte nicht im Traum daran gedacht, daß Sie dann so gut aussehen, meine Liebe«, sagte die Ärztin zur Begrüßung und schwirrte an Claudia vorbei in den Flur.

»Was kann ich für Sie tun?« fragte Dr. Quine, ohne Claudia zu Wort kommen zu lassen. »Sie müssen mir alles über Ihren gut aussehenden Fremdling erzählen.«

Claudia schloß die Tür, und als sie sich umdrehte, wäre sie fast gegen Dr. Quine geprallt. Bevor Claudia sich von dem Schrecken erholt hatte, wurde sie schmatzend auf beide Wangen geküßt, und ihre Nase sog einen betörend exotischen Parfumduft ein. Nach einer Weile war die Begrüßungszeremonie überstanden, die Ärztin trat einen Schritt zurück, federte auf den Fußballen vor und zurück und erwartete offenbar, daß Claudia an Ort und Stelle – noch im Flur – die Geschichte ihres geheimnisvollen Fremden erzählte.

Das einzige, was an Dr. Beatrice Quine konventionell war, war die altmodische und arg lädierte Arzttasche. Sie war ganz gewöhnlich, normal und beruhigend, während die Trägerin das alles nicht war. Die Ärztin war eine außergewöhnliche Frau, und Claudia fühlte sich durch sie irgendwie eingeschüchtert, wobei sie zu ihrer Verwunderung feststellte, daß ihr das nicht unangenehm war.

Beatrice Quine war eine Frau von seltener Schönheit. Sie war etwa in Claudias Alter, vielleicht ein Jahr oder zwei älter, und hatte offenbar die strenge Kleiderordnung der ernsthaften Karrierefrau für sich außer Kraft gesetzt. Sie trug ein dünnes weißes, ärmelloses Hemdchen und eine fliederfarbene Lederhose, die so eng saß, daß man im ersten Moment glauben konnte, sie wäre aufgemalt. Ihre schmalen Füße steckten in knalligen Sandalen. Am rechten Oberarm trug sie einen schweren, breiten Reif aus gehämmertem Silber und ums linke Handgelenk eine schwere Männerarmbanduhr mit vielen Knöpfen. Ihr langes, volles und fast schon aggressiv rotes Haar hatte sie zu einem Zopf zusammengefaßt, der bis zum Po baumelte.

Zu sagen, daß sie einem den Atem nahm, wäre eine Untertreibung von Lichtjahren gewesen.

»Bitte ... Doktor Quine, hier entlang«, brachte Claudia schließlich heraus. Sie schalt sich wegen ihrer Albernheit, ob des Anblicks dieser Frau so aus der Fassung zu geraten. Schließlich war sie auch nur eine Frau ›in den besten Jahren‹, und Claudia begriff nicht, warum sie so aufgeregt war.

»Oh, bitte, nennen Sie mich Beatrice«, sagte die Ärztin munter, während Claudia ins Wohnzimmer voranging.

Ich kann es kaum glauben, dachte Claudia. Ich reagiere in letzter Zeit nicht mehr normal auf andere Menschen. Zuerst Paul, und jetzt diese Ärztin. Was ist mit mir los?

»Was für ein wunderschönes Zimmer«, rief Beatrice aus, blieb in der Mitte stehen, beschrieb eine wirbelnde halbe Drehung, daß ihr Zopf in einem weiten Bogen hinter ihr her schwang. »Sie haben so viele schöne Sachen«, fuhr sie fort und setzte sich dann aufs Sofa, bevor Claudia sie dazu hatte einladen können. Es wurde deutlich, daß die Ärztin gewohnt war, überall mit offenen Armen empfangen zu werden.

»Mir gefallen sie«, sagte Claudia und überlegte, ob sie sich neben ihren Gast setzen sollte. Beatrice saß völlig entspannt und locker da, neben sich ihre Arzttasche, und kuschelte sich in die Kissen. Sie schlug die Beine übereinander und streckte die Arme über der Rückenlehne des Sofas aus – offenbar erwartete sie, daß Claudia neben ihr Platz nahm.

»Also, dieser ›Patient‹ von Ihnen«, begann Beatrice, nachdem Claudia sich gesetzt hatte. »Wo ist er jetzt? Schläft er? Liegt er im Bett?«

»Eh ... nein«, murmelte Claudia, zusätzlich verunsichert durch die ganz und gar nicht professionelle Betonung des Wortes ›Bett‹. Außerdem hatte Beatrice dabei anzüglich gezwinkert. Es war, als wüßte sie bereits von den Dingen, die sich seit Pauls Ankunft im Haus ereignet hatten, einschließlich der Begegnungen in seinem Bett und in ihrer Küche. Aber Claudia wußte genau, daß nicht einmal eine Andeutung dieser Dinge über ihre Lippen gekommen war.

»Er hat sich auf die Couch im Wintergarten gelegt«, sagte Claudia und wich dem seelenforschenden Blick aus den grünen Augen aus. »Er scheint eine Menge Ruhe und Schlaf zu brauchen ...« Hatte sie sich wieder verplappert? Hörte es sich so an, als wollte auch sie irgendwas andeuten? Jedenfalls spürte sie, daß das Interesse der Ärztin noch wacher geworden war. »Aber sonst geht es ihm gut. Er scheint auch nicht desorientiert zu sein, jedenfalls jetzt nicht. Aber als er ankam, war er völlig verwirrt und zitterte.«

»Das ist ein gutes Zeichen«, sagte Beatrice, »ich meine, daß er schläft. Schlafbedürfnis kann das Ergebnis eines Traumas sein. Auf der anderen Seite kann es auch verständliche Ursachen haben – Sie haben gesagt, daß er lange durch die Gegend gelaufen ist, nicht wahr?« Als Claudia nickte, fuhr sie fort. »Und Sie haben auch von einer Kopfverletzung gesprochen.«

»Ja, es ist eine häßliche Schramme an der Schläfe, nicht sehr tief, und man sieht auch keinen Bluterguß.«

»Hm, das hört sich nicht allzu bedrohlich an, aber man kann nie wissen. Das Gehirn ist ein merkwürdiges Organ. Es kann scheinbar schlimmste Verletzungen hinnehmen, von denen sich ein Patient wieder völlig erholt, aber es kann auch sein, daß ein leichter Sturz zu Blutungen führt, die ...«

Beatrice brach mitten im Satz ab, als sie Claudias entsetzten Blick sah. »Machen Sie sich keine Sorgen«, sagte sie rasch und legte ihre gepflegte Hand auf Claudias nackten Arm. »Ich bin sicher, daß dies hier nicht der Fall ist. Wenn es ein ernsthaftes Problem gäbe, hätte es sich schon gezeigt.«

Claudia war verwirrt – und entsetzt über sich selbst. Es war möglich, daß Paul eine inoperable Gehirnverletzung davongetragen hatte, und doch konnte sie in diesem Moment an nichts anderes denken als an die delikate Berührung von Beatrices Fingerspitzen auf ihrem Arm. Der Kontakt brannte wie Feuer, als wenn ihre Fingerspitzen elektrisch geladen wären. Es war fast genauso wie in der vergangenen Nacht, als Paul sie das erste Mal berührt hatte.

»Ist alles in Ordnung mit Ihnen?« erkundigte sich Beatrice, legte den Kopf ein wenig schief und schaute Claudia an. »Ich wollte Sie wirklich nicht erschrecken. Es tut mir leid.«

Claudia war nicht in Ordnung, aber sie nickte und lächelte, denn die Hand lag noch auf ihrem Arm, prickelnd und warm. Ihr war auch bewußt, daß die Ärztin ein Stück näher gerutscht war, und dicht vor ihren Augen sah Claudia die strotzenden Brüste der anderen Frau, die sich unter dem dünnen Hemdchen deutlich abzeichneten und offensichtlich nicht in einen BH gezwängt waren.

Wie würde es wohl sein, eine solche Frau zu liebkosen? dachte Claudia verträumt, als ob sie auf einer Wolke von Beatrices aufregendem Parfum schwebte.

Sie hob den Blick wie in Zeitlupe und sah in das skeptische Gesicht der Ärztin. »Sind Sie sicher, daß alles in Ordnung ist, Claudia?«

»Oh, ja ... eh ... danke«, stammelte Claudia und wünschte, sie könnte die verwirrenden Gefühle ausschalten, die Beatrices Fingerspitzen in ihr aufwühlten. »Ich glaube, ich selbst leide auch ein wenig an Schlafmangel. Es war schon ziemlich spät, als ich Paul gestern abend versorgt hatte ... und natürlich habe ich mir Gedanken gemacht.«

»Natürlich haben Sie das«, sagte Beatrice, und wieder meinte Claudia, eine mitschwingende Frage herausgehört zu haben. Die Ärztin zog ihre Hand zurück und griff nach ihrer Tasche. »Aber es ist natürlich so, daß Paul sich glücklich schätzen kann. Eine weniger gastfreundliche Person hätte ihn fortgeschickt, die Hunde auf ihn gehetzt oder die Polizei gerufen.« Sie erhob sich und holte mit der freien Hand zu einer allumfassenden Geste aus. »Aber er hat Sie gefunden. Sie haben ihn in Ihr wunderschönes Haus aufgenommen ... Wenn ich mich jemals in einem Gewittersturm verirren sollte, möchte ich genau in einem solchen Heim Zuflucht finden.«

Claudia sah vor ihrem geistigen Auge die völlig durchnäßte Beatrice in einem dünnen Sommerkleidchen auf ihrer Türschwelle, und dieses Bild trug nicht zu ihrer Beruhigung bei. Es kostete sie große Mühe, vom Sofa aufzustehen und nicht zu schwanken.

»Ich würde Sie gern hereinlassen und Ihnen helfen«, sagte sie, ohne nachzudenken, und als die Ärztin grinste, fühlte Beatrice, daß sie schon wieder errötete.

»Danke, das ist sehr nett von Ihnen«, sagte Beatrice weich. »Kann ich jetzt meinen Patienten sehen?«

»Natürlich.« Claudia schüttelte den Kopf, als wollte sie die Benommenheit vertreiben. »Ich führe Sie zu ihm«, sagte sie und ging voraus.

Sie war wütend auf sich selbst. Warum verhielt sie sich

so schulmädchenhaft? Was, zum Teufel, war in sie gefahren?

Der Fremdling war in sie gefahren, gab sie sich selbst die Antwort. Paul war nicht nur in des Wortes primitivster Bedeutung in sie eingedrungen, er hatte ihr Leben auch auf anderen Ebenen betreten. Irgendwie hatte er sie ›reaktiviert‹, als ob er einen Kurzschluß behoben hätte. Er war der Stromstoß, der ihre Sinne zum Leben erweckt hatte.

Und dort war er.

Mit allergrößter Vorsicht öffnete Claudia die Schiebetür zum Wintergarten. Sie hielt den Atem an und hörte, wie Beatrice hinter ihr geräuschvoll schluckte.

»Mein Gott! Was für ein Engel!« stieß die Ärztin hervor und legte eine Hand auf Claudias Schulter, während die beiden Frauen den ruhenden jungen Mann betrachteten.

Wie Claudia hatte auch Paul nach dem wilden Geschehen an der Küchenspüle geduscht und sich umgezogen. Er trug jetzt eine von Geralds Samthosen und ein weites weißes Golfhemd, das er wieder nicht zugeknöpft hatte. Seine langen schmalen Füße waren nackt, die Zehen wiesen auf die beiden Frauen in der Tür. Er lag auf der Seite, ihnen zugewandt, den Rücken zu einem offenstehenden Fenster.

Ein verlockenderes Bild konnte sich Claudia nicht vorstellen. Sie wollte seine zerzausten Haare streicheln, seinen nackten Brustkorb küssen, zu seinem Schoß greifen und ihn kosen.

»Jetzt leuchtet mir ein, warum Sie ihn aufgenommen haben, Sie Glückspilz«, flüsterte Beatrice. »Ich wünschte, er wäre vor meinem Haus aufgetaucht.«

Darauf fiel Claudia keine Replik ein, deshalb ging sie so leise wie möglich in den Wintergarten hinein, was ihr bei den Gummisohlen ihrer Leinenschuhe gelang. Ihre Begleiterin folgte ihr, und als sie sich jetzt nach ihr umdrehte, sah sie, daß Beatrice nur Augen für den schlafenden Fremden hatte. Vor dem Sofa verharrten sie beide. Es schien beinahe ein Sakrileg zu sein, den friedlichen Schlummer zu stören.

»Paul«, flüsterte Claudia, beugte sich über ihn und legte vorsichtig eine Hand auf seine Schulter. »Paul, wach auf!« sagte sie eindringlich, aber nur halblaut.

Die blauen Augen klappten auf, und sein friedliches, ernstes Gesicht leuchtete auf, als er sie erkannte. Er lächelte wieder dieses bezaubernde Lächeln. Dann, noch bevor sie protestieren konnte, schlang er eine Hand um ihren Nacken, zog den Kopf zu sich und küßte sie auf die Lippen.

Einen Moment lang verkrampfte sie sich. Dann, einen Herzschlag später, entspannte sie sich und ließ zu, daß er sie küßte, und sie überließ sich den Gefühlen, die sich vom Mund über den ganzen Körper verteilten.

Sie wußte, daß Beatrice zuschaute, und bei diesem Gedanken loderte ihr Verlangen noch mehr auf. Soll die attraktive Ärztin doch sehen, daß sie nicht die einzige reife Frau im Dorf ist, die ihrer Sinnlichkeit freien Lauf läßt. Warum sollte Beatrice Quine den ganzen Markt junger Liebhaber für sich allein haben?

Als Paul seinen freien Arm über ihren Rücken wandern ließ und sie beinahe auf ihn gefallen wäre, mußte sich Claudia wehen Herzens entscheiden, seine Begeisterung zu zügeln.

»Nein, nicht«, raunte sie in sein Ohr und richtete sich auf. »Hier ist jemand, der dich besuchen will. Es ist meine Freundin, die Ärztin.«

Beatrice hatte während Claudias kurzer feuriger Einlage mit Paul keinen Laut von sich gegeben, was Claudia ihr zugute hielt. Auch jetzt schaute sie, als ob nichts Ungewöhnliches geschehen sei. Als sie einen Schritt vortrat, lag ein breites Lächeln auf ihrem Gesicht.

»Beatrice Quine. Ich freue mich, Sie kennenzulernen«, sagte sie und streckte eine Hand aus.

Zunächst legte sich ein verwirrter Ausdruck auf Pauls ebenmäßige Züge, aber dann hatte er rasch sein Gleichgewicht gefunden und erwiderte das Lächeln der Ärztin. Er erhob sich und schlug in die dargereichte Hand ein.

»Paul ...«, sagte er, dann ließ er die Hand los und hob die Schultern. »Paul und noch was«, sagte er dann. »Ich kann mich im Moment an den Rest nicht erinnern.«

»Oh, das wird schon wieder, keine Sorge«, sagte Beatrice mit Zuversicht in der klaren Stimme. Dabei war es für Claudia nicht einzusehen, woher die Ärztin ihre Zuversicht nahm. Aber das war wohl die Art der Ärzte, und man nahm es als Patient hin, weil man die Zuversicht der Fachleute teilen wollte.

»Nun denn«, sagte Beatrice forsch und stellte die Arzttasche auf einem Kunstschmiedetisch ab. Sie ließ den Verschluß aufschnappen. »Setzen Sie sich, Paul. Ich möchte Sie mir mal genauer ansehen.«

Das kann ich mir denken!

Dieser Kommentar sprang spontan in Claudias Gedanken, aber zu ihrer großen Erleichterung behielt sie ihn für sich. Während sie sah, wie Paul der Anweisung der Ärztin folgte, wurde sie von widersprüchlichen Gefühlen erfaßt. Sie kam sich entlassen und ausgeschlossen vor. Eifersucht stieg in ihr hoch. Und um alles noch zu verschlimmern, empfand sie diese Eifersucht auf beide – auf Paul und auch auf Beatrice.

»Ich bin in der Küche, wenn ich gebraucht werde«, sagte sie und bemühte sich, ihrer Stimme einen lockeren Klang zu geben. An der Tür blieb sie noch einmal stehen.

»Danke. Es wird nicht lange dauern«, sagte Beatrice, ohne sich nach ihr umzudrehen. Sie hatte sich hingesetzt und holte das Stethoskop aus der Tasche.

Claudia traf Pauls Blick und sah ein leichtes, seltsames Lächeln, das seine Lippen umspielte; es war ein Ausdruck verwirrender Gefühle, das auch ihren eigenen Gemütszustand beschreiben könnte. Sie sah Schuld und Erregung in diesem Lächeln. Die Macht des Maskulinen und die Angst des verlorenen jungen Mannes.

Plötzlich schwand ihre Eifersucht. Was immer Beatrice mit ihm anstellte, welche Freiheiten sich die sinnliche Ärztin während ihrer Untersuchung auch herausnahm, an der einzigartigen Beziehung, die sie und Paul hatten, würde dies nichts ändern können.

Als sie den sicheren Hafen ihrer Küche erreicht hatte, verspürte sie plötzlich das Verlangen nach einem stärkenden Schuß Brandy. Ihre Gefühle und Reaktionen waren so durcheinander. Aber dann entschied sie sich doch für Mineralwasser, das sie mit Eis und einem Schuß Zitrone anreicherte. Sie setzte sich breitbeinig falsch herum auf einen Stuhl, legte die Arme über die Rückenlehne, ihr Kinn auf die Arme, und versuchte, wieder zu sich selbst zu finden, während sie die hochsteigenden Bläschen der Kohlensäure im Glas beobachtete. Es mochte eine verrückte Beschäftigung sein, aber in der Vergangenheit hatte es sie schon oft beruhigt, wenn sie zusah, wie die Gasbläschen dem Gesetz der Schwerkraft trotzten.

Diesmal funktionierte es nicht. Sie starrte auf die Bläschen und träumte vor sich hin.

Paul hatte sie dort drüben geliebt, vor der Spüle, die jetzt blinkte und wo es nach Pinien roch. Sie konnte ihn immer noch in sich spüren, sie empfand seine Stöße nach, hörte seinen triumphierenden Aufschrei, der seinen Höhepunkt begleitete. Im Nachhinein betrachtete sie die Paarung wie eine Szene aus einer *soap opera* oder einem Fernsehfilm. Gut aussehender Junge besorgt es reifer Frau zwischen Kesseln und Töpfen. Darüber rissen die Männer an ihren Stammtischen die derbsten Witze. Egal, sie hatte es genossen.

Und du würdest es sofort wieder tun, wenn er jetzt hier wäre, nicht wahr?

Sie spürte die erotische Spannung in ihrem Körper. Sie krümmte den Rücken ein wenig und berührte eine Brustwarze durch den dünnen Stoff ihrer Bluse, zuerst mit dem Zeigefinger, dann nahm sie den Nippel zwischen Daumen und Zeigefinger und drückte ihn leicht. Sie spürte die Lust, die sie durchlief, und überrascht stieß sie einen zischenden Laut aus. Die kleine Erhebung war so hart wie der Kern einer seltenen exotischen Frucht.

Sie rutschte auf dem Stuhl herum, wiegte sich vor und zurück und rieb sich an dem harten Holzsitz. Wohlige Schauer schüttelten sie durch. Sie konnte die Zuckungen ihres Schoßes spüren.

»Oh, nein, nein!« keuchte sie. Was geschah mit ihr? Selbst in den heißesten Zeiten mit Gerald war sie nicht so konstant erregt gewesen. Es war, als riefe Pauls Körper nach ihr. Als wäre es Pauls Hand, der sie streichelte und ihre Sinne verwirrte.

Und es war nicht nur Pauls Körper, der sie erregte. Sie konnte auch Beatrice sehen, nein, sie konnte sie fühlen, konnte ihre Vitalität schmecken. Sie fühlte sich eins mit der Natur der erfahrenen Frau.

Was würde die Ärztin mit Paul anstellen? fragte sich Claudia. Ihr Verstand sagte ihr, daß Beatrice natürlich eine ordentliche medizinische Untersuchung durchführen würde, aber in ihre Gedanken mischten sich auch andere Bilder von verwegenen und verbotenen Dingen, die sich zwischen Ärztin und Patient abspielten.

Sie sah Beatrice und Paul vor sich, aber sie waren nicht mehr in ihrem Wintergarten. Während Claudia auf die immer noch aufsteigenden Bläschen des Mineralwassers starrte, sah sie einen ganz in Weiß gehaltenen Untersuchungsraum, die Wände gekachelt, der Boden gefliest. Beatrice saß hinter einem futuristischen Schreibtisch aus Glas und Metall, und Paul saß vor ihr auf einem unbequem aussehenden Stuhl aus Stahl und Plastik. Er trug noch das weite weiße Hemd und die Samthose, er sah nervös und jungenhaft aus.

Die Ärztin hatte sich umgezogen, aber das konnte Claudia erst genau feststellen, als sich Beatrice hinter ihrem Schreibtisch erhob und auch der untere Teil des Körpers zu sehen war.

Nun machst du dich aber lächerlich, dachte Claudia mitten in ihren Tagtraum hinein. Sie blinzelte ein paarmal. Nein, so etwas würde Beatrice doch nie für eine ganz normale Konsultation anziehen!

Sie trug einen langen weißen Kittel, wie ihn Ärzte weltweit zu ihrer Uniform erkoren hatten. Aber darunter trug sie einen *cheong-sam* aus weißer Seide. Der weiche Glanz des östlichen Gewebes verlieh der Ärztin eine Aura von Reinheit und Offenheit. Während der knielange Rock durchaus züchtig war, wirkte der anschmiegsame Stoff des Gewands ungeheuer sexy, vor allem in der Kombination mit den durchsichtigen schwarzen Nahtstrümpfen und den eleganten Rindlederschuhen mit den Stöckelabsätzen. Die Wirkung des Kleidungsstücks war elektrisierend, und in ihrem Traum konnte Claudia die wilden Augen Pauls sehen, in denen der Hunger lauerte.

Keiner der Beteiligten sprach ein Wort, wie es bei Tagträumen oft der Fall ist, und Claudia fand, daß Worte bei der Klarheit der Szene auch überflüssig waren.

Beatrice stand vor Paul, legte die Hände auf seine Arme und beugte sich über ihn. Sie flüsterte ihm etwas ins Ohr, worauf er tief errötete und unbehaglich auf dem Stuhl herumrutschte. Beatrice trat einen Schritt zurück und gab seine Arme frei. Paul stand auf, sah sich verlegen um. Die Ärztin saß auf der Schreibtischkante und schaute ihm zu. Paul begann sich langsam auszuziehen.

Das weiße Hemd ließ er auf den Stuhl fallen, dann streifte er sich die Schuhe ab, rollte die Socken hinunter. Claudia fragte sich, woher seine Fußbekleidung kam – drüben im Wintergarten trug er weder Socken noch Schuhe.

Paul zögerte, ehe er mit dem Prozeß des Ausziehens

fortfuhr. Die langen Finger zerrten ungeschickt am Ledergürtel, der die Samthose hielt. Beatrice lächelte ihm aufmunternd zu. Sie konnte es wohl nicht erwarten.

Pauls Hals zeigte flammend rote Flecken, aber er kam trotzdem der Aufforderung der Ärztin nach, öffnete schließlich den Gürtel, schob die Hose hinunter und trat aus ihr heraus. Er warf sie über den Stuhl. Wieder schaute er Beatrice an, als hoffte er, daß er das letzte Stück nicht zu enthüllen brauchte, aber sie nickte nur, und Paul schob die Boxershorts von den Hüften.

Der Zustand von Pauls Penis verriet, wie sehr Beatrices betörende Erscheinung ihn erregt hatte, aber die Tatsache, daß er nicht völlig steif war, zeigte Claudia auch, daß er nervös war und wahrscheinlich der Ärztin gegenüber noch Hemmungen hatte.

So schüchtern bist du bei mir nicht, mein Junge, dachte Claudia.

Die Ärztin begann ihre Untersuchung auf die normalste Weise, sie setzte das Stethoskop an und horchte den Brustkorb des jungen Mannes ab. Lediglich der völlig entblößte Zustand des Patienten unterschied die Prozedur von der täglichen Routine in einer Arztpraxis.

Jedenfalls hatte es zuerst diesen Anschein, aber nach einer Minute spätestens fiel Claudia auf, wie die Fingerspitzen der Ärztin länger auf der Haut des Patienten verweilten, als nötig gewesen wäre. Offenbar wollte sie die Beschaffenheit seiner Haut ebenso überprüfen wie die Regelmäßigkeit seines Herzschlags. Es kann nur noch eine Frage der Zeit sein, dachte Claudia ungehalten, ehe sie sich sein bestes Stück vornimmt.

Als sie es tat, keuchte Paul laut auf. Immer noch wechselten sie keine Worte, nur ein gezischter Ausdruck der Erregung, als sich seine Männlichkeit versteifte.

In Claudias Glas stiegen die kleinen Perlen weiter an die Oberfläche, wo sie zerplatzten.

Das ist Wahnsinn! dachte Claudia. Sie preßte die Augen

zu und riß sie dann wieder auf, um die Bilder aus ihrem Kopf zu vertreiben.

Aber warum kehrten die Bilder immer wieder? Warum sah sie Pauls zuckendes Glied, Beatrices streichelnde Hände, ihre inspizierenden Blicke.

Hilfe, ich werde verrückt! Claudia riß sich vom Stuhl hoch, und in ihrer Hast warf sie das Glas mit dem Mineralwasser um.

Du bist verrückt, altes Mädchen, sagte sie sich, während sie das Wasser vom Tisch wischte und das unversehrte Glas in die Spüle stellte. Wahrscheinlich steckst du gerade in einem verrückten Alter.

Als sie die Treppe hinaufging, um sich umzuziehen – Bluse und Jeans waren naß geworden –, mußte sie grinsen. Sie hatte eine üppige Phantasie entwickelt. Es war doch nur von Vorteil, daß sie sich auf Kommando bestimmte Situationen ausmalen konnte.

Und ich bin immer noch erregt, nahm sie verwundert wahr, als sie im Badezimmer stand, Bluse und Hose abstreifte und schließlich auch einen frischen Slip aus der Schublade holte.

Sie wusch sich, und dabei fiel ihr ein, wie lange ihre Phantasie wohl gedauert hatte. Ihr war jedes Zeitgefühl abhanden gekommen. Seit sie den Wintergarten verlassen hatte und in die Küche gegangen war, mochte eine Stunde vergangen sein – vielleicht aber auch nur zehn Minuten.

Während sie noch überlegte, hörte sie, wie ihr Name gerufen wurde.

»Sie müssen mich für besonders dreist halten«, sagte Beatrice fröhlich, als Claudia das gemütliche Wohnzimmer betrat. Die Ärztin hielt ein Kristallglas in der Hand, das sie sich mit einem großzügig bemessenen Sherry gefüllt hatte. Wieder saß sie ausgebreitet auf dem Sofa, einen Arm über die Rückenlehne gestreckt. Offenbar fühlte sie sich wie zu Hause.

»Ich kam ins Wohnzimmer und suchte Sie, und dabei entdeckte ich die Karaffe«, fuhr sie fort und nahm einen Schluck der karamelfarbenen Flüssigkeit. »Und dann erinnerte ich mich, wie großartig Geralds Weinkeller immer gefüllt gewesen war ...« Beatrice grinste Claudia unverschämt an. »Entschuldigen Sie, ich bin immer ein bißchen forsch, eines Tages wird mich dieser Charakterzug in fürchterliche Schwierigkeiten bringen.«

»Kein Problem«, sagte Claudia, »ich hätte Ihnen ohnehin einen Drink angeboten.« Sie trat an den kleinen Tisch, auf dem die Karaffe auf einem silbernen Tablett stand. Sie war nervös. Ihr Selbstvertrauen wuchs, als sie sich gerade auch einen Sherry einschenken und sich dann zu Beatrice setzen wollte.

»Paul!« rief sie plötzlich, fuhr herum und verschüttete dabei den Sherry. »Was ist mit Paul? Wo ist er? Wie geht es ihm?« Sie nahm hastig einen Schluck Sherry und durchquerte mit dem Glas das Zimmer.

»Keine Sorge«, sagte Beatrice. »Ihm geht es gut.« Sie stellte ihr Glas ab und nahm dann auch Claudias Glas aus deren zitternden Fingern. »Er ist noch ein bißchen schläfrig, aber ich glaube, da ist nichts Ernsthaftes, über das Sie sich Sorgen machen müssen.«

»Nichts Ernsthaftes?« rief Claudia vehement. »Aber er hat diese fürchterliche Kopfverletzung ... und er hat sein

Gedächtnis verloren, um Himmels willen! Und da sagen Sie, er hat nichts Ernsthaftes!«

Beatrice betrachtete sie ausgiebig, und Claudia spürte, wie der funkelnde Blick aus den tiefen, grünen Augen eine beruhigende Wirkung auf sie ausübte.

»Ich stimme Ihnen zu. Wir dürfen diese Dinge nicht zu leicht nehmen«, sagte die Ärztin ruhig, das schöne Gesicht gefaßt, »aber es ist auch keine Überreaktion angebracht. Ich habe Paul so gründlich untersucht, wie es unter den gegebenen Umständen geht, und nach meiner Überzeugung kann ich keine Anzeichen eines schwerwiegenden Problems erkennen.«

Beatrice fuhr fort, indem sie berichtete, welche Tests sie mit Paul durchgeführt hatte, und wenn auch die Beurteilung ohne Blutuntersuchung nicht vollständig sein konnte, so traute sie sich doch zu der Diagnose: Befund negativ.

Claudia war zufrieden. Sie wußte zwar nicht aus eigener Erfahrung, ob Beatrice eine gute Ärztin war, aber sie hatte Vertrauen zu ihr. Ihr Instinkt sagte ihr, daß Beatrice ihren Beruf beherrschte.

»Ich glaube, daß Pauls Gedächtnis von selbst zurückkehren wird, und zwar recht bald«, fuhr Beatrice fort. »Aber wir sollten es nicht tatenlos hinnehmen.« Sie wartete eine Weile, als ob sie noch überlegte, was sie vorschlagen sollte. »Hören Sie, ich bin im Beirat eines kleinen privaten Krankenhauses, das ganz in der Nähe liegt. Ich könnte Paul dort zu einer gründlichen Untersuchung anmelden. Es gibt dort einen guten Neurologen, der mir einen Gefallen schuldet.«

Sie lächelte vielsagend, was Claudia ablenkte und sich fragen ließ, worin dieser Gefallen bestanden hatte.

»Er würde Paul durchchecken. Das Krankenhaus ist zwar klein, aber es ist hervorragend ausgerüstet, und wenn wir den Befund haben, wissen wir genau, daß unsere Sorgen unberechtigt gewesen sind.«

Es hörte sich wie die ideale Lösung an, aber wieder hatte Claudia eine Fülle von Einwänden.

Zunächst einmal hatte sich Paul heftig gegen eine Untersuchung gesträubt, und Claudia fürchtete, daß er sich weigern könnte, ins Krankenhaus zu gehen. Und das Sträuben selbst ließ auch eine andere Möglichkeit zu, die Claudia nicht ganz vergessen konnte.

Spielte Paul die Amnesie nur? War er ein äußerst durchtriebener junger Mann, der eine Frau in den besten Jahren hereinlegte, die besonders verletzlich und überreif für eine neue Beziehung war?

Sie griff irritiert nach ihrem Sherry. Sie konzentrierte sich auf das Glas, war sich aber bewußt, daß die Ärztin jede ihrer Bewegungen verfolgte.

Was macht es denn, wenn er ein Betrüger und Gigolo ist? fragte eine innere Stimme, während sie den würzigen Nachgeschmack des Sherry im Gaumen auskostete. Er hat mir kein Leid zugefügt, verdammt noch mal, ganz im Gegenteil!

»Ich würde ein paar Pfund dafür geben, Ihre Gedanken lesen zu können. In ihrem Kopf scheint es mächtig rund zu gehen«, sagte Beatrice und schnalzte mit der Zunge.

Claudia wurde aus ihren Überlegungen herausgerissen und schaute in die grünen Augen der anderen Frau. Sie las nichts als Neugier.

»Woran, um alles in der Welt, haben Sie gedacht?« hakte die Ärztin nach, dann stand sie in einer flüssigen, leichten Bewegung aus Weiß und Lila auf und kehrte mit der Karaffe zurück, noch ehe Claudia sich eine Antwort überlegt hatte. »Zuerst sahen Sie bedrückt aus, dann schauten Sie entschlossen drein, und schließlich bekamen Sie einen trotzigen Gesichtsausdruck«, zählte Beatrice auf, während sie ihre Gläser nachfüllte. »Es muß etwas mit Paul zu tun haben … Erzählen Sie es mir.« Sie ließ die Karaffe mit dem Sherry in Reichweite stehen, nahm einen kräftigen Schluck aus dem Glas und gluckste fröhlich.

»Ich weiß, daß es ein Klischee ist ... aber Sie können mir vertrauen, ich bin Ärztin.«

Claudia verwunderte sich über die Unverfrorenheit der Frau, bestaunte aber die genaue Analyse ihres Mienenspiels. Sie mußte wie ein offenes Buch zu lesen gewesen sein. Sie atmete tief durch. Ihre Zweifel waren jetzt schon erheblich leichter geworden.

»Sie haben gesagt, daß Paul keine ernsthaften Verletzungen erlitten hat«, begann sie, während sie noch überlegte, wie sie am geschicktesten die Möglichkeit formulieren könnte, daß ihr jugendlicher Liebhaber sie ausnutzte. Es war ihr wichtig, daß Beatrice sie nicht für eine einfältige Närrin hielt.

Aus einem Grund, den sie noch nicht genau durchschaut hatte, wollte sie, daß die Ärztin von ihr ebenso beeindruckt war wie sie von Beatrice.

»Was ich sagen will ... meinen Sie, daß er überhaupt nichts hat?« fuhr Claudia fort. »Daß er mich an der Nase herumführt? Daß er mich irgendwie ... ausnutzt?« Sie brach ab, schaute sich im Zimmer mit den vielen kleinen und großen Kostbarkeiten um. »Ich meine, Gerald hat mir eine Menge hinterlassen. Und Paul ist ... nun ja, Sie haben ihn gesehen ... also, er ist attraktiv! Und offensichtlich auch intelligent.«

Beatrice reagierte ein paar Sekunden lang nicht. Stattdessen ließ sie sich tiefer ins Polster sinken, hob das Glas mit dem Sherry hoch und schien in der bernsteinfarbenen Flüssigkeit nach einer Antwort – und zwar einer taktvollen – zu suchen.

Einen seltsamen Augenblick lang erinnerte sich Claudia an ihren Blick auf die aufsteigenden Bläschen im Mineralwasserglas, wo sie ihre Antworten gesucht und gefunden hatte. Und jetzt, quasi als Vision in der Vision, sah sie den weißen Arztkittel, den weißen *cheong-sam* und Beatrices lange, wohlgeformte Beine in den durchsichtigen schwarzen Strümpfen, und plötzlich wurde es für sie noch wichtiger, daß sie sich in den Augen der Ärztin nicht wie eine Närrin verhielt.

Als sie schließlich antwortete, klang Beatrices Stimme weich und herausfordernd.

»Wäre es ein solches Unheil, wenn er vollkommen gesund wäre?«

Sie weiß es! dachte Claudia. Sie weiß genau, was ich eben gedacht habe, und sie stimmt mir zu! Sie spürte, wie sich in ihr eine erotische Spannung aufbaute, wie eine Feder, die aufgezogen wird, um dann losschnellen zu können, aber sie konnte nicht entscheiden, ob das Verlangen Paul galt oder der Frau, die neben ihr saß. Am erregendsten fand sie, daß es ihr gleichgültig war.

»Vielleicht nicht«, antwortete sie zögernd. Sie schaute zu, wie Beatrice einen Schluck Sherry nahm, und sie spürte ihr Herz schneller schlagen, als sie beobachtete, wie sich der elegante lange Hals beim Schlucken bewegte. Es war ein sinnliches Bild. »Es hinge davon ab, ob er nur irgendein Betrüger ist oder ein richtiger Krimineller ... Was glauben Sie? Seien Sie aufrichtig. Hat er sich wirklich verletzt, oder spielt er mir nur etwas vor? Ist er in Ordnung, oder ist er ein schlechter Mensch?« Es hörte sich melodramatisch an, aber sie wußte nicht, wie sie sich sonst ausdrücken sollte.

»Nun, die Kopfverletzung ist jedenfalls echt«, sagte Beatrice, immer noch tief in die Polster gelehnt. Sie schlug die langen Beine übereinander und hob einen Fuß an, als ob sie die knallrot lackierten Zehennägel betrachten wollte, die aus der Sandale lugten. »Ich bin nicht der größte Menschenkenner«, sagte sie und verzog den Mund, »aber mir kommt er echt vor. Außerdem muß ich sagen, daß ich eine Schwäche für böse Jungs habe. Mit ihnen läßt sich eine Menge mehr anstellen und erleben als mit den guten.« Sie blinzelte Claudia zu und nahm wieder einen Schluck Sherry, den sie ganz offensichtlich besonders genoß.

Claudia lachte. Je länger sie mit Beatrice zusammen war, desto besser gefiel sie ihr. »Sie meinen also – im Zweifelsfall soll ich zu seinen Gunsten entscheiden?«

»Nun, ich hoffe, es wird nicht nur zu seinen Gunsten sein«, sagte Beatrice und schaute Claudia forschend an.

Claudia wollte schon sagen: »Ich weiß nicht, was Sie damit meinen«, hielt sich aber zurück. Sie wußte, worauf die Ärztin anspielte, und sie wußte auch, daß Beatrice sie durchschaut hatte. Sie bedachte ihre Besucherin mit einem freimütigen Blick und sagte: »Nein, ist es auch nicht.«

»Ha! Habe ich's mir doch gedacht!» rief Beatrice triumphierend. »Ich hatte schon den Verdacht, als wir telefonierten, und als ich Sie beide zusammen sah, ich meine, dieser leidenschaftliche Clinch war ziemlich verräterisch, nicht wahr? Da wußte ich, daß Sie ihn schon gehabt hatten.«

Hatte sie ihn gehabt? Claudia schätzte, daß man es so ausdrücken konnte, aber es war schwierig zu sagen, wer wen gehabt hatte.

»Nun, wie ich schon sagte, er sieht wahnsinnig gut aus, und ich scheine für solche Dinge empfänglich zu sein.« Jetzt langte sie nach der Karaffe und füllte die Gläser. Sie war nicht überrascht, daß Beatrice es geschehen ließ. Sie nahm an, daß die Ärztin den kurzen Weg durchs Dorf zu Fuß gegangen war. »Nach Geralds Tod habe ich lange Zeit kein Interesse am Sex gehabt. Ich war nicht sicher, ob es je wieder erwachen würde. Aber jetzt bin ich bereit, und ich weiß, daß Gerald der letzte Mensch wäre, der von mir erwartete, zeit meines Lebens eine vertrocknete Witwe zu bleiben.«

»Vertrocknet könnten Sie nie sein«, behauptete Beatrice fröhlich und stieß mit Claudia an, und dabei nutzte sie die Gelegenheit, auf dem Sofa ein bißchen näher an sie heranzurücken. »Das wird auch der Grund gewesen sein, warum Gerald Sie so angebetet hat ... Er war ein besonderer Mann, einer, der eine besondere Frau wie Sie zu würdigen wußte.«

»Oh, danke«, murmelte Claudia und war wieder verwirrt, nicht zuletzt, weil sie spürte, daß Beatrice früher ein Verhältnis mit ihrem Mann gehabt hatte. Gerald hatte nie einen Hehl daraus gemacht, daß er vor ihrer Ehe sein abenteuerliches Sexualleben ausgekostet hatte, und ihr war schon vorher klar gewesen, daß Beatrice mit zu diesen Abenteuern gehört hatte. Was Claudia überraschte, war die Erkenntnis, daß sie nicht den geringsten Hauch von Eifersucht verspürte. Im Gegenteil, sie war beglückt darüber, daß sie eine so intime Verbindung zu Beatrice hatte. Hatte sie es nicht auch erregend gefunden, sich die Ärztin im erotischen Spannungsfeld mit Paul vorzustellen?

»Ist es das erste Mal, daß Sie sich mit einem jüngeren Liebhaber einlassen?« Beatrices Frage kam gleichzeitig sachlich und neckend herüber, und die forschend gehobenen, fein gezupften Augenbrauen lösten bei Claudia ein spontanes Lachen aus. »Entschuldigen Sie, ich bin ein neugieriges Luder«, fügte die Ärztin gleich hinzu, und auch sie mußte lachen. Sie kicherten zusammen wie zwei Schulmädchen, während Claudias Erregung, als sie die hüpfenden Brüste der anderen Frau sah, keineswegs mädchenhaft war.

Du bist ein bezauberndes Luder, Doktor Quine, dachte Claudia und betrachtete immer noch den reifen, üppigen Körper der Ärztin.

»Schon gut, Beatrice«, sagte sie schließlich und fuhr mit einem Finger über den Rand des Sherryglases. »Es macht mir nichts aus. Außerdem habe ich ja damit angefangen.«

Beatrice sagte nichts, aber ihre sprühenden, grünen Augen bettelten um die Enthüllung des Geheimnisses, das so recht keins mehr war.

»Ja, Paul ist der erste jüngere Mann, mit dem ich zusammen bin«, fuhr Claudia fort, »aber um ehrlich zu sein, ich habe überhaupt noch nicht viele Männer gehabt. Ich schätze, ich bin eine Spätzünderin.«

»Ich auch. Soll man das annehmen?« fragte Beatrice lächelnd. »Obwohl ich dann meinen Nachholbedarf kräftig befriedigt habe.«

Das glaube ich aber auch, dachte Claudia und wünschte, sie könnte genauso indiskret fragen wie ihre Besucherin.

»Es gibt einem etwas unvergleichlich Befriedigendes, wenn man mit einem Mann Liebe macht, der jünger ist, finden Sie nicht auch?« fragte Beatrice nach ein paar Augenblicken des Schweigens. »Ich kann mich an meinen ersten jüngeren Mann noch sehr lebhaft erinnern.« Ihre Stimme nahm einen verträumten Klang an.

Claudia hatte wieder das Gefühl, daß Beatrice ihre Gedanken gelesen hatte.

»Meinen Sie, weil man älter ist, hat man mehr Kontrolle?« fragte sie, wobei sie sich eingestand, daß in ihrem Fall eher die Phrase zutraf, daß sie außer Kontrolle geraten war. Trotz seines angeschlagenen Zustands hatte Paul bei beiden Malen die Oberhand behalten.

»Grundsätzlich ist das einer der Reize bei dieser Konstellation«, erwiderte Beatrice, »aber bei mir hat es so nicht gewirkt. Eher das Gegenteil ... wobei ich zugeben muß, daß ich es wohl so gewollt habe ...«

Neugierig und gebannt sagte Claudia: »Erzählen Sie mir davon, Beatrice.«

»Sie hieß Cassis«, sagte Beatrice, und auf ihrem Gesicht spiegelte sich eine große Szene der Erinnerungen wider.

»Sie?«

Beatrice spürte wieder den vertrauten sexuellen Schauder, der sie immer überlief, wenn sie jemanden schockierte. Für ihre Verhältnisse war sie bisher sehr subtil an das Thema der lesbischen Liebe herangegangen, fand sie, und ihr auf diesem Gebiet feingestimmter Instinkt sagte ihr, daß Claudia beinahe *à point* war. Aber darauf vorbereitet zu sein ist etwas anderes, als es ausgesprochen zu hören, dachte Beatrice. Es verfehlte nie seine Wirkung.

»Oh, ja ... es tut mir leid, ich habe nicht gedacht, daß Sie ...« Sie ließ den Satz unvollendet, hob die Schultern leicht an und genoß Claudias Gesichtsausdruck mit den weit aufgerissenen Augen. »Ja, natürlich, Cassis war ein Mädchen. Ich vergesse oft, daß nicht alle ...« Wieder beendete sie den Satz nicht, dann brachte sie sich dazu, besorgt auszusehen. »Ich habe Sie doch nicht geschockt? Ich weiß, daß es Menschen gibt, die die gleichgeschlechtliche Liebe für abstoßend halten.«

»Schon gut«, sagte Claudia und nahm rasch einen Schluck Sherry. Beatrice bemerkte, daß sich eine leichte Rötung über Hals und Gesicht der Gastgeberin legte. »Ich habe keine Vorurteile. Bitte, erzählen Sie weiter. Cassis ist ein ungewöhnlicher Name. Hieß sie wirklich so?«

Prima, dachte Beatrice frohlockend. Die Zeit war noch nicht ganz reif, um über die entzückende und vielversprechende Frau herzufallen, aber jetzt wußte sie, daß der Weg zu ihr nicht mehr steinig sein würde.

»Oh, ich glaube nicht«, sagte Beatrice und dachte an jene faszinierende Frau, deren Wesen so ganz anders war als das der warmherzigen Claudia. »Sie war so etwas wie eine Punkerin, neunzehn oder zwanzig Jahre alt, und sie tönte ihr Haar in einer schrillen Brombeerfarbe. Sie arbeitete in einer Bar, und ihr Lieblingsdrink war ein wirklich hinterhältiger Kir.« Unwillkürlich glaubte Beatrice, den fruchtigen Geschmack des Getränks auf der Zunge zu spüren, und im nächsten Moment schien sie den zu Kopf steigenden Geschmack von Cassis selbst zu schmecken.

»Wie haben Sie Cassis kennengelernt?«

Ja, wie hatten sie sich kennengelernt? Beatrice war versucht, um sich bei der anderen Frau in einem besseren Licht zu zeigen, die Abfolge der Ereignisse etwas zu ändern, aber dann entschied sie sich doch, ehrlich zu sein. Nun, sagen wir – weitgehend ehrlich.

»Ich sah sie eines Abends, als ich auf einen Drink in ihre Bar geriet. Ich hatte einen langen Tag hinter mir und war erschöpft von vielen Hausbesuchen und abscheulichen Patienten, und ich brauchte wirklich etwas, um völlig abzuschalten.«

Die Patienten waren überwiegend ältere Frauen gewesen, betuchte Witwen und fast professionelle Hypochonder, denen gegenüber sie verpflichtet war, zuvorkommend und taktvoll zu sein. Als ihr Berufstag beendet war, sehnte sie sich nach der Gesellschaft einer völlig anderen Art von Frau und ging deshalb absichtlich in ihre bevorzugte Lesbenbar, und schon unterwegs zur Bar spürte sie, wie Stimmung und Libido rasch anstiegen.

»Das erste Mal hat sie kaum mit mir gesprochen«, sagte sie und schaute Claudia fast ein wenig schüchtern an. »Aber ich war vom ersten Augenblick an in sie verknallt. Ich kam mir so dumm vor. Ich war damals fünfunddreißig, erfolgreich, wohlhabend und angeblich auch mit selbstbewußtem Auftreten. Und da saß ich an der Bar und lechzte nach einer schlampigen, kleinen Nymphe, die sich nicht einmal die Mühe gab, mir einen guten Abend zu wünschen. Ich war davon überzeugt, daß sie mich für eine Verrückte hielt.«

Einige Wochen waren ihre Besuche in der Bar so abgelaufen. Beatrice rief sich in Erinnerung, wie sie ein übers andere Mal in die Bar *Sappho* gegangen war und versucht hatte, ganz cool zu sein, aber spätestens nach einer halben Stunde konnte sie nicht mehr und mußte Cassis wieder anstarren, wie sie geschäftig hinter der Bar hin und her lief. Die Ärztin war sich wie ein hungriger Hund vorgekommen, dem beim Anblick des unerreichbaren Filetsteaks der Geifer aus dem Mund tropft.

Sie war gelegentlich durch ein kühles Lächeln belohnt worden, auch schon mal mit einem Wort, wenn Cassis ihr das Glas Kir reichte, und diese geringen Zeichen hatten sie nur noch sehnsüchtiger werden lassen.

»Dann gab es eines Abends mal eine heftige Auseinandersetzung«, sagte Beatrice und genoß jetzt noch die Szene des Aufruhrs, wenn sie an seine Folgen dachte. »Ein paar Kerle kamen herein. Saufbolde, Krawallmacher. Sie stürmten betrunken, sehr betrunken, auf die Theke zu, und als sie dann erkannten, um welche Art von Bar es sich handelte, wurden sie sehr ausfallend. Ich wollte mich gerade still verdrücken und hinüber zum Telefon schleichen, um die Polizei zu rufen, als Cassis mit einem Satz über die Theke sprang und die verdammten Kerle aufmischte.«

Vor ihrem geistigen Auge sah sie den schlanken, biegsamen Körper, der sich elegant durch die Luft katapultierte, mitten unter die Männer an der Theke.

»Sie war großartig. Sie warf die Typen einzeln heraus, beförderte sie von der Theke zur Tür, als wäre sie ein russischer Rausschmeißer gewesen, der viermal so schwer und doppelt so groß wäre wie sie. Aber bei diesen Aktionen hatte sie sich leicht verletzt, sie hatte sich das Handgelenk verstaucht, ausgerechnet auch noch das rechte Handgelenk, das sie zum Cocktailmixen brauchte. Und dann hörte ich, wie jemand fragte: ›Ist zufällig eine Ärztin hier?‹ Als ich das hörte, wußte ich, daß meine Sehnsucht erfüllt werden würde.«

Sie fand sich mit Cassis allein in der kleinen Wohnung über der Bar wieder, und der beengte Raum hatte ihr den schlanken Körper des jungen Mädchens noch bewußter gemacht. Sie starrte auf die festen runden Brüste und auf dieses unvergleichliche Dreieck, wo sich die langen Beine trafen, die in schwarzen Fischnetzstrümpfen steckten.

»Ich konnte ihr Geschlecht riechen«, sagte Beatrice leise, obwohl sie mit den pikanten Einzelheiten eigentlich noch hatte warten wollen, aber sie konnte nicht mehr an sich halten. Sie sah, wie Claudia neben ihr ein paarmal schlucken mußte. Ihr Mund war leicht geöffnet. Aber es war zu spät, um jetzt noch etwas zu ändern. Die Kraft der Erinnerung trieb sie voran.

»Sie hatte kein Parfum benutzt, fiel mir auf. Ich glaube, daß sie absichtlich darauf verzichtete. Sie wollte, daß Frauen ihre Erregung riechen konnten. Daß Frauen sie begehrten, nach ihr lechzten.« Beatrice nahm einen Schluck von dem frisch aufgefüllten Sherry. »Und ich gehörte zu denen.«

Cassis hatte genau gewußt, wie es um Beatrice stand, und es hatte ihr gefallen, das Verlangen zu spüren, das aus allen Poren von Beatrice drang. Zunächst war sie nur froh über Beatrices fachliche Qualifikation gewesen, was ihre medizinische Versorgung anbetraf, aber danach war sie immer dominanter geworden.

»Hol mir einen Drink, Beatrice.« »Zieh meine Stiefel aus, Beatrice.« »Bring mich ins Bad.« »Zieh meine Strumpfhose und den Slip runter ...«

Wenn sie sich an Cassis' Befehle erinnerte, fiel es Beatrice schwer zu glauben, daß sie sich so devot verhalten hatte. Die fast schmerzhafte Stimulierung hatte sie so sehr in Bann gezogen, daß sie ihren eigenen Willen unterdrückte und bereitwillig den Anordnungen der porzellangesichtigen jungen Göttin folgte und selbst die niedrigsten und intimsten Arbeiten verrichtete. Sie erinnerte sich, daß es ihr fast von selbst gekommen war, als das Mädchen Cassis ihr mit ihrer unnachahmlichen, rauchigen Stimme auftrug, sie bis zum Orgasmus zu masturbieren.

»Komm schon, Beatrice ... Du bist doch so klug ... Du weißt alles über die Funktionen des menschlichen Körpers. Zeige mir, was für eine großartige Therapeutin du bist. Lege deine lilienweiße Hand zwischen meine Schenkel und mach mich fertig.«

»Oh, wirklich? Das hat sie gesagt?«

Claudias Ausruf holte Beatrice mit einem Schauder zurück in die Gegenwart – und auch in dieser Gegenwart war sie hoch erregt. Einen Moment lang war sie versucht, sich hinüberzubeugen und die Lippen auf die hübsche Witwe zu pressen, die neben ihr saß, und damit wäre die Vergangenheit ausgelöscht. Sie hatte den wahnsinnigen Drang, ihre Erinnerungen an Cassis zu verbrennen und statt dessen zwischen Claudias weiche Schenkel zu greifen. Und sie hatte das starke Gefühl, daß ihr Versuch höchst willkommen sein würde.

Aber so selten es auch geschah – Beatrice hatte sich in der Gewalt. Der perfekte Moment würde bald kommen, dessen war sie sicher.

»Ich konnte mir nicht helfen, ich war ihre Sklavin«, sagte sie leise.

Zwischen der lebhaften Erinnerung an Cassis und der warmen, duftenden Gegenwart der hingerissenen Frau neben ihr fühlte sie sich im Spannungsfeld heißen Begehrens. Ihre Brüste prickelten, und zwischen den Beinen war ihr G-string in die empfindliche Nische zwischen den Labien geglitten. Wenn sie auf dem Sofa noch ein paarmal hin und her rutschte, würde sie einen Orgasmus erleben.

Reiß dich zusammen, Bea, sagte sie sich streng. Es ist noch zu früh! So sehr sie auch den ersehnten Orgasmus erleben wollte, wußte sie doch, wenn sie ihn an Ort und Stelle geschehen ließ, würde es kaum still und unbemerkt passieren. Sie konnte ihren Höhepunkt nicht verheimlichen.

In ihrem Bekanntenkreis gab es Frauen, die einen monumentalen Orgasmus in der Öffentlichkeit erleben konnten, ohne einen Muskel im Gesicht zu verziehen – aber Beatrice wußte, daß sie nicht zu dieser Sorte gehörte. Sie gehörte zu den stöhnenden Erlebnismenschen, sie keuchte und ächzte und schrie, sie bewegte Arme und Beine wie Dreschflegel, sie war die geborene Exhibitionistin.

Deshalb beherrschte sie sich, sie hielt still und fuhr mit ihrer Geschichte fort. Sie hätte gern gewußt, ob auch Claudia einem Orgasmus nahe war.

»Ein Orgasmus war für die kleine Madam nicht genug«, sagte Beatrice, und sie spürte, wie ihre Stimme zitterte, als sie dieses eine Wort in den Mund nahm. Damals, vor all diesen Jahren, hatte Cassis' Stimme mehr als nur gezittert, sie hatte so laut geschrien, wie Beatrice gerne schrie, sie hatte gebrüllt, Befehle erteilt und Flüche ausgesprochen, während der zierliche Körper geschüttelt wurde, als stünde er unter Strom.

Sie hatte Beatrice gedemütigt und gequält, und sie hatte es mit sich geschehen lassen.

»Warum haben Sie das mit sich machen lassen? Sie hätten sie doch daran hindern können.«

Claudias Stimme klang verständnislos, ihr selbst klang sie fremd, als wäre sie eine andere Person.

Beatrice registrierte, daß es das erste Mal seit langem war, daß sich Claudia zu einem Kommentar hinreißen ließ.

»Ich wollte nicht, daß sie damit aufhörte«, sagte Beatrice und drehte langsam den Kopf ein wenig zur Seite, um in Claudias braune Augen sehen zu können, in denen nichts als Verwirrung zu lesen war. »Die Tatsache, daß sie mich erniedrigte, war Teil der Erregung. Ein großer Teil davon.«

Welche Sexspiele Gerald Marwood und seine Ehefrau bevorzugt hatten, wußte Beatrice nicht, aber ihr war klar, daß die Sado-Maso-Variante nicht dabei gewesen war.

»Ich gebe zu, daß es sonst nicht zu meinen Angewohnheiten gehört, mich freiwillig quälen zu lassen ... aber ich muß sagen, daß Cassis mir eine interessante Variante nähergebracht hat«, murmelte Beatrice.

»Oh, ich verstehe«, sagte Claudia rasch und machte sich am Sherryglas zu schaffen. Ein nervöses, halb erregtes, halb entsetztes Lächeln spielte um ihre Lippen.

Aber verstehst du wirklich, Claudia? wollte Beatrice fragen. Kannst du dir vorstellen, wie es ist, von einer Frau bestraft zu werden, die du begehrst, bei deren Anblick alles in dir schmilzt? Und sie straft dich ab, quält dich, entweder mit Worten oder mit erniedrigenden Befehlen oder mit Liebesentzug? Beatrice biß sich auf die Lippen und atmete tief ein, um die aufsteigende Lust besser unterdrücken zu können.

Es war eine große Erleichterung und vielleicht eine noch größere Enttäuschung, als ein lautes, melodisches Piepsen, das von ihrem linken Handgelenk ausging, den gefährlichen Moment zerriß. Sie hatte den Wecker ihrer Armbanduhr eingestellt, damit sie den nächsten Termin nicht verpassen konnte.

Claudia sprang auf und hätte beinahe den köstlichen Sherry verschüttet. Sie hatte so gebannt der bizarren Erzählung über die dominante und unausstehliche Cassis gelauscht und war so begierig, weitere Einzelheiten zu hören, daß diese Störung aus der wirklichen Welt ihr einen körperlichen Schmerz zufügte.

»Oh, verdammt! Es tut mir leid, ich muß jetzt gehen«, rief Beatrice. Sie trank den Rest Sherry und sprang auf. Sie sah sich nach ihrer schwarzen Tasche um. Als sie sie entdeckt hatte, zögerte sie einen Moment, dann blieb die Ärztin stehen und umarmte Claudia lange.

»Ich habe wirklich keine Zeit mehr, ich muß einen wichtigen Besuch machen«, sagte sie dann. Und … nun …« Sie schaute an sich hinunter. »Ich kann unmöglich in diesem Outfit hingehen.« Entschlossen schritt sie zur Tür, den Flur entlang und hinein in die nüchterne Realität des Alltags.

Niedergeschlagen und mit dem seltsamen Gefühl des Verlusts folgte Claudia der Ärztin und sog gierig die Luft ein, als wollte sie noch einmal den würzigen Duft ihres Parfums einatmen.

An der Haustür sagte Beatrice: »Machen Sie sich keine Sorgen wegen Paul. Wenn er wirklich unter Amnesie leidet, ist er jung und kräftig genug, um den Zustand bald überwinden zu können.«

Sie sah Claudia mit einem verschwörerischen Tigergrinsen an, dann fuhr sie mit einer Hand zärtlich über Claudias Gesicht, und obwohl ihre Finger sich kühl anfühlten, wirkten sie doch wie eine Flamme, die man an die Lunte hält. »Und wenn mit ihm alles in Ordnung ist, nun, dann ist er noch gesünder und kräftiger, und dann sollten Sie beide sich eine schöne Zeit machen. Ich melde mich schon morgen wegen der Tests im Krankenhaus, ich muß nur noch ein oder zwei Leuten gut zureden.« Sie ließ ihre Hand weiter über Claudias Hals wandern, dann über die Schultern und den ganzen nackten Arm hinunter. »Ciao, Claudia, es war wunderschön, Sie besser kennenzulernen. Ich hoffe, daß wir bald noch vertrauter werden.«

Und damit war Doktor Beatrice Quine auf ihrem Weg. Claudia sah ihr nach, wie sie sich selbstsicheren Schrittes entfernte. Der rote Zopf baumelte rhythmisch hin und her. Als sie das Tor hinter sich zuzog, schaute sie noch einmal auf, lächelte kurz und ging den Weg hinunter, ohne sich noch einmal umzuschauen.

Himmel! dachte Claudia. Zwei verführerische Fremde in genau zwei Tagen. Was geht mit mir vor? Sie starrte auf die Biegung, hinter der Beatrice verschwunden war.

Die Veränderung in ihrem Leben hatte gestern nachmittag begonnen, dachte Claudia, als sie zu ihrem Spaziergang hinunter zum Fluß aufgebrochen war. Was würde noch geschehen?

Ihr Herz klopfte, als sie sich umdrehte und Richtung Wintergarten ging. Zu Paul.

Der Patient und seine Behandlung

Es fiel Paul wahnsinnig schwer, sich reglos zu verhalten. Er konnte sich nichts Schlimmeres vorstellen, als von Claudia bemerkt zu werden, wie er ihr nachspionierte. Es wäre bei ihrer Freundlichkeit und wegen ihrer intimen Beziehung wie ein Schlag ins Gesicht gewesen. Aber nachdem er Doktor Quine kennengelernt hatte, war er neugierig geworden. Er hatte einfach wissen müssen, wie sich die beiden Frauen verhielten, wenn sie unter sich waren.

Die Untersuchung war bald vorbei gewesen, und trotz ihres etwas eigenwilligen Geschmacks, was die Kleidung anging, hatte er den Eindruck, daß Doktor Quine eine erfahrene und gute Ärztin war. Ihre beinahe mütterliche Art hatte ihm über seine Verlegenheit hinweggeholfen. Wenn er ihrer tiefen Stimme lauschte, die sich wie Milch und Honig anhörte, und die diagnostische Berührung ihrer langen Finger spürte, war es fast möglich gewesen zu vergessen, daß sie eine beunruhigend schöne Frau war, deren Brustwarzen er durch die dünne weiße Weste klar erkennen konnte. Ja, es war fast möglich, aber nicht ganz. Wie er auf sie reagiert hatte, hatte ihn heiß und schuldbewußt werden lassen, und er hatte sich wie ein Verräter gefühlt. Erst vor kurzer Zeit hatte er mit Claudia Liebe gemacht.

Um seine Gedanken vom Sex abzulenken, versuchte sich Paul darauf zu konzentrieren, welche Tests Beatrice mit ihm durchführen wollte, um sich ein Bild über seine Gesundheit zu machen. Er hörte sich an, was die Ärztin über die weiteren Untersuchungen vorschlug. Er haßte solche Tests, aber er tröstete sich damit, daß ihm wenigstens die unwürdige Behandlung bei einem Kassenarzt erspart blieb. Und es gefiel ihm, daß sie seinetwegen an ein paar Fäden zog, die ihm eine bevorzugte Behandlung einbringen würde. Er hatte nur keine Ahnung, wie er sich je dafür erkenntlich zeigen konnte. Er stand doch schon bei Claudia tief in der Schuld.

Als Beatrice die Untersuchung abgeschlossen hatte, täuschte er Müdigkeit vor, weil er in Ruhe über seine mißliche Lage nachdenken wollte. Doch dann stellte er fest, daß er keinen klaren Gedanken fassen konnte, sein Gehirn schien umnebelt zu sein. Das einzige Thema, auf das er sich klar konzentrieren konnte, war Sex.

Lieber Mann, was ist mit dir los? Paul wußte nicht, ob er früher auch solchen Gedanken nachgehangen hatte oder ob er sich jetzt aufs Körperliche beschränken mußte, weil das Intellektuelle kürzlich so drastisch ausgeschaltet worden war.

Was wird eigentlich geschehen, wenn ich mich wieder erinnern kann? Er setzte sich auf, schwang die Beine auf den Boden und bemerkte fast etwas widerwillig, daß er eine stattliche Erektion hatte. Wenn sich das nicht ändert, werde ich meinen Unterhalt als Gigolo verdienen müssen, dachte er verbittert, aber dieser Teil meines Körpers scheint der einzige zu sein, der nicht in Mitleidenschaft gezogen worden ist.

Trotz seiner Bedenken fand er auch Trost in seiner Erregung. In einer Welt, in der sein Gedächtnis erst gestern begann, umgeben von einem Gesicht, das ihm zwar gefiel, das er aber nicht kannte, war es tröstlich, etwas Vertrautes anfassen zu können. Sein Gesicht sagte ihm nichts, aber seine Erektion war ihm vertraut.

Voller Ungeduld ob seiner Ohnmacht, die er immer spürte, wenn er von Claudia getrennt war – und jetzt auch von Doktor Beatrice –, sprang er auf und schritt auf seinen nackten Füßen im Wintergarten auf und ab. Seine Lenden schmerzten, aber er fühlte sich zu rastlos, um sich hinzulegen und zu entspannen. Seine verworrenen Gedanken kreisten immer wieder um die beiden Frauen, die wahrscheinlich gerade über ihn sprachen. Er versuchte, sie sich nebeneinander vorzustellen.

Die blonde Claudia mit ihren schönen, ebenmäßigen Gesichtszügen und dem elfenhaften Haarschnitt und die große, draufgängerische Beatrice mit dem feuerroten Zopf und dem herausfordernden Blick. Beide waren fabelhafte Frauen, er begehrte sie beide.

Und er mußte sie sehen. Zusammen. Jetzt!

Jedes Fußbodenbrett schien zu knarren, jede Tür zu knirschen, als er sich zum Wohnzimmer schlich, wo er die beiden Frauen vermutete. Seine Füße waren nackt, deshalb kam er geräuschlos voran. Die Tür zum Wohnzimmer stand eine Winzigkeit auf. Drinnen konnte er Beatrice leise sprechen hören.

Die Ärztin erzählte eine Geschichte, sie schien von einer früheren Liebe zu handeln. Nach einer Weile wußte Paul, daß die frühere Liebe – eine Frau war.

Ja, dachte er jubelnd, das ist es doch! Ich werde sie zusammen erleben! Unwillkürlich drückte er eine Hand gegen seinen Schoß, während er seinen Blick auf Claudia richtete.

Seine Retterin saß still und wie gebannt da, und es überraschte ihn, daß sie eine keusche Distanz zu der lebhaften, erregten Erzählerin hielt. Die Augen seiner Wohltäterin leuchteten, aber ihr Gesicht drückte Verwirrung aus, eine Mischung aus Schock und Neugier.

Sie ist nicht empört, dachte Paul, eher trifft das Gegenteil zu. Die Vorstellung gefällt ihr.

Die Erzählung der Ärztin wurde immer heißer, und sie streute immer mehr Einzelheiten ein. Paul fragte sich, ob sie die Story nur erfand, um die Gastgeberin, die so gebannt an ihren Lippen hing, in die Falle zu locken. Aber trotz der wilden Beschreibungen glaubte Paul eher, daß Beatrice eine wahre Begebenheit erzählte.

Er kannte Beatrice nicht besser als jeden anderen Menschen, aber sein Instinkt sagte ihm, daß sie ein bewegtes

Sexualleben führte, immer ein bißchen auf der Überholspur. Und Paul wurde auch klar, daß die Ärztin heftig für Claudia schwärmte und alles daran setzte, die Frau zu verführen.

Aber heute nicht, dachte Paul traurig, denn er sah, wie sehr sich Doktor Beatrice zurückhielt. Sie fürchtete offenbar, Claudia zu verschrecken.

Und was wollte ihr mutmaßliches Opfer? Wie dachte sie über eine mögliche Verführung durch Beatrice? War sie bereit? Wußte sie die gewaltige Selbstbeherrschung ihres Gastes zu schätzen, oder wäre es Claudia lieber gewesen, wenn sich Beatrice auf sie gestürzt hätte?

Ihm fiel auf, daß Claudia nicht mehr die Sachen trug, die sie zuerst heute morgen angezogen hatte, und er überlegte kurz, was der Grund dafür sein konnte. Das pinkfarbene T-Shirt und die *culottes* standen ihr gut. Hatte sie sich umziehen müssen, weil sie und Beatrice sich im Übereifer die Kleider vom Leib gerissen hatten?

Er schüttelte den Kopf. Seine Phantasie ging mit ihm durch. Seit die Ärztin ihn im Wintergarten allein gelassen hatte, waren erst ein paar Minuten vergangen. In dieser kurzen Zeit hatten die Frauen sich nicht ausziehen, lieben, duschen und wieder anziehen können.

Und dann piepste es.

Paul wäre fast zu Boden gestürzt. Im ersten Augenblick wußte er nicht, wo er war. Erst nach und nach dämmerte ihm, daß Beatrices Armbanduhr den Signalton ausgesandt hatte, aber er wartete nicht darauf, was danach geschehen würde. Als der Ton aufhörte oder abgestellt wurde, war er schon auf dem Weg zurück in den Wintergarten.

Und dort lag er ein paar Minuten später und versuchte, den Eindruck eines Mannes zu geben, der den Schlaf der Unschuld schlief, während sich die Schritte seiner Wohltäterin näherten, die er so schamlos belauscht hatte.

Paul schien zu schlafen, als Claudia in den sonnendurchfluteten Wintergarten trat. Er lag wieder in dieser mitleiderregenden fötalen Position, in der sie ihn auch gestern abend vorgefunden hatte, als sie mit einer Tasse Tee zu ihm zurückgekehrt war. Seine Füße waren nackt, die Haare zerzaust, die Gesichtszüge wie immer einem Engel gleich.

Er täuscht den Schlaf nur vor, dachte Claudia und lächelte, als sie an das alte Sofa herantrat. Sie wußte nicht warum, aber dieses gleiche – vielleicht eingebildete – Gefühl im Bauch, das sie mit Zweifeln an seiner Amnesie behelligte, sagte ihr nun, daß Paul noch etwas anderes vor ihr verbergen wollte.

Es war seltsam genug, daß die Vorstellung, er könnte ein falsches Spiel mit ihr treiben, auch noch erregend war. Es war, als ob das Spiel des sexuellen Risikos, das sie mit Beatrice gespielt hatte, sie inspiriert hätte. Es war schon etwas Besonderes, am Rand der Gefahr zu leben.

»Ich weiß, daß du wach bist«, sagte sie, stand über ihm und fühlte sich außergewöhnlich stark.

Paul schlug die Augen auf, streckte die Beine aus und setzte sich hin. Er rutschte zur Seite, damit Claudia Platz neben ihm hatte. Er sagte nichts und bot auch keine lahme Entschuldigung an, er schaute sie nur verdrießlich an, als erwartete er seine Verurteilung.

»Wie geht es dir?« fragte sie und genoß den Ausdruck hilfloser Verwirrung, weil es eine Frage war, mit der er nicht gerechnet hatte.

»Okay, glaube ich …« Er starrte auf seine nackten Füße und wackelte mit den Zehen, als ob er seine motorischen Bewegungen überprüfen wollte. »Ein bißchen beunruhigt wegen der Tests, die sie mit mir machen wollen. Aber es ist wohl besser, wenn man das Schlimmste weiß. Ich könnte hier neben dir sitzen und eine Zeitbombe im Kopf haben. Die eine Minute alles in Ordnung, die nächste – boing! Pflegefall.«

Er schien ernsthaft besorgt zu sein. Sein Körper war angespannt, in seinen Augen lag Furcht. Claudia legte eine Hand auf seinen Arm.

»Beatrice hält die Gefahr für nicht sehr groß«, sagte sie. »Die Tests sind nur eine Vorsichtsmaßnahme.« Sie spürte, daß ein Zittern seinen Körper durchlief, konnte aber nicht sagen, ob er sich immer noch Sorgen machte oder ob er ihre Berührung genoß. Seine glatte, warme Haut verfehlte ganz bestimmt nicht ihre Wirkung auf sie. »Ich hatte auch Angst, als ich damals das Gedächtnis verloren hatte, aber alles endete gut.« Sie lächelte ermutigend. »Ich bin zwar keine Hochleistungssportlerin geworden, aber ein Pflegefall bin ich auch noch nicht.«

»Ich würde dich aber gern pflegen«, sagte er, rutschte ein wenig näher heran und schaute sie verschmitzt an. Er legte seine freie Hand auf ihre, die noch auf seinem Arm ruhte.

Claudia spürte, wie ihr Herz gleich schneller schlug. Von einem Wimpernschlag zum anderen war er von Bestürzung zur Verführung übergegangen. Jetzt war sie wieder in Gefahr – und sie fand es wunderbar. Aber sie wollte sich nicht so schnell geschlagen geben.

»Kannst du dich noch immer an nichts erinnern?« fragte sie. »Keine Erinnerungsblitze? Irgendeine Ahnung, wer du bist, woher du kommst, was du machst, wie alt du bist?«

Paul bedachte sie mit seinem unwiderstehlichen Lächeln. »Nein«, sagte er, und seine Hand schmiegte sich um ihre, als wollte er seinen Versuch nicht aufgeben. »Dabei ist es nicht so, daß ich es nicht immer wieder versuchte, mich an irgend etwas zu erinnern.«

»Ich glaube dir«, sagte sie und zog ihr Hand zurück, denn wenn sie jetzt zu zittern begann, würde er wissen, wie es schon wieder um sie stand. »Es muß für dich viel schwieriger sein als damals für mich«, sagte sie. »Ich war nur ein Kind, ich hatte auch weniger, an das ich mich erinnern konnte. Und Kinder sind schnell zufriedenzustellen, es genügt ihnen, einfach da zu sein. Sie brauchen sich nicht über ihren Beruf und über ihre Herkunft zu definieren. Sie sorgen sich noch nicht über den Sinn und die Richtung ihres Lebens.«

»Was ist der Sinn deines Lebens?« fragte Paul sie herausfordernd und sah sie mit gerecktem Kinn an.

Bastard! dachte Claudia und zwang sich zu einem Lächeln. Er war scharf wie ein Messer, wenn es um eine schlagfertige Frage oder Antwort ging. Der Nebel in seinem Gehirn umfaßte nicht sein normales Denkvermögen.

»Ich bin nicht sicher, ob ich ihn schon gefunden habe«, sagte sie ehrlich und wunderte sich darüber, daß diese Feststellung sie nicht traurig machte. Noch vor ein paar Tagen hätte sie depressiv darauf reagiert. »Aber ich bin sicher, daß sich bald etwas ergibt. Ich kann es fühlen.«

Während sie neben dem schönen, jungen Mann in dem sonnendurchfluteten Wintergarten saß, umgeben von Pflanzen und sorgsam ausgewählten Blumen in Blau, Weiß und Gelb, spürte Claudia plötzlich, daß sie an einer Weggabelung angelangt war. Sie war unentschlossen.

Einerseits konnte sie den Rest des Nachmittags damit verbringen, mit ihm zu reden. Sie konnte mit ihm über ihre schlimmsten Ängste und die höchsten Hoffnungen sprechen, sie würden sich austauschen, sich gegenseitig besser verstehen und einander helfen.

Andererseits führte die zweite Gabelung des Weges zu einer gänzlich unterschiedlichen Therapie, von der sie annahm, daß sie ebenso wirkungsvoll sein würde wie die Gesprächstherapie. Sie schaute auf seine langen, feingliedrigen Finger, auf die blasse, aber kräftige Muskulatur seines nackten Brustkorbs, und schließlich senkte sie den Blick und sah die wachsende Schwellung seines Schoßes, die den cremefarbenen Leinenstoff der Hose dehnte.

Welchen Weg sie nahm, entschied ihre Hand, die sich in

seine wuscheligen Haare grub, den Nacken umfaßte und ihn näher heranzog.

Claudia preßte ihre Lippen auf seinen Mund, und obwohl sie wußte, daß seine Lippen wild und aggressiv küssen konnten, überließ er ihr die Führung, sie stieß die Zunge in seinen Mund und erforschte die feuchte Höhle so langsam, wie es ihre Ungeduld zuließ. Sein Körper blieb schlaff, er ließ die Arme an den Seiten, aber sie frohlockte, als er kleine lustvolle Stöhnlaute herauspreßte.

Claudia küßte ihn härter – so hart sogar, daß ihr Kiefer schmerzte, und dabei drückte sie Paul zurück in die abgenutzten Sofakissen. Noch nie zuvor hatte sie das Gefühl gehabt, diese Kontrolle über einen anderen Menschen zu haben, auch nicht, wenn sie und Gerald ihre kleinen Schlafzimmerspiele zelebriert hatten, bei denen sie ab und zu vorgab, ihn zu dominieren. Wenn auch nur für einen Moment – aber sie hatte die Macht. Es mochte sein, daß Paul noch ein paar Tricks im Ärmel hatte und alles andere war als die verwirrte Person, wie er sie glauben machen wollte, aber jetzt und hier würde er alles tun, was sie von ihm verlangte.

Sie richtete sich halb auf, ließ von seinem Mund ab, beugte sich dann wieder über ihn und flüsterte in sein Ohr. Es war das Feuer in ihr, das ihr die Worte eingab.

»Ich gebe dir einen Lebensinhalt, Paul. Eine Richtung, die du gehen kannst, während du darauf wartest, daß du zurück ins Leben findest.« Sie küßte seinen Hals, fühlte seinen pochenden Puls und widerstand dem Impuls zuzubeißen wie ein wiedergeborener Vampir.

Sie löste sich von ihm, hielt seinen Kopf in beiden Händen, starrte ihm intensiv in die Augen und mußte lachen, als sie seine Bemühungen sah, ihren Blick in den Fokus seiner blauen Augen zu bringen.

Es war nicht erforderlich, ihm zu sagen, worin der Lebensinhalt zumindest für den Augenblick bestand, oder ihn zu fragen, ob er damit einverstanden war. Die Tatsache, daß seine Pupillen groß und dunkel waren und sein Atem keuchend hervorgestoßen wurde, war Antwort genug. Sie küßte ihn wieder, und er hob die Arme und schlang sie um ihre Schultern.

»Berühre mich, Paul«, sagte sie hitzig. »Mach mich glücklich, bevor ich Angst vor meiner eigenen Courage bekomme.«

»Gern«, antwortete er mit tiefer Stimme und einem selbstbewußten Glucksen. »Oh, ja, sehr gern.« Er zerrte an ihrem pinkfarbenen Top und lupfte es aus dem Bund der *culottes*. Seine langen schlanken Finger formten Körbchen für ihre Brüste, die nach seinen Liebkosungen schrien.

»Ja!« rief sie, als er ihre Brüste drückte und genau soviel Kraft einsetzte, wie sie sich gewünscht hatte. Mit Daumen und Zeigefinger malträtierte er die Brustwarzen, und für einen Augenblick – zwischen Wellen der Lust, die in einem sanften Orgasmus endeten – kam ihr der Gedanke, er könnte Bildhauer sein, so geschickt er mit seinen Händen umging. Oder ein Bäcker, dachte sie und lachte lüstern, als er begeistert ihre Brüste knetete. Sie zog die Schultern zurück und machte ein Hohlkreuz, damit der Busen noch mehr hervorstand und seiner Behandlung näher war. Er beugte sich und küßte sie auf die Schulter. Ihr Lachen geriet zu einem Stöhnen und dann zu Ausbrüchen einer Leidenschaft, die sie beinahe erschreckten. Er schob den Stoff des T-Shirts weg und drückte seinen Mund mit noch größerem Eifer auf ihre nackte Haut.

Paul hatte keine Skrupel, mit einem Vampir verglichen zu werden. Er nagte in ihrer Halsbeuge, leckte und biß ihre empfindliche Haut, und während er zubiß, zupfte er ihre geschwollenen Brustwarzen, zog sie in die Länge und drückte sie fest.

Claudia war noch nie so hemmungslos und derb malträtiert worden. Im Gegenzug fuhr sie mit den Fingernägeln über seinen gespannten Rücken. Sie riß sein Hemd hoch, damit sie die heiße Haut spüren konnte.

Sie war ihrem Orgasmus schon so nahe, daß der wilde Schmerz zwischen den Schenkeln kaum zu ertragen war. »Du sollst mich berühren, habe ich gesagt«, herrschte sie Paul an, packte seine rechte Hand, die ihre Brust umfaßt hielt, und führte sie zu der heißesten Stelle ihres Körpers. »Da will ich sie haben«, stöhnte sie. »Schnell. Kein Vorspiel mehr!«

Er griff ihre Vulva, nahm den Kopf zurück und starrte sie lange an, aber als er die Gier in ihren Augen las, lachte er leise und begann, sie kunstvoll zu massieren, Brust und Schoß, während er nicht aufhörte, in ihre fiebrigen Augen zu schauen.

Oh, Mann, was habe ich getan? dachte sie, während sie versuchte, seinem Blick standzuhalten. Ihr Körper schien zu brennen, der Orgasmus schüttelte sie durch, es war, als würden die hohen Wellen einer aufgewühlten See sie hinunter in den Strudel reißen. Aber das wilde Blau war nur das Blau seiner funkelnden Augen, erkannte sie, als ihre inneren Muskeln sich verkrampften, ehe sie sich wie nach einem gefährlichen Sturm entspannten.

»Verdammt, Paul«, brachte sie keuchend hervor, während der Orgasmus allmählich abklang, »wer bist du?«

»Ich weiß es verdammt noch mal nicht«, gab er hechelnd zurück, wobei er sie noch enger an sich drückte. »Ich weiß es wirklich nicht«, wiederholte er schluchzend, und er wiegte sie wie ein Baby.

Claudia glaubte ihm – jedenfalls in diesem Augenblick. Es schien ihr am einfachsten zu sein, während sie in seinen Armen lag und ihr Körper noch von den Schwingungen erfüllt war, die er ausgelöst hatte.

Eine Weile verharrten sie fast bewegungslos, obwohl die Luft um sie herum in verdutzter Stille zu vibrieren schien. Sie spürte Pauls schweren Atem, und sie spürte auch seine Verspanntheit, als ob er Schwierigkeiten hätte, seine Gefühle in den Griff zu bekommen.

Claudia selbst fühlte sich wie betäubt und in einem

Zustand des blanken Staunens. Ihre eigenen Aktionen und Reaktionen hatten sie mehr als nur verblüfft. Sie lernte immer neue Seiten an sich kennen. Sie fühlte sich aufgemischt, aber auch befriedigt und von sich selbst beeindruckt.

Als Pauls Hände über ihren Rücken streichelten, schaute sie über seine Schulter in den Garten hinter den Scheiben. Ein Vogel hüpfte über den Rasen, und ein Schmetterling schien ihm zu folgen. In der Nachmittagssonne hatte sie die vertraute Szene nie so lieblich gesehen.

Schließlich lösten sich die beiden voneinander und schauten sich verstohlen an.

»Es tut mir leid ...«

»Es tut mir leid ...«

Sie mußten beide lachten, als sie hörten, daß sie ihre Entschuldigungen simultan hervorgebracht hatten. Claudia gab Paul einen Klaps auf den Oberschenkel. »Okay, du fängst an«, sagte sie.

»Es tut mir leid«, wiederholte er, hob die Schultern und ließ sie resigniert wieder sinken. »Ich war zu derb, zu grob, zu wenig feinfühlig. Irgendwas ist mit mir durchgegangen. Ich habe mich wie ein Tier benommen.«

»*Du* hast dich wie ein Tier benommen?« Claudia schaute ihn kopfschüttelnd an, wie er dort lag, süß und verführerisch, und schon meldete sich in ihr wieder der Hunger, den er eben erst so meisterlich gestillt hatte. Wenn sich jemand hatte gehen lassen, dann war sie das gewesen. Erst vor wenigen Minuten hatte sie einen ungeheuer befriedigenden Orgasmus genossen, und schon sehnte sie sich nach einer Wiederholung. Dasselbe noch einmal, hätte sie am liebsten gesagt. »Ich glaube, ich war ein bißchen ordinär«, gestand sie reumütig, ohne wirklich Reue zu empfinden. »Ich war so vulgär wie nie. Ich habe solche Dinge nie zuvor gesagt. Paul, du mußt mich für ein schlimmes Flittchen halten.«

»Ich halte dich für eine wunderbare Frau«, sagte Paul.

Er sah sie ernst an, und sie verlor sich in seinen klaren Augen.

Es war nicht das erste Mal, daß Claudia das Kompliment hörte, eine wunderbare Frau zu sein, aber bisher hatte sie nur bei ihrem Mann Gerald das Gefühl gehabt, daß er es wirklich und wahrhaftig meinte.

Bisher.

Sie konnte keine Hinterlist in Pauls klarem Blick erkennen, keine oberflächliche Schmeichelei. Aus irgendeinem Grund hielt er sie wirklich für wunderbar. Und da sie sich so ausnahmslos gut fühlte, war sie geneigt, ihm zu glauben.

Schlicht sagte sie: »Danke.«

»Gern geschehen«, sagte er brav, schaute hinunter zu seinem Schoß und grinste. Seine gewaltige Erektion beulte den weichen Stoff der Hose aus.

»Man sieht's«, sagte sie, als sie seinem Blick folgte.

Er hatte ihre Lust gestillt, aber um seine Befriedigung hatte sie sich bisher nicht gekümmert. Diesem Mangel wollte sie sofort abhelfen. Sie schaute ihn lächelnd an, als sie eine Hand in seinen Schoß legte.

Unter dem feinen Stoff fühlte er sich fest und hart und lebendig an, und als sie ihn zärtlich abtastete, schloß er die Augen, als wenn die leichte Berührung schon zuviel für ihn wäre. Es war Claudia bewußt, daß sie ihn als himmlisches Wesen betrachtete, das ihr geschickt worden war. Sein blasses Gesicht war wie auf einer Ikone, und seine weichen, gelockten Haare erinnerten sie an die Heiligenbildchen ihrer Kindheit. Was sie für ihn empfand, war so gefährlich, daß es ihr angst machte.

»Oh«, stieß er aus und bewegte sich nervös hin und her, und eine Sekunde lang befürchtete Claudia, sie hätte die Sache zu einem vorzeitigen Abschluß gebracht. Aber er blieb hart, und er behielt sein angespanntes Lächeln bei.

»Bitte ... ich will dich«, flüsterte er rauh, und seine

Lider flatterten, als er versuchte, sich aufzurichten und nach ihr zu greifen.

»Pst«, machte sie.

Sie ließ seinen Penis für den Augenblick los, schob seine blind greifenden Hände weg, packte ihn an den Schultern und zog ihn an sich heran. Nicht gerade geschickt knüpfte sie die Manschetten seines zerrissenen Hemdes auf, zog die Arme heraus, als ob sie ein kleines Kind entkleidete, wenn auch ungleich hastiger. Sie warf das Hemd hinter das Kopfende der Couch.

Paul ließ es mit sich geschehen, als ihre Hände sich an seinem Gürtel zu schaffen machten, er versuchte auch nicht, ihr beim Ausziehen zu helfen. Er hob nur den Po an, als sie ihn kurz anwies: »Auf.« Im nächsten Augenblick hatte sie Hose und Unterhose in einer flüssigen Bewegung bis auf die Knöchel hinuntergezogen.

Oh, was für ein liebliches Ding, dachte Claudia, als sie seinen Penis betrachtete. Als sie die Hosen darüber gestreift hatte, war er wild auf und ab gefedert, und jetzt pendelte er noch leicht aus dem dunklen pelzigen Schoß, als ob das Gewicht der geröteten Eichel zu schwer für ihn wäre.

Claudia leckte sich die Lippen, eine unbewußte Vorbereitung auf eine Fellatio, aber der Schrei ihrer hungrigen Vagina war zu laut und zu verlangend. Sie öffnete hastig die Knöpfe und riß sich die *culottes* hinunter, schälte sich dann aus dem winzigen Höschen.

In der Sekunde, in der sie nackt vor ihm stand, konnte sie ihr eigenes Geschlecht riechen, so sehr war es auf das vorbereitet, was jetzt folgen mußte. Sie ließ sich langsam nieder, sank Stück für Stück hinunter, bis sie seine Spitze zwischen den Schamlippen spürte, und dann nahm sie ihn mit einem langgezogenen Seufzer ganz in sich auf.

»Oh, was für ein Gefühl!«

»Oh, was für ein Gefühl!«

Sie drückten gleichzeitig ihre Freude aus, und darüber mußten sie lachen.

Als Paul lachte, hüpfte die Erektion in ihr. Sie fühlte sich vollständig ausgefüllt. Der Umfang seines Schafts dehnte die Wände ihrer Vagina. Sie spannte die inneren Muskeln an, als wollte sie für sich herausfinden, ob sie noch Platz hätten, sich auszudehnen.

»Oh, das tut gut!« rief er und beantwortete ihr Muskelspiel mit einem heftigen Rucken seiner Lenden. »Du bist wunderbar, Claudia! Ich ...« Er konnte nicht weiter sprechen, weil seine Zähne aufeinander schlugen und sein Körper sich unter ihrem in wilden Stößen aufbockte.

Bin ich nicht, du dummer Junge, dachte Claudia. Ich bin ein gefräßiger Vampir.

Die Position war ein wenig unbequem, und ihre Beine waren in einem unmöglichen Winkel doppelt geschlagen, aber in ihrer Welt von Hitze und Lust nahm sie die Proteste ihrer gequälten Glieder kaum wahr. Sie spürte nur das brennende Feuer in sich, das auch ihre Hülle zum Glühen brachte.

Es dauerte eine kleine Weile, ehe sie in der Lage war, ihre verkrampften Beine zu lösen und sich von Paul zu erheben. Ihre Knie knirschten klagend, und sie spürte ein scharfes Stechen im Oberschenkel, wahrscheinlich ein Muskel, der seit Jahren nicht mehr für diese Beschäftigung benutzt worden war. Aber sonst fühlte sie sich großartig, und ihre Energie war noch längst nicht aufgebraucht.

Ein Geräusch, halbwegs zwischen einem Stöhnen und einem zufriedenen Seufzen, riefen ihre Gedanken zurück. Paul lag immer noch so da, wie sie sich von ihm erhoben hatte, wie ein gestrandeter Wassergeist, der in die Fänge einer königlichen Kriegerin geraten war.

Paul stieß wieder ein Stöhnen aus und lächelte dabei im Halbschlaf. Er streckte sich ein wenig und rutschte mit dem Hintern weiter hinunter. Sein fast nackter Zustand mußte ihm bewußt sein, glaubte Claudia. Es schien ihm zu gefallen, seinen Penis zu zeigen, auch wenn er jetzt nicht mehr so viel hermachte wie noch vor einer Viertelstunde.

Aber er weckte die Erinnerung daran, wie sie ihn gefühlt und betastet hatte, wie er sich in ihr angefühlt hatte.

»Schlampe«, murmelte Claudia fröhlich und langte nach Höschen und *culottes*. Sie war sich nicht ganz sicher, wen sie angesprochen hatte – sich selbst oder diesen schönen, exhibitionistischen Liebhaber, aber auch das war eine Sache, über die sie nicht nachdenken wollte.

Sie zog sich rasch an und stieg schließlich in ihre Schuhe. Sie warf einen letzten glücklichen Blick auf den dösenden Paul und lief hastig aus dem Wintergarten.

Er wird nachher Tee wollen, dachte sie und schaute auf das Service, das schon auf dem Tablett stand. Sie wollte den Kessel aufsetzen, als ihr bewußt wurde, daß sie für sich selbst etwas Kälteres haben wollte.

»Nun, du kannst mich mal, Paul Wie-auch-immer-du-heißt«, verkündete sie laut und öffnete den Kühlschrank. »Warum sollte ich immer nur auf dich Rücksicht nehmen und dir jeden Wunsch erfüllen?«

Eine Minute später hatte sie einen Cocktail zubereitet, gab Eis hinein und ein paar Orangen- und Zitronenscheiben.

Sie trug das Tablett in den Wintergarten. »Ich dachte, du würdest gern mal was anderes als Tee trinken wollen«, sagte sie, als sie die Tür aufstieß.

Aber als sie den Blick vom Tablett hob, hätte sie es beinahe fallengelassen. Die Tür zum Garten stand weit offen, und sowohl der schlafende Paul wie seine verknautschten Kleider waren verschwunden.

Progressive Therapie

Panik breitete sich in Claudia aus und gleich darauf eine so bittere Enttäuschung, daß sie glaubte, ohnmächtig zu werden. Sie hatte die ganze Zeit gewußt, daß dies geschehen könnte, daß er genauso schnell verschwinden könnte, wie er aufgetaucht war, aber trotzdem fühlte sie sich tief getroffen. Sie fühlte sich verraten und wütend, für dumm verkauft.

Dann aber setzte ihr Verstand ein, und im nächsten Moment empfand sie Besorgnis und Schuldgefühle.

Selbst der böseste Bösewicht würde nicht in einem zerrissenen Hemd und barfuß fliehen. Die Leinenschuhe, die Paul am Morgen angezogen hatte, lagen noch vor dem Sofa, und wenn er anderes Schuhwerk genommen hätte, wären sie sich auf der Treppe begegnet, oder sie hätte ihn auf der Treppe gehört. Wenn er also wirklich gegangen war, mußte er einen Rückfall erlitten haben, und er mußte sich jetzt noch verlorener als vorher fühlen. Mit einem gefährlichen Schwung setzte Claudia das Tablett ab und rannte hinaus in den Garten.

Ihr Gefühl von Erleichterung, als sie Paul am Ende des Rasens sah, wo er sich gebückt hatte und nach den Kräutern schaute, war so stark, daß sie ärgerlich über sich selbst war. Es war dumm, lächerlich und unverantwortlich, sich so rasch so abhängig von ihm zu machen, ganz egal, wie schön sein Körper war und wie gekonnt er ihn einsetzte.

Besessenheit war von Übel. Wie konnte sie nur daran denken, ihr Leben um ihn herum aufzubauen?

»Ist alles in Ordnung?« fragte sie, als sie bei ihm stand. Sie war fest entschlossen, ihm nicht zu zeigen, wie alarmiert sie noch vor einer Minute gewesen war.

»Ja, es geht mir gut, danke.« Paul kam hoch und

lächelte sie jungenhaft scheu an. »Und dir? Wie geht es dir?« fragte er, und sein Lachen wurde ein bißchen verwegener.

»Gut.« Ihre Blicke trafen sich, und für eine Weile standen sie sich gegenüber, sie mit den Händen in die Hüften gestemmt, als wollte sie ihn zu irgend etwas herausfordern. Sie empfand zwar keine Antipathie, und die Blicke, mit denen er sie bedachte, waren auch nicht trotzig, aber sie spürte, daß sich ein Streit zwischen ihnen anbahnte. Sie nahm sich vor, diesem Streit nicht aus dem Weg zu gehen.

»Ich habe uns einen kühlen Drink zubereitet«, sagte sie und wandte sich dem Wintergarten zu. Sie konnte sich denken, daß er sie mit den Blicken verfolgte. »Also kein Tee. Ich wollte mal eine Abwechslung bieten.« Sie hörte, daß er ihr folgte, wenn auch seine Füße auf dem Gras fast keinen Laut verursachten.

»Das sieht großartig aus«, sagte Paul, als sie vor dem Tablett mit der Karaffe, den Gläsern und einem Teller Gebäck standen, den sie dazugestellt hatte.

»Könnten wir unseren Drink nicht dort drüben nehmen?« fragte er und wies auf die weiß lackierten Gartenmöbel am hinteren Ende des Gartens. Als ob sie bereits geantwortet hätte, nahm er das Tablett.

»Natürlich«, sagte sie und war irritiert, daß Paul plötzlich wieder das Kommando übernommen hatte. Für jemanden, der auf eine Wohltäterin angewiesen war, hatte er bemerkenswertes Geschick, eine Situation zu kontrollieren und seinen Willen durchzusetzen.

Aber als sie dort Platz genommen hatten und sie sich an dem kühlen Fruchtgetränk erfrischt hatte, mußte sie sich eingestehen, daß es der richtige Platz war, um den Nachmittag auszukosten. Die Sonne fiel schräg herein, die Strahlen warfen ein mildes Licht, und die Luft roch wie Balsam.

»Köstlich«, sagte Paul. Er schloß die Augen, lehnte sich

auf dem Stuhl zurück und saugte den Drink durch einen der Strohhalme ein, die Claudia ins Glas gestellt hatte. Es waren bunt gestreifte Strohhalme, und sie erinnerten sie an so manchen Urlaub im Süden.

Sie sagte nichts, beobachtete ihn aber eine Weile, wie er den Cocktail fast gierig schluckte. Er wandte sein blasses Gesicht der untergehenden Sonne zu. Er sah viel zufriedener aus, als ein Mann in seiner Situation sein durfte, aber trotz der damit verbundenen Folgen war Claudia glücklich darüber. Sie beschloß, jetzt noch keine weiteren Fragen zu stellen.

»Ich habe ein Eichhörnchen gesehen, als du noch im Haus warst«, sagte Paul nach einer Weile. Er stellte sein Glas auf den Tisch, setzte sich auf und deutete auf eine Rotbuche am Ende des Gartens. »Es lief ganz gemächlich über den Rasen, als ob ihm das alles gehörte, dann flitzte es plötzlich los und kletterte diesen Baum hoch.«

»Ja«, sagte sie, »wir haben viele Eichhörnchen. Wegen des Waldes.«

»Wir?« fragte Paul, und seine blauen Augen blieben auf ihrem Gesicht haften.

»Macht der Gewohnheit«, antwortete Claudia. Auch sie stellte ihr Glas ab. Sie überlegte, ob sie sich nachschenken sollte, aber sie war zu faul, um aufzustehen.

»Denkst du die ganze Zeit an ihn?« fragte Paul, nahm sein Glas und nuckelte am Strohhalm. »Du mußt ihn sehr vermissen.«

»Ja und nein«, sagte sie. »Nein, ich denke nicht die ganze Zeit an ihn. Jedenfalls nicht mehr.« Und besonders jetzt nicht, fügte sie in Gedanken hinzu. »Aber ich vermisse ihn immer noch. Wir hatten ein gutes gemeinsames Leben. Er war ziemlich viel älter als ich, aber der Altersunterschied spielte keine Rolle, wenn du weißt, was ich meine.« Sie warf ihm einen flüchtigen Seitenblick zu, dann richtete sie sich auf und schenkte sich doch aus der Karaffe nach.

»Ja, ich glaube«, sagte er und streckte die Hand mit dem Glas aus, damit sie es auch auffüllen konnte.

Kleiner Bastard, dachte Claudia, obwohl ihr eigentlich zum Lachen zumute war. Er glaubt, daß ich deshalb so begierig war, mit ihm zu schlafen – weil ich den regelmäßigen Sex mit Gerald vermißte!

Ihre Blicke trafen sich. Claudia stieß mit ihrem Glas an seins. »Zu deiner Information, Mister Unbekannt, ich wäre nicht vor Frustration gestorben, wenn du nicht gekommen wärst. Bis dahin habe ich es einfach nicht gebraucht.«

Paul hob die Augenbrauen, lächelte, nahm einen Schluck durch den Strohhalm, und sie sah, wie sich die herrlich geschwungenen Lippen bewegten. »Oh, du hast es also nur wegen mir getan«, bemerkte er nach einer langen Denkpause. »Als eine Art progressive Therapie für meine Amnesie.«

»Frecher Kerl!« sagte sie und überlegte, ob er es verdient hatte, den Cocktail ins Gesicht zu bekommen. Aber sie fand, daß es nicht seine Schuld war. Ihre Eingangsbemerkung hatte seine Erwiderung geradezu herausgefordert.

»Es tut mir leid«, sagte Paul, stellte das Glas wieder hin und wandte sich ihr zu. »Ich bin schnippisch und dumm. Dabei stecken wir beide in Situationen, die keine schnippischen Bemerkungen verdienen.« Er war ernst geworden, und wenn er sie so anschaute, fand Claudia ihn unerträglich schön. Sie spürte, wie es in ihr zu brodeln begann. »Du mußt sehr einsam gewesen sein«, sagte er.

Sie konnte sich sehr gut vorstellen, was er jetzt fühlte. Seine eigene Einsamkeit war anders, aber genauso bewegend wie ihre eigene.

»So schlimm ist es nicht gewesen«, sagte sie leise. »Ich habe einige gute Freunde.«

»Wie Melody und Beatrice?« Er schaute sie mit einem Blick an, der, oberflächlich betrachtet, unschuldig sein mochte, aber in der blauen Tiefe seiner Augen sah sie noch etwas anderes lauern.

Claudia hielt seinem Blick stand, dann schaute sie sich verdutzt um. Die Szene an diesem idyllischen Sommernachmittag schien unverändert zu sein, die betörenden Düfte waren gleich geblieben, aber sie spürte trotzdem eine Veränderung in der Stimmungslage zwischen ihnen. Das Pendel schwang wieder in Richtung Sex. Sie kannten sich erst seit weniger als vierundzwanzig Stunden, aber seither schien sich die Stimmung zwischen ihnen immer wieder zu verändern.

»Melody ist die einzige, die ich eine wirkliche Freundin nennen würde«, sagte sie und fragte sich, wohin diese Unterhaltung wohl führen würde. »Ich kenne sie schon seit Jahren. Seit sie ein kleines Mädchen war. Wir stehen uns sehr nahe.« Sie brach ab, als sie ein Flackern in Pauls Augen entdeckte. »Und was Beatrice angeht, so kenne ich sie kaum. Ich habe auf Geralds Beerdigung das erste Mal mit ihr gesprochen. Sie war seine Freundin, nicht meine.«

»Ich verstehe.«

Verstand er wirklich? Wahrscheinlich schon, dachte sie. Sie beschloß, ein bißchen provokativer zu sein. Er war es ja schließlich auch, und plötzlich hatte sie eine Vermutung, warum er so gezielt die Sprache auf Melody und Beatrice gebracht hatte. Dieser kleine Teufel! Es war, als hätte er ihre Gedanken lesen können, als die sinnliche Ärztin vor Stunden über ihre Schwelle getreten war.

»Was hältst du denn von Beatrice?« fragte sie und versuchte, gleichmütig zu klingen. »Ich kann mir denken, daß sie bei jedem Mann eine Wirkung hinterläßt.«

»Sie ist sehr beeindruckend«, räumte er ein. »Und wie findest du sie?«

Claudia bemühte sich um eine ebenso vage Beurteilung, aber während sie noch nach der passenden Beschreibung suchte, griff Paul zu seinem Glas, und dabei fiel ein Tropfen auf seine unbekleidete Brust. Gebannt schaute sie hin, wie der kleine Tropfen langsam hinunter rann, dem Hosenbund entgegen. In ihrer Phantasie verschwand seine Bekleidung, und der Tropfen setzte seine Reise fort und erreichte den dunklen Wald seiner Schamhaare.

»Auch beeindruckend«, sagte sie, »das ist der treffendste Ausdruck für sie.«

»Ist das alles?«

»Sie ist so mitfühlend, und ich glaube, daß sie perfekt in ihrem Beruf ist.«

Ist das alles?

Er stellte diese Frage nicht erneut, aber trotzdem meinte Claudia, sie gehört zu haben.

»Sie ist wunderschön. Sehr sinnlich. Sehr gewagt. Sie hat einen herrlichen Körper, und sie will, daß jeder das weiß.« Sie sah wieder das Flackern in Pauls Augen. »Sie wirkt so jung, dabei weiß ich, daß sie ein paar Jahre älter ist als ich.«

Paul lachte. »Wie alt bist du?« fragte er mit einem bemerkenswerten Mangel an gesellschaftlich vorgeschriebenem Takt, wenn Männer erfahren wollen, wie alt eine nicht mehr junge Frau ist.

Claudia überlegte, ob sie ihn belügen sollte. Sie hatte keine Ahnung, wie alt Paul war, aber sie schätzte, daß er mindestens zehn Jahre jünger war als sie selbst. »Zweiundvierzig«, sagte sie nach einer längeren Pause.

»Wirklich?«

Er hörte sich überrascht an. War das Schau? Dann würde er jetzt wohl sagen, daß sie nicht wie zweiundvierzig aussah, aber das sagte er nicht.

Dafür bist du zu gerissen, was? Sie sah zu, wie er wieder am Strohhalm nuckelte. Seine Kehle hüpfte.

»Es überrascht mich, daß du sagst, Beatrice sei nicht deine Freundin«, sagte er nach einem Schluck. »Ich hatte den Eindruck, daß ihr euch gut kennt. Und daß ihr euch gegenseitig vertraut. Ja, ich könnte mir tatsächlich vorstellen, daß ihr euch sehr nahesteht.«

Claudias Sinne waren alarmiert. Er fing schon wieder damit an.

»Ich weiß nicht, wie du das meinst«, sagte sie laut. »Du hast uns doch nur ein paar Momente zusammen gesehen.« Vage tauchte eine Erinnerung in ihr Bewußtsein, als sie das sagte. Sie hatte es kaum wahrgenommen oder vielleicht sogar unterdrückt. Ein sich leicht bewegender Schatten, den sie aus den Augenwinkeln gesehen hatte, als Beatrice mit ihr auf dem Sofa gesessen hatte.

»Man braucht nicht mehr als ein paar Momente«, sagte er, kühl bis in die Haarspitzen. Wollte er bluffen? Wollte er andeuten, daß er etwas von ihrer sehr intimen Unterhaltung mit Beatrice gehört hatte?

Sie wollte seinen Gedanken Futter geben.

»Vielleicht hast du recht«, sagte sie, hob ihr Glas auf, ließ den Finger um die glatte Oberfläche kreisen und stellte es wieder hin, ohne getrunken zu haben. »Ich fühle mich Beatrice recht nahe«, sagte sie. »Es war ein ganz spontanes Gefühl, plötzlich war ich zu ihr hingezogen. Wenn sie ein Mann wäre, könnte man es beinahe Liebe auf den ersten Blick nennen.«

Da! Was sagst du jetzt? Hast du das hören wollen? forderte sie ihn stumm heraus.

»Liebe?« wiederholte er im Flüsterton. »Du gehst ziemlich weit …«

»Nun, vielleicht ist das auch zu weit gegriffen«, räumte sie verunsichert ein.

»Eher Zuneigung?«

Er spielte immer noch. Er saß ganz *cool* da, spielte mit ihr und genoß es.

Claudia kam sich als Flirt und gleichzeitig als Opfer vor. Sie fing seinen unschuldigen Blick auf. Plötzlich wollte sie, daß das Spiel beendet wurde. Seit sie ihn auf dem alten Sofa im Wintergarten in sich gespürt hatte, war weniger als eine Stunde vergangen, aber zu ihrer großen Verwunderung begehrte sie ihn schon wieder.

Und doch war es eine völlig andere Situation. Auf eine Weise, die sie nicht richtig fassen konnte, hatte Paul die Kontrolle über ihre unausgesprochenen Aktivitäten gewonnen. Es lag diesmal an ihm, den Ablauf zu bestimmen, es lag an ihm, ob er sie verführen oder beherrschen wollte.

»Ich glaube, das Wort, wonach du suchst, heißt Lust«, sagte sie, ihre Stimme kaum mehr als ein Wispern. Sie haßte sich selbst wegen ihrer Kläglichkeit, sie hoffte, daß sie ihm nicht zu unterwürfig war.

»Das habe ich gehofft.«

Als Paul aufstand, bemerkte Claudia erst, daß sie eine ganze Weile schon den Atem angehalten hatte. Jetzt stieß sie ihn aus und füllte ihre Lungen wieder mit Luft, während er nach ihrer Hand griff.

»Erzähle mir davon«, sagte er, zog sie von ihrem Stuhl hoch und führte sie schnell ins Haus zurück. »Erzähl mir von diesem ›spontanen Gefühl‹, das du für Beatrice empfunden hast.«

Sie erzählte es ihm.

Und während er sie fast die Treppe hinauf zerrte und ihre Hand mit seinen schmalen Fingern umschlossen hielt, berichtete sie ihm wahrheitsgemäß von den Gefühlen, die Beatrices dunkle Brustwarzen in ihr schon ausgelöst hatten, als sie ihr die Haustür geöffnet hatte.

»Sie sahen so fest aus, so verführerisch«, sagte sie. Paul drückte die Tür zum Gästezimmer auf und schob Claudia hinein. »Wie kleine reife Beeren. Ich wollte sie mit meinen Lippen berühren.«

»Weiter, erzähle mehr!« drängte er sie, hob ihre Arme über den Kopf und zerrte ihr grob das T-Shirt vom Leib.

»Ich hätte mir gewünscht, sie hätte sich ausgezogen, denn ich wollte sie gern nackt sehen«, gestand sie und kicherte. »Und ich wollte sehen, ob sie ihre Haarfarbe von der Natur hat oder aus der Tube.« Sie stöhnte vor Lust, als Paul ihre Nippel sanft streichelte, als wären sie seltene Früchte.

»Ich wollte sie überall küssen. Ich wollte sie riechen und schmecken«, fuhr sie fort und überlegte sich fieberhaft, wie sie ihre Gedanken noch mehr ausschmücken konnte, worüber sie fast genauso schockiert war wie über die Dinge, an die sie sich noch erinnern konnte.

Paul zog ihr die Schuhe aus, dann streifte er *culottes* und Slip von ihren Hüften. Er richtete sich auf und betrachtete sie voller Bewunderung, wie sie nackt dort stand und von der schräg einfallenden Sonne angestrahlt wurde.

Einen Augenblick lang wollte sich Claudia vor ihm verstecken. Sie hatte ihm jetzt schon viel mehr enthüllt als vergangene Nacht. Jetzt aber gab es keine einhüllende Dunkelheit, keinen Rest von Bekleidung, der ihre Ängste minderte und ihre Scheu beschwichtigte.

Er konnte sie ganz nackt sehen, jede Kurve, jede Schwellung, jedes Pölsterchen. Im Gegensatz zu seinem perfekten Körper kam sie sich allzu unvollkommen vor.

»Oh, du mußt mir mehr erzählen«, rief er lüstern und begann, seine eigenen Kleider herunterzureißen. »Mehr, mehr!« Er warf das Bettzeug zur Seite, und dann schob er Claudia rückwärts, bis sie mit ihm auf die Matratze fiel.

Sie erzählte ihm mehr. Sie erfand Geschichten und Einzelheiten, die ihr bis gestern nicht im Traum eingefallen wären, während sie sich auf dem Bett wälzten und wild übereinander herfielen.

Als sie sich ausgelassen und ausgiebig geliebt hatten, waren ihre Sinne benebelt und verwirrt. Aber sie fühlte sich, als ob sie schwebte, ihr schläfriger Geist schien in Glückseligkeit getränkt zu sein.

»Das ist das Ding, das Beatrice dir nicht bieten kann«, murmelte Paul dösend, als sich Claudia streckte und mit der Hand seinen abschwellenden Penis berührte.

»Stimmt«, räumte Claudia ein, amüsiert darüber, daß selbst ein so einzigartiger Mann wie ihr geheimnisvoller Fremder dazu neigte, dieselbe Phallus-Fixierung zu haben wie jeder andere Mann auch. »Aber ich bin sicher, daß sie es auf jedem anderen Gebiet mit jedem Mann aufnehmen könnte. Sie kommt mir wie eine Frau vor, die alles über Sex und Erotik weiß.«

»Ja, diesen Eindruck habe ich auch von ihr«, sagte Paul, und seine Hand strich langsam und beinahe besänftigend über ihre Seite.

»Wieso? Hat sie versucht, dich anzumachen?«

»Nein«, erwiderte Paul. »Es hat wahrscheinlich etwas mit ihrem Berufsethos zu tun.«

»Wahrscheinlich«, sagte Claudia. Sie setzte sich im Bett auf und schaute ihn an. Sie berührte seine Wange, um ihn zu veranlassen, sie anzusehen. »Hättest du ihr denn nachgegeben, wenn sie den ersten Schritt getan hätte?« fragte sie.

Seine langen dunklen Wimpern flackerten.

»Schon gut«, sagte sie und sah, wie er errötete. »Ich sage nicht, daß ich nicht eifersüchtig wäre. Aber es ist ja nicht so, daß wir beide uns ewige Treue geschworen hätten, nicht wahr?« Sie überlegte einen Augenblick, dann fiel ihr etwas anderes ein. »Weißt du, daß du mit mir vielleicht Ehebruch begehst? Ich meine, du könntest verheiratet sein.«

»Kann sein«, sagte er nach einer Weile. Er runzelte nachdenklich die Stirn, dann küßte er Claudias Hand. »Aber wenn ich eine Frau habe, dann kann ich mich absolut nicht an sie erinnern.« Er küßte sie wieder und wieder. »Was Beatrice angeht«, sagte er dann, und Claudia mußte lachen, weil er so schnell das Thema wechselte. »Alle die Dinge, die du mir eben erzählt hast .... hast du sie so auch gemeint? Würdest du wirklich mit ihr Sex haben wollen? Weißt du, ich wäre bestimmt nicht eifersüchtig, wenn du es mit ihr ...« Er schaute zu ihr auf. »Ich möchte nur dein Versprechen, daß du mich zuschauen läßt.«

»Bastard«, sagte sie. »Ihr Männer seid alle gleich, wenn es um zwei Frauen geht.«

»Nun, dann ist ja wenigstens etwas an mir normal«,

sagte Paul fröhlich. Er küßte ihre Armbeuge, öffnete den Mund und spielte mit der Zunge an ihrer Vene. »Du hast mir immer noch nicht genug von dir und Beatrice erzählt. Ob du es wirklich ernst gemeint hast oder ob du mich bloß ein bißchen zusätzlich anstacheln wolltest.«

»Es war beides«, sagte sie und wand sich neben ihm, als er versuchte, sie zu beißen. »Obwohl ich bisher nie darüber nachgedacht habe, mit einer anderen Frau Sex zu haben. Du mußt irgendwas in mir freigesetzt haben.« Sie fuhr spielerisch durch seine dichten Haare. Ja, es stimmt, jetzt erst habe ich eine Frau begehrt, nachdem ich dich kennengelernt habe.«

Paul bedachte sie mit einem vorwurfsvollen Blick.

»Du weißt, wie ich es meine«, sagte sie, zog ihn an sich und küßte ihn auf den Mund.

»Und was ist mit Melody?« fragte er, als sie sich voneinander gelöst hatten. Im nächsten Moment zog er sie erneut in seine Arme. »Hast du an sie nicht mal als Liebhaberin gedacht? Ich meine, es ist offenkundig, daß sie dich anschwärmt.«

»Wie, bitte?«

Die Vorstellung schien wahnwitzig zu sein, fast obszön. Ihre Gefühle zu Melody waren nie anders als voller Zuneigung und Fürsorge gewesen. Sie sah in der jüngeren Frau fast eine Tochter oder eine viel jüngere Schwester. Den Trost, den sie sich gegenseitig gaben, war stets rein platonisch gewesen. Es wäre Claudia nie in den Sinn gekommen, daß es da noch etwas anderes geben könnte.

Und doch ...

Melody war eine schöne Frau, selbst jetzt noch, da sie sich dem Diktat ihres Mannes unterwerfen mußte. Der überschminkte Stil, den er bevorzugte, war völlig überflüssig bei ihren ebenmäßigen, feinen Gesichtszügen, bei ihrem verträumten Ausdruck, in ihrem noch jugendlichen Alter. Claudia konnte sich noch an eine andere Melody erinnern, sie war ein nymphenhaftes Mädchen mit einem blassen, makellosen Teint gewesen, der auf kein Make-up angewiesen war. Melody hatte immer den Eindruck besonderer Hilflosigkeit gemacht, auf den Claudia sofort angesprungen war.

Oh, nein, dachte sie plötzlich. Sie schaute Paul an, der immer noch auf eine Antwort wartete, die blauen Augen groß und spekulierend auf sie gerichtet. Bei ihm ist es genau dasselbe! Diese Hilflosigkeit war es auch bei Paul gewesen, die sie angesprochen hatte. Bei Paul – und auch bei Melody! – war sie gepaart mit Kraft. Melody konnte stark sein, hatte es oft genug gezeigt, und von Paul wußte sie das auch – er hatte es erst vor wenigen Minuten wieder bewiesen.

»Ich habe recht, nicht wahr? Du willst sie haben«, bedrängte Paul sie und stieß mit seiner Erektion gegen ihren Körper.

Claudia wandte sich ab, einen Augenblick lang zu verwirrt. Es war ihr peinlich, es war erschreckend, so leicht durchschaubar zu sein, und doch erregte es sie gleichzeitig auch. Auch Melody schien oft zu wissen, was Claudia dachte.

»Das mag schon sein«, gab sie zu, »obwohl mir das bis jetzt nie eingefallen wäre, daß es so sein könnte. Seit Jahren sind wir befreundet, wir vertrauen uns völlig, trotz unseres Altersunterschieds. Und bisher hat keine von uns eine gewisse sexuelle Attraktion für die andere zu erkennen gegeben.«

»Vielleicht erkennst du sie nicht als solche«, sagte Paul mit einem Scharfsinn, den Claudia aufregend fand. »Obwohl ich mir sicher bin, daß ihr das schon lange klar ist. Anders läßt sich die Art und Weise, wie sie dich anschaut, gar nicht deuten.«

»Wieso bist du plötzlich der Experte auf dem Gebiet der zwischenmenschlichen Beziehungen?« wollte Claudia wissen, und dann langte sie hinunter und nahm den Penis in die Hand.

Paul stöhnte leise auf und schob die Hüften vor und zurück. »Ich habe keine Ahnung«, sagte er gepreßt. »Instinkt oder so etwas. Ich weiß offenbar eine Menge, nur nicht die Dinge, die für mich nützlich wären. Meinen Namen zum Beispiel. Wer ich bin. Woher ich komme.«

Claudia wollte sich zurückziehen. Der Moment war wahrscheinlich nicht geeignet.

Er ließ es nicht zu. Er umschloß ihre Finger mit seiner Hand und verstärkte die Bewegungen seiner Hüften.

»Ich werde dir noch etwas sagen«, fuhr er fort, während sich sein Gesicht vor Lust verzog und das Glied in ihrer Hand kräftig zuckte. »Melody ist unglücklich ... sehr unglücklich. Und wenn du dich ein bißchen intimer um sie kümmern würdest, wäre sie von ihren Problemen abgelenkt.«

»Wieso weißt du das?« fragte Claudia verblüfft und liebkoste ihn immer noch, während sie sich fragte, wie er es schaffte, diese scharfen Analysen zu formulieren und gleichzeitig auf dem Weg zum Orgasmus zu sein. Sie jedenfalls hatte Probleme, sich auf Pauls steifen Penis und auf Melodys unglückliche Ehe zu konzentrieren.

»Ich weiß es einfach«, preßte er heraus. »Ich sehe es ... in ihren Augen!«

Das stimmte, mußte Claudia zugeben, aber wie Paul das in den wenigen Minuten, die er sie gesehen hatte, erkannt haben wollte, war bemerkenswert, fast ein wenig unheimlich. Die Tiefe seiner Wahrnehmungen überraschte sie, besonders, wenn sie bedachte, daß er mitten in seinem eigenen Trauma steckte. Paul war ein vielschichtiger Mensch, sie entdeckte jeden Moment etwas Neues an ihm.

Aber so kann es nicht weitergehen, dachte sie. Ihr Körper brannte. Sie war feucht und bereit für ihren Geliebten. Es würde später noch genug Gelegenheiten geben, über Melody zu diskutieren.

»Können wir nachher über Mel reden?« fragte sie leise und wälzte sich auf den Rücken.

»Ja, ja .... natürlich.« Paul blinzelte ein paarmal, als wären seine Gedanken weit weg gewesen. Er kniete sich zwischen ihre Schenkel, und sie spürte die seidige Spitze seiner Männlichkeit an ihren geschwollenen, nassen Lippen. Sie ruckte den Unterleib hoch, und mit blinder Genauigkeit versenkte er den Stab. »Verzeih mir, aber jetzt bin ich bei *dir*.« Er holte aus und stieß hinein. »Ich sollte mich schämen. Das ist der falsche Augenblick, über eine andere Frau zu sprechen.«

»Ich vergebe dir«, keuchte Claudia und schlang Arme und Beine um ihn.

Dann sprachen sie beide eine lange Zeit kein einziges Wort mehr ...

Das Klingeln des Telefons weckte Claudia aus ihrem Schlummer. Sie brauchte ein paar Sekunden, ehe sie wußte, wo sie war.

Sie sah sich um und fand sich in der vertrauten Umgebung des sonnendurchfluteten Schlafzimmers. Irgendwie schien es nicht normal zu sein, daß sie hier war, in ihrem großen Doppelbett, umgeben von den vielen kleinen Kostbarkeiten, die Gerald zusammengetragen hatte. In den letzten Tagen war sie öfter nebenan in dem etwas bescheidener ausgestatteten Zimmer aufgewacht, das zur Zeit von Paul bewohnt wurde.

Das Telefon schien noch ein bißchen schriller zu klingeln. Sie beschimpfte sich selbst, daß sie nicht den Anrufbeantworter eingestellt hatte, und griff nach dem Hörer. »Ja?«

»Hallo, Claudia? Hier ist Beatrice«, hörte sie die frische, fröhliche Stimme der Ärztin, knackig wie der Morgen draußen. »Ich hoffe, ich störe nicht bei irgendeiner wichtigen Sache«, fuhr sie fort. Sie lachte dabei nicht, hörte sich aber so an, als wenn sie es gern getan hätte.

»Nein, nein überhaupt nicht. Ich glaube, ich habe ein

bißchen lange geschlafen«, sagte Claudia, setzte sich auf und rieb sich die Augen. Dann fuhr sie sich mit gespreizten Fingern durch die Haare. Ja, wie spät, zum Teufel, war es? Die Sonne stand schon ziemlich hoch am blauen Himmel.

Beatrice stieß einen knurrenden Laut aus, der sich so anhörte, als wollte sie sagen: »Erzähl mir doch nichts«, sagte dann aber: »Oh, es wird Ihnen neue Energie geben.«

»Ich hoffe es«, antwortete Claudia. »Gibt es etwas Neues wegen Pauls Krankenhaustermin?«

»Ja, es gibt ausgezeichnete Nachrichten«, sagte Beatrice. »Ich habe es geschafft, daß sie ihn heute nachmittag untersuchen werden – natürlich nur, wenn euch beiden das paßt.«

»Oh, ja, natürlich, kein Problem. Das ist sehr lieb von Ihnen, daß Sie sich diese Mühe geben«, sagte Claudia und wünschte, daß sie und Paul noch ein bißchen mehr Zeit für sich allein haben könnten. Im nächsten Augenblick empfand sie Schuldgefühle wegen ihres egoistischen Denkens.

Nun ja, irgendwann würde er sich wieder an seine Vergangenheit erinnern, und dann würde er gehen.

»Es war kaum der Rede wert«, sagte Beatrice. »Ich bin froh, daß ich helfen konnte.«

Claudia hatte das Gefühl, daß die Ärztin es wirklich so meinte. Bei all ihrer spontanen und offenen Art war Doktor Quine eine hilfsbereite, freundliche Frau.

Der Termin war für halb drei Uhr am Nachmittag vorgesehen. Claudia kannte das Krankenhaus nicht, aber sie hatte einige Menschen voller Lob davon sprechen hören. Beatrice beschrieb den Weg, und Claudia machte sich hastig Notizen. Die Ärztin würde eine Viertelstunde vor dem Termin am Empfang auf sie warten.

»Und sagen Sie Paul, daß er sich keine Sorgen machen soll«, bat sie Claudia. »David Colville ist ein ausgezeichneter Arzt, der beste auf seinem Gebiet. Aber ich bezweifle, daß er etwas findet, weil Paul okay ist. Ich bin davon überzeugt, daß er nur noch etwas Zeit braucht.«

Zeit, dachte Claudia, nachdem Beatrice aufgelegt hatte. Wieviel Zeit habe ich noch mit Paul? Vielleicht nur noch ein paar Tage ... Eigentlich dürfte ich keine Stunde verschwenden, ich müßte jede Gelegenheit nutzen.

Sie schüttelte den Kopf, verdrängte den Gedanken und sah nach der Uhrzeit. Sie stieß einen Schrei aus. Wenn sie den Termin einhalten wollte, mußten sie sich beide beeilen.

Sie beschloß, daß sie sich zuerst ausgehfein machen würde, ehe sie sich um Paul kümmerte. Als sie sich für ihre Kleidung entschied, war ihr bewußt, daß sie Wert darauf legte, Beatrice zu beeindrucken, gleichzeitig wollte sie für ihren Liebhaber besonders jung aussehen.

Mit einer harten Bürste strich sie sich über die kurzen Haare, bis sie so lagen, wie sie sich am liebsten sah. Im Spiegel schaute sie auf ihre Hände, als betrachtete sie sie das erste Mal. Diese Hände waren gierig und unersättlich, wenn sie in die Nähe von Pauls Körper gerieten. Sie unterdrückte ihre neu aufkommenden Lustgefühle und blinzelte in den viktorianischen Spiegel, eines von Geralds ausgefallenen Hochzeitsgeschenken.

Nicht schlecht, befand sie. Ihr gefiel das blaue und cremefarbene Kleid, für das sie sich schließlich entschieden hatte, ärmellos, mittlere Länge, scheinbar sittsam, aber die Knöpfe von oben bis unten deuteten auch eine leichte Zugänglichkeit an. Die offenen Sandalen verstärkten diesen Eindruck noch.

Dummkopf! schalt sie sich. Was erwartest du denn von diesem Krankenhausbesuch? Du begleitest einen Freund, der eine Reihe von Tests durchlaufen muß.

Trotzdem, sagte sie sich störrisch. Es kann nicht schaden, wenn ich mich gut fühle. Schließlich sehe ich Beatrice wieder.

Klassische Erinnerungen

»Was ist denn los?« fragte Claudia besorgt, als sie sich nach ihm umdrehte und sah, daß Paul wie erstarrt stehengeblieben war. Er war wie vom Schlag getroffen und starrte offenen Mundes auf den Wagen, den sie aus der Garage gefahren hatte, während sie auf ihn wartete.

»Was ist los, Paul?« fragte sie wieder. Sie legte eine Hand auf seinen Arm, als er sich immer noch nicht regte. Irgend etwas mußte in ihn gefahren sein, etwas sehr Beunruhigendes, schätzte Claudia. Oder auch nicht. Geralds alter klassischer Jaguar Mark II löste oft bewundernde Blicke oder gar Neid aus, aber bisher hatte sie noch nicht erlebt, daß der Anblick jemanden zur Salzsäule erstarren ließ.

»Paul!« Sie schüttelte ihn leicht und spürte dann, wie er zu zittern begonnen hatte. »Du mußt mir sagen, was los ist! Du machst mir angst!«

Als er sie anschaute, waren seine Augen weit aufgerissen. Er schluckte ein paarmal, bevor er herausbrachte: »Ich hatte auch mal einen solchen Wagen.« Er trat zwei Schritte vor, schüttelte unbewußt ihre Hand ab und fuhr mit den Fingern über die glatte Karosserie des Jaguars.

Das kann er unmöglich spielen, ging es Claudia durch den Kopf, und ihr Herz raste schneller, als sie den angestrengten, betroffenen Blick ihres Freundes sah. In ihm schien ein mächtiger Kampf zu toben, als ob ihn die Erinnerungen zerrissen. Er kämpfte hart, und er war ihr nie schöner vorgekommen.

»Es war ein Wrack, hatte fast nur noch Schrottwert ... Aber ich bin sicher, daß es dieses Modell war, und es hatte auch diese graue Farbe.« Er streichelte mit der Hand zärtlich über die Motorhaube.

»Oh, das ist gut! Du erinnerst dich an etwas. Das kann sehr wichtig sein«, sagte Claudia und trat neben ihn. »Löst der Wagen sonst noch eine Erinnerung aus? Verbindest du irgend etwas mit dem Jaguar?«

Paul ging weiter, berührte immer noch den grauen Lack des Automobils und strich mit den Fingerspitzen behutsam über das springende Raubtier, Markenzeichen des Herstellers. Dann ging er zur Beifahrertür, öffnete sie und schaute hinein. Als er sich bückte und setzte, öffnete Claudia die Fahrertür und nahm hinter dem Lenkrad Platz. Sie würde ihn gern weiter bedrängen, um den kurzen Moment der Erinnerung auszunutzen, aber sie wollte die Arbeit in seinem Gehirn nicht stören. Er runzelte die Stirn, während seine Hand über das in Walnußholz gehaltene Armaturenbrett strich.

»Ja, ja«, sagte er endlich, betrachtete die Uhr und die anderen Armaturen sowie das Radio. »Ganz schwach …« Er wandte sich ihr zu. »Aber es ist schwierig. Weit weg. Irgendwie verschwommen.«

»Erzwing es nicht«, sagte sie und legte wieder eine Hand auf seinen Arm. Ihr wurde bewußt, wie schwer es ihr fiel, ihn nicht zu berühren. »Du mußt Geduld haben.« Zu sich selbst sagte sie stumm: Das trifft noch mehr auf dich zu, Claudia! Sie zog ihre Hand weg, als hätte sie sich verbrannt. »Hör zu, wenn dich diese Erinnerung zu sehr mitgenommen hat, können wir den Termin absagen. Ich bin sicher, daß Beatrice und dieser Spezialist dafür Verständnis haben werden.«

»Nein, es ist schon gut«, antwortete er. Er schaute sie an, und sein Gesicht sah jetzt ganz entspannt aus. »Es geht mir gut. Ich glaube, ich kann mich schon an etwas mehr erinnern … Es nimmt immer deutlichere Konturen an.« Er runzelte wieder die Stirn, schaute dann aber eher amüsiert. »Aber ich glaube nicht, daß meine Erinnerung die Gegenwart betrifft. Es ist eher eine Sache, die schon länger zurückliegt. Verstehst du?«

»Ja, ich glaube schon«, sagte sie, ohne richtig zu wissen, wovon er redete. Der beengte, streng nach Leder riechende Raum hatte eine wilde, beunruhigende Wirkung auf sie, denn sie konnte Pauls magischer Aura nicht ausweichen. Sie fragte sich, wie sie sich aufs Fahren konzentrieren konnte.

»Wir müssen los«, sagte sie, als Paul keine Anstalten machte, sich den Gurt anzulegen. Er saß neben ihr und schaute sich das Innere des Wagens an, als ob er sich orientieren und erinnern wollte. Er berührte immer wieder das Armaturenbrett, das Leder der beiden Vordersitze und sogar den anzüglich geformten Schaltknüppel.

Dann legte er sich im Ledersitz zurück und schloß die Augen; ein weiterer Versuch, die Erinnerungen abzurufen.

Wieder sah er so hinreißend schön aus.

Er hatte sich aus Geralds Kleiderfundus mit traumwandlerischer Sicherheit das ausgesucht, was ihm am besten stand und ihm am meisten schmeichelte – einen leichten, weiten Sommeranzug in Cremefarben (Gerald hatte ihn nur einmal getragen und beim Kauf protestiert, daß der Anzug nun wirklich zu jung für ihn wäre), mit einem weißen, kragenlosen Seidenhemd und beigefarbenen Leinenschuhen. Mit seinen wuscheligen Haaren, dem intensiven Blick und dem blassen Teint wirkte er wie ein Designer-Model.

Claudia schämte sich, daß seine Schönheit sie so schwach und willenlos machte.

»Paul«, sagte sie leise.

Er schaute sie fragend an.

Sie langte über ihn, nahm den Sicherheitsgurt, zog ihn quer über seinen Brustkorb und befestigte ihn im Schloß. Sie sah, daß ihre Finger dabei zitterten.

»Entschuldige«, sagte er, während sie den Motor startete. Dann setzte sie den Jaguar zügig rückwärts die Einfahrt hinunter, bis sie die Straße erreichte, und fuhr Richtung Norden, Oxford entgegen.

»Ich war meilenweit weg«, sagte er und schaute sich immer noch im Innern des Wagens um. »Ich glaube ...«

»Erinnerst du dich noch an andere Dinge?« unterbrach sie ihn eifrig.

»Ja. Aber es sind sehr spezielle Erinnerungsfetzen. Die meisten haben mit diesem Auto zu tun ... oder mit meinem Auto ... und Dinge, die damit zusammenhängen.« Ohne zu fragen, öffnete er das Handschuhfach, als ob er dort nach Anhaltspunkten suchen wollte. Die gefalteten Straßenkarten, die er dort fand, schienen ihm aber nichts zu sagen. »Das Auto ist wunderbar gepflegt«, sagte er und lächelte wehmütig, als wäre ihm gerade wieder etwas eingefallen. »Der Wagen, an den ich mich erinnere, ist – oder war – im Vergleich zu diesem ein unansehnlicher Schrotthaufen.«

»Vielleicht hast du ihn gefahren, als du noch sehr jung warst und nicht genug Geld hattest, um ihn zu pflegen«, sagte Claudia.

»Kann sein«, murmelte er, schloß wieder die Augen und betastete die Schramme an der Schläfe.

Während sie das Auto beinahe sich selbst überlassen konnte, weil es kaum Verkehr auf der Straße gab, versuchte Claudia, sich Paul in einem deutlich jüngeren Alter vorzustellen. Um die zwanzig. Ob er damals wohl noch besser ausgesehen hatte? Oder hatten die zusätzlichen Jahre ihn erst so unwiderstehlich gemacht?

Wider ihren Willen stellte sie sich den jungen Paul mit einer Frau vor. Einem Mädchen. Sie würde sehr schön sein, mit makelloser frischer Haut, schlank und sexy und mit vollen dunklen Locken. Im Bett würde sie sich an ihn kuscheln, ihr federleichter, perfekter Körper würde im Einklang mit seinem sich strecken und rekeln, voller Energie der Jugend. Er würde immer wieder tief in sie hineinstoßen und vor Lust schreien und sie mit einer Ausdauer nehmen, die eben nur bei jungen Männern vorhanden ist.

»Claudia! Fährst du nicht ein bißchen schnell?«

Pauls Stimme, nicht laut, aber hörbar verstört, ließ das Bild der jungen schönen Körper platzen. Sie schrak auf und nahm den Fuß vom Gaspedal.

»Entschuldige«, sagte sie und konzentrierte sich ganz auf ihre Aufgabe. »Ich wollte ein bißchen Zeit herausholen. Dann könnten wir unterwegs anhalten und was essen.«

Sie hatte tatsächlich vage an diese Möglichkeit gedacht, aber jetzt schien sie eine vernünftige Entscheidung zu sein. Eine Kleinigkeit essen und einen starken Kaffee danach. Alles, was ihre Phantasie im Zaum hielt.

Paul schien zu überlegen, dann nickte er. »Ja, warum nicht? Eine großartige Idee.« Er schwieg eine Weile, und sie sah, daß er mit den Fingerspitzen verlegen über die Hosenfalte strich. »Man kann nie wissen«, sagte er, »vielleicht treffen wir jemanden, der mich kennt.«

Wäre das nicht interessant? meldete sich die Stimme des Mißtrauens in ihr, aber Claudia wehrte sie sofort ab. Im Laufe der Tage hatte sie mehr und mehr den Eindruck gewonnen, daß alles der Wahrheit entsprach, was Paul von sich erzählt hatte. Aber bis vor zwei Tagen war sie eine sehr vorsichtige Frau gewesen, und ein Rest von Skepsis war geblieben.

Sie fuhren eine Weile schweigend, und es gelang Claudia, sich auf die Straße zu konzentrieren und auf dieses klassische Automobil, das sie fast so sehr liebte, wie Gerald es geliebt hatte. Paul befand sich offenbar tief in Gedanken, über einer Braue hatte sich eine Furche eingegraben.

Das Gasthaus hieß Mogander Arms und war auch klassisch – ein altes Landgasthaus, das sich die alte Aura erhalten hatte, obwohl es sich in den letzten Jahren einen Ruf bei den Feinschmeckern und Weingenießern erworben hatte.

Als sie auf den Parkplatz fuhr, freute sich Claudia auf

die freundliche, angenehme Atmosphäre, die sie drinnen erwartete.

»Setzen wir uns hierhin«, sagte sie und führte Paul zu einem Zweiertisch im offenen Verbindungsstück zum hinteren Teil des Restaurants. Draußen war eine steife Brise aufgekommen, aber in diesem Teil des Gasthofs genossen sie beides – sie saßen geschützt und konnten sich doch das Erlebnis gönnen, unter freiem Himmel zu essen.

Sie wählten dasselbe aus – eine leichte Mischung von Pasta, geröstetes Gemüse und eine Sauce mit Kräutern und Creme fraîche. Sie äußerten ihre Wahl fast gleichzeitig, was sie zu einem erfrischenden Lachen reizte, das die Spannung zerriß, die sich in der letzten Stunde unmerklich zwischen ihnen aufgebaut hatte.

Claudia hätte gern eine Flasche Wein bestellt – sehr gern sogar –, aber statt dessen orderte sie eine große Flasche Mineralwasser für sie beide. Sie mußte fahren, und vor Paul lagen die verschiedenen Tests, bei denen Alkohol nur stören würde. Nach zwei Tagen des fast permanenten Wahnsinns zwang sie sich zur Vernunft.

Sie schaute sich um und bemerkte bald, daß man sie beobachtete. Drei junge Frauen an einem Nachbartisch, Mitte Zwanzig etwa und offenbar hier, um etwas zu feiern, konnten nicht der Versuchung widerstehen, immer wieder verstohlene Blicke auf sie zu werfen. Man sah ihnen an, daß sie wilde Spekulationen über die Art der Beziehung anstellten.

Schaut nur gut hin, Mädels, hätte sie ihnen am liebsten zugerufen, während sie an ihrem Wasser nippte und die Beobachterinnen nicht merken lassen wollte, daß sie deren Blicke registriert hatte. Er ist wunderbar, nicht wahr? Er ist ein Traummann, und er gehört mir! Nun ja, jedenfalls für eine gewisse Zeit.

Paul war immer noch in Gedanken versunken, sein langes Gesicht wirkte ernst. Plötzlich schaute er hoch und lächelte. Seine blauen Augen tanzten.

»Was ist? Woran hast du dich noch erinnert?« fragte Claudia. Sie langte über den Tisch und berührte seine Hand.

Paul hob die freie Hand zum Mund, als hätte er ein frivoles Geheimnis, das nicht über seine Lippen kommen dürfte, obwohl er es ihr gern erzählen würde. Claudia hatte das Gefühl, am Nachbartisch den angehaltenen Atem hören zu können.

»Paul!« sagte Claudia eindringlich. »Sag's mir! Hat es etwas mit dem Auto zu tun?«

»Ja, irgendwie schon …« Er lachte sie an. Er schien bester Stimmung zu sein. »Es ist etwas sehr Wildes. Ich kann es kaum glauben, aber irgendwie weiß ich, daß es die Wahrheit ist, aber frage mich nicht, warum ich das weiß.«

»Paul!«

»Du wirst schockiert sein.«

»Ich warne dich, Paul!«

»Du wirst entsetzt sein.«

»Laß mich das entscheiden. Und jetzt rede. Sofort!«

»Okay«, sagte er, hob ihre Hand an die Lippen und küßte sie aufs Gelenk. Claudia konnte die Blicke der drei Frauen auf ihrer Haut spüren. »Aber das ist wirklich eine wilde Geschichte. Es ist wie ein kurzer Filmausschnitt. Ich kann mich daran erinnern … eine Episode nur, aber sie steht klar vor mir. Ich weiß nur nichts über das, was vorher oder nachher geschehen ist.«

Claudia mußte an sich halten, um ihn nicht zu mahnen, endlich zur Sache zu kommen. Sie wartete, obwohl sie vor Neugier fast platzte, während er einen Schluck Mineralwasser nahm.

Dann begann er zu sprechen, seine dunkle Stimme klang weich und intim.

»Ich fuhr mit dem Auto und einem Freund in Urlaub. Es muß ziemlich lange her sein, denn wir waren beide ziemlich jung, und wir waren beide pleite.« Er zögerte, und seine blauen Augen blickten verträumt. Der Jaguar drohte jeden Augenblick auseinanderzufallen. Es war ein kleines Wunder, daß er uns den ganzen Weg hin und wieder zurückgebracht hat. Das Haus, das wir gemietet hatten, war eine Bruchbude. Aber das war egal ...« Der verträumte Ausdruck trat wieder in seine Augen, ein Ausdruck voller Schwärmerei und Erinnerung.

Claudia war gerührt, weil sie diesen Blick noch nie gesehen hatte.

»Wir waren hysterisch vor Freude, weil wir die Hektik der Stadt hinter uns gelassen hatten«, sagte Paul.

Fragen drängten sich Claudia auf, aber sie hielt sich zurück.

»Wir hatten schreckliches Wetter, und in der ersten Nacht gab es einen entsetzlichen Gewittersturm.« Er lächelte Claudia kurz zu, als wollte er sie auf die unheilvolle Natur seiner Sturm- und Drangzeit vorbereiten. »Wir fürchteten uns beide, auch deshalb, weil uns ein Einheimischer in der Kneipe gesagt hatte, daß ein entsprungener Mörder die Gegend verunsicherte. Zuerst schliefen wir in getrennten Räumen. Es war nie etwas zwischen uns gewesen ...«

Oho, dachte Claudia, jetzt wird es spannend. Wieder wünschte sie, ein Glas Wein trinken zu können.

»Aber als der Gewittersturm seine volle Kraft entfaltete, kroch Vivian in mein Zimmer und kuschelte sich in mein Bett.«

Claudia konnte nicht mehr an sich halten. Wahrscheinlich hatte er den Namen falsch ausgesprochen, und sie hieß Vivienne. »Ich nehme an, sie war hübsch«, sagte sie.

»Mehr auffällig als hübsch«, sagte Paul. Als Claudia ihm ins Gesicht schaute, sah sie, daß er sich ein Lachen verbiß. »Vivian war über einsachtzig groß, er hatte schon eine beginnende Glatze, und er war der dünnste Mann, den ich je gesehen habe. Aber trotzdem konnte man durchaus behaupten, daß Vivian gut aussah.«

»Ein Mann!«

»Ja, ein Mann«, sagte Paul und hob die Schultern. »Vivian, nicht Vivienne. Ich habe dich gewarnt, daß du schockiert sein würdest.«

Sie langte nach ihrem Wasser und nahm einen langen Schluck. Sie erinnerte sich an die Phantasien, die sie auf der Fahrt von Pauls vorherigem Liebesleben gehabt hatte. War sie schockiert oder gar entsetzt? Fühlte sie sich abgestoßen? War sie eifersüchtig, da sie nun wußte, daß Vivian ein Mann war?

Die Antwort auf alle diese Fragen lautete: Eigentlich nicht. Ein bißchen vielleicht, aber nicht sehr.

»Wau!« stieß sie hervor und bemühte sich um einen nichtssagenden Gesichtsausdruck, als die Kellnerin an ihren Tisch trat.

Paul schien vergnügt zu sein, während ihr Essen serviert wurde. Die Kellnerin, eine dralle Frau jenseits der Fünfzig, hatte offenbar eine Schwäche für ihn und behandelte ihn bevorzugt.

Trotz ihrer Ungeduld, den Fortgang von Pauls Geschichte zu hören, mußte Claudia lächeln.

Nach den ersten Gabelbissen hatten sie sich von der exzellenten Wahl ihrer Mahlzeit überzeugt. Claudia fixierte Paul mit festem Blick.

»Also, du und Vivian. Komm schon, ich will es hören.« Zur Bekräftigung stieß sie die Gabel in seine Richtung.

Paul blickte sich rasch um. Die drei Frauen vom Nachbartisch waren eben gegangen, und in unmittelbarer Nähe saßen keine anderen Gäste. »Wo war ich?« fragte er, als hätten sie über das Wetter geredet.

»Du warst mit deinem Freund im Bett. Hör auf, Ausflüchte zu machen.«

»Das habe ich mir damals auch gesagt«, murmelte Paul, schob eine Gabel Pasta in den Mund und kaute bedächtig. »Ich wußte, was ich wollte, und ich wußte, was er wollte, obwohl wir bis zu diesem Abend nie darüber nachgedacht hatten. Aber es gibt einen riesigen Unterschied zwischen Wissen und Tun.«

Claudia fühlte den Drang, die Gabel auf den Tisch zu knallen und Paul zu packen und zu schütteln, um ihn dazu zu bringen, die Geschichte rasch hintereinander abzuspulen. Sie wußte jetzt, was kommen würde, und war begierig, es aus seinem Mund zu hören. Als hätte er ihre Gedanken gelesen, fuhr er jetzt ohne weitere Verzögerung fort.

»Er trug nur ein dünnes Baumwollhemd, und obwohl es ziemlich dunkel war, hatte ich seinen Penis gesehen, als er zu mir ins Bett stieg. Mir war klar, daß er ihn mir zeigen wollte, denn nur deshalb hatte er auf die Unterhose verzichtet. Nun ja. Also, es donnerte, und dann zuckte wieder ein Blitz und dann führte eines zum anderen ...« Er brach ab und grinste sie an. »Und dann lagen wir uns in den Armen, und jeder von uns hatte die Erektion seines Lebens.«

Ohne sich dagegen wehren zu können, sah Claudia sie vor sich. Paul, fabelhaft und verletzlich wie jetzt, aber Jahre jünger. Und der geheimnisvolle Vivian, den Claudia sich als einen Schauspieler vorstellte, den sie in Filmen oft bewundert hatte, einen großen, schlaksigen Kerl.

Sie sah, wie sie sich verlegen zu streicheln begannen. Ob sie sich wohl auf die Lippen küssen würden? Wieder glaubte sie, daß Paul Gedanken lesen konnte, als er mit seiner Geschichte fortfuhr.

»Es war höchst eigenartig, als ich das erste Mal einen Mann auf den Mund küßte«, sagte er und fuhr mit dem Zeigefinger über seine Unterlippe, als könnte er dort immer noch den Druck von Vivians Mund spüren. »Seine Zunge fühlte sich gewaltig an, wie ein plünderndes Tier. Zuerst war ich mir nicht sicher, ob es mir gefiel, aber dann machte es Spaß, und ich küßte ihn entschlossen zurück.«

Er legte seine Hände zusammen, äußeres Zeichen dafür, daß er sich sammeln mußte. »Ihn zu küssen war ein erotischeres Gefühl, als sein Glied zu spüren, das sich gegen meines rieb.«

Claudia lauschte gebannt. Es war, als säße sie neben ihnen auf dem Bett, ein unsichtbarer, voyeuristischer Geist, dem tausend Fragen durch den Kopf schossen.

»Er fühlte sich kalt an«, sagte Paul und stocherte lustlos in seinem Essen. Der Hunger schien ihm vergangen zu sein, oder er stillte den Hunger auf eine andere Art. »Wahrscheinlich hatte er eine halbe Ewigkeit vor der Tür gestanden, ehe er genug Mut gesammelt hatte, zu mir ins Zimmer zu kommen. Ich fand das rührend, und ich wußte nun, daß er mehr Angst hatte als ich. Nachdem ich mich einmal darauf eingelassen hatte, wollte ich die Sache auch durchziehen. Ich schien auch genau zu wissen, was zu tun war.«

Das weißt du auch bei mir, dachte Claudia und spürte ein vertrautes Zittern in ihrem Körper.

Sie hatten sich gegenseitig mit der Hand befriedigt, und nach ein paar Minuten war alles vorüber gewesen.

Claudia hatte auch keinen Appetit mehr.

Sie stellte sich vor, wie sie mit Paul in einem uralten, breiten Bett lag, geflickte Laken, Gänsedaunen und durchgelegene Matratze. Zuerst würden sie hastig übereinander herfallen, sich leidenschaftlich vereinen und ihre Lust hinausschreien. Und dann würden sie den ganzen Sommernachmittag lang Liebe machen, ihre Körper spüren und alles miteinander erleben, was zwei Liebende miteinander vereinte.

Paul würde ihr weitere Geschichten erzählen, ob mit Vivian oder anderen, die sein Bett geteilt hatten, und sie würde ihn verwöhnen und zu immer neuen Geschichten ermuntern.

Ein Blick in Pauls Gesicht sagte ihr, daß er den gleichen Gedanken nachhing. Seine sonst so blassen Wangen waren leicht gerötet, und auch er hatte seine Pasta kaum angerührt. Er saß verkrampft auf seinem Stuhl, irgendwie verdreht.

»Paul, ich habe gerade gedacht ...«, begann sie, als sie das Feuer in seinen Augen sah, und dann beugte er sich vor, als wollte er aufspringen, weil er nur auf ein Wort von ihr gewartet hatte. Sie lächelte ihn an und wußte, daß sie gar nichts mehr zu sagen brauchte.

Aber als sie hinter sich griff, um ihre Handtasche umzuhängen, fiel ihr Blick auf die Armbanduhr.

Viertel vor zwei.

Es war schon Viertel vor zwei, und sie hatten noch einige Meilen vor sich, ehe sie das Krankenhaus erreichten, wo Beatrice auf sie wartete.

»Wir würden uns verspäten, nicht wahr?« sagte Paul leise, faltete die Serviette zusammen und legte sie neben seinen Teller.

Claudia strich überlegend über das Glas ihrer Armbanduhr. Verdammt, warum hatte sie die Uhr überhaupt angezogen?

»Ich fürchte ja«, sagte sie schließlich, seufzte lange und hob bedauernd die Schultern. Sie griff in ihre Handtasche und holte eine Kreditkarte heraus. Sie zwang sich zu einem Lächeln. »Wir werden es nachholen«, versprach sie leise.

Memento Mori; Memento Vivere

»Hat er sich noch an mehr Dinge erinnern können?« fragte Beatrice, als sie im unglaublich luxuriös eingerichteten Besucherzimmer des Ainsley Private Hospital saßen.

Ich müßte es ihr sagen, dachte Claudia und unterdrückte ein Lächeln. Eine wie Beatrice würde diese Geschichte mit Paul und Vivian schätzen, und sie würde sie bestimmt nicht für abartig halten. Trotzdem widerstand Claudia der Versuchung, die Beschreibung wiederzugeben, die Paul ihr von der Gewitternacht gegeben hatte. Sie hatte kein Recht, seine persönlichen Erinnerungen an die Vergangenheit auszuplaudern.

»Ja, lauter kleine Bruchstücke«, sagte sie vage. »Zufällige Dinge, die ihm in den Sinn kommen. Was er gerne ißt und was nicht. Aber nichts über seine Herkunft.«

»Die Erinnerung wird kommen«, versicherte Beatrice und drückte Claudias Hand. »Daß er sich an diese nebensächlichen Dinge erinnert, ist ein gutes Zeichen. Es beweist, daß der Mechanismus funktioniert.«

Paul wurde in der Zwischenzeit verschiedenen Tests unterzogen. Der Arzt hatte Claudia zunächst ein paar Fragen gestellt, bevor er Paul ins Untersuchungszimmer führte, und hatte auch gesagt, daß ihre Anwesenheit während der Untersuchung nicht erwünscht sei.

Claudia wußte nicht, ob sie darüber unglücklich oder erleichtert sein sollte. Sie fühlte sich für Paul verantwortlich und machte sich Sorgen um ihn, aber dann sagte sie sich, daß sie schließlich nicht seine Mutter war, auch nicht seine Frau oder eine enge Verwandte. Nur sie und er – und, oh, ja, auch Beatrice und Melody – wußten über die intime Beziehung, die sie verband. Wenn man es recht betrachtete, konnte sie sich nicht einmal eine gute Bekannte nennen – sie war lediglich ein Mensch, der ihn aufgenommen hatte, als er nicht wußte, an wen er sich wenden konnte.

»Ich sage es nicht gern, aber haben Sie daran gedacht, zur Polizei zu gehen – für den Fall, daß es eine Vermißtenmeldung gibt, die auf ihn zutreffen könnte?«

Beatrices Frage kam nicht ganz unerwartet. Claudia war sich bewußt geworden, daß sie sich bisher sehr eigensüchtig verhalten hatte, weil sie Paul noch eine Weile für sich in Anspruch nehmen wollte. Zur Polizei zu gehen wäre der logischste Schritt gewesen, und doch hatte sie sich bisher nicht dazu überwinden können. Und da Paul bisher nicht auf den Gedanken gekommen war – oder ihn nicht ausgesprochen hatte –, hatte sie keine Veranlassung gesehen, irgend etwas Offizielles zu unternehmen. Er hatte ja nicht einmal einen Arzt sehen wollen!

Beatrice versicherte ihr, daß alles, was hier im Ainsley Hospital geschah, unter größter Vertraulichkeit lief. Aber je länger Paul in Claudias Haus blieb, desto wahrscheinlicher wurde es, daß jemand auf ihn aufmerksam wurde und ein paar unangenehme Fragen stellte.

»Ja«, sagte sie schließlich, »ja, ich habe darüber nachgedacht. Oft sogar …« Sie raffte verlegen den Saum ihres Kleids zusammen und strich ihn dann wieder glatt. Sie war nervös, und ihre Nervosität hatte mehrere Gründe. »Und ich weiß auch, daß ich es schon seinetwegen tun müßte.«

Sie blickte auf und sah in Beatrices freundliche, grüne Augen, als wollte sie dort Verständnis suchen. »Aber erst in ein paar Tagen. Ich … ich …« Sie mußte mit der Wahrheit herausrücken. »Ich will ihn noch ein paar Tage für mich behalten. Ich fühle mich so gut, wenn er bei mir ist. Ich fühle, daß ich wieder lebe. Ich rede mir ein, daß ich ihn verdient habe.«

Sie lächelte Beatrice scheu zu, und eine wohlige Wärme durchzog ihren Körper, als sie die verständnisvolle Sympathie auf dem schönen Gesicht der Ärztin sah.

»Wenn er sich erinnert, wer er ist, wird er in sein eigenes Leben zurückkehren müssen«, sagte Claudia leise. »Und natürlich wird es in diesem Leben eine Ehefrau geben – oder eine Freundin –, und er wird mich nicht mehr wollen. Deshalb will ich ihn noch ein bißchen für mich haben, solange ich die einzige Frau bin, die er hat.«

Plötzlich befand sie sich in Beatrices umschließenden Armen, die sie hin und her wiegten. Es war eine Geste, die sie ermutigen sollte, andererseits wollte Beatrice aber auch die Freude mit ihr teilen.

»Bravo!« rief Beatrice und streichelte über Claudias Arme. Sie sah aufgeregt aus, und ein jugendlichen Glühen hellte ihr Gesicht auf. »Sie müssen wissen, daß ich es genauso machen würde. Es würde mir nicht im Traum einfallen, etwas anderes zu tun.« Sie grinste verschwörerisch. »Sicher, es wird viele Leute geben, die es nicht für richtig oder gar moralisch halten, aber in meinen Augen ist es der einzig richtige Weg. Nicht nur für Sie, sondern auch für Paul. Er braucht jetzt Wärme und Pflege, aber er braucht auch Nahrung für sein Selbstbewußtsein.«

Beatrice löste ihre Arme von Claudias Leib, ließ aber eine Hand auf ihrer Schulter und schaute sie wissend an. Es war ein Blick, der Bände sprach. »Und das geben Sie ihm in Fülle«, sagte Beatrice. Dann fügte sie leise hinzu, obwohl sie die einzigen im Zimmer waren: »Bei Ihnen kann er sich wieder als Mann fühlen, und das tut ihm besser, als der verlorene kleine Junge in den Mühlen der Bürokratie zu sein.«

»Wenn Sie meinen«, murmelte Claudia, gleichzeitig erleichtert und verstört. Als Beatrice sie umarmt hatte, war dieses beunruhigende Gefühl wieder da gewesen, dieses Kribbeln im Bauch, das sie schon gestern gespürt hatte, als sie nebeneinander auf dem Sofa gesessen hatten.

Selbst in ihrer konservativen Kleidung – sie trug einen grauen Nadelstreifenanzug und darüber den traditionellen weißen Kittel — war die Ärztin eine auffällige und begehrenswerte Frau. Daß sie eine Nickelbrille trug und das Haar hochgesteckt hatte, verstärkte ihre Anziehungskraft noch.

»Ja, das meine ich ganz bestimmt«, bekräftigte Beatrice fröhlich und zwinkerte ihr zu. »Und das ist meine Meinung als Ärztin und als Frau.«

Claudia wußte nicht, was sie als nächstes sagen sollte, aber das Trillern des Telefons enthob sie weiterer Überlegungen. Plötzlich empfand sie Furcht – der Anrufer würde etwas über Pauls Befund sagen.

Beatrice nahm den Hörer auf. »Ja?« Sie lauschte, dann sagte sie: »Okay, wir kommen.«

Claudia brachte kein Wort heraus. Wirre Vorahnungen quälten sie, eine Unruhe, die ihre Unterhaltung über Sex als Therapie als ungehörig erscheinen ließ.

»Kommen Sie«, sagte Beatrice, nahm ihre Hand und zog sie vom Sitz hoch. »David will mit uns reden.« Sie fuhr mit dem Handrücken sanft über Claudias Wange. »Zeigen Sie nicht so ein trauriges Gesicht. Sie haben keinen Grund, sich Sorgen zu machen.«

Glücklicherweise behielt Beatrice recht. Auf dem Rückweg fuhren sie durch die friedliche Stille des frühen Sommerabends. Alle Tests und Untersuchungen – auch ein Scanner-Test des Gehirns – hatten gezeigt, daß es keine Verletzungen gab. Natürlich war das noch keine endgültige Beruhigung – denn wenn alles in Ordnung war, warum konnte Paul sich dann nicht erinnern?

Er saß schweigend da und schaute aus dem Fenster, Claudia schaute hin und wieder zu ihm rüber.

Nun, wenn du alles nur vortäuschst, mein Junge, dann leistest du ganze Arbeit. Colville, der Arzt, hatte Pauls Geschichte geschluckt, ohne eine Wimper zu verziehen, und Claudia mutmaßte, daß ein Mann seiner Erfahrung nicht so leicht hinters Licht zu führen war und eine vorgetäuschte Amnesie viel eher durchschaut hätte als sie.

Trotz des unbefriedigenden Befunds hatte Colville gesagt, daß Pauls Zustand durchaus ernst zu nehmen sei, und seine Therapie unterschied sich nicht von der, die Beatrice schon empfohlen hatte: Sich Zeit lassen.

In zwei Wochen sollten sie noch einmal zum Ainsley Private Hospital kommen, damit sie über weitere Therapiemaßnahmen befinden konnten, falls sich Pauls Problem bis dahin nicht von selbst gelöst hatte. Bis dahin sollte er sich schonen und das Leben von der lockeren Seite nehmen.

Es wäre schon interessant zu erfahren, dachte Claudia lächelnd, ob Dr. Colville die Aktivitäten, die sich zwischen ihr und Paul in den letzten achtundvierzig Stunden abgespielt hatten, als Beitrag zum ›lockeren Leben‹ betrachten würde. Und geschont hatte er sich dabei auch nicht.

Konnte es sein, daß diese schweißtreibenden Aktivitäten jetzt ihren Tribut forderten? Sie warf wieder einen Blick auf Paul und sah ihn tief in Gedanken versunken.

»Ist alles in Ordnung?« fragte sie, reihte sich in den Kreisverkehr ein und nahm die Straße, die sie zu ihrem Dorf bringen würde. »Die Testergebnisse sind wunderbar. Dr. Colville sagt auch, daß es nur eine Frage der Zeit ist, bis du dich wieder erinnern kannst.«

»Es sind nicht die Tests«, sagte er. Claudia hatte den Blick auf die Straße gerichtet, aber sie spürte, daß er sie anschaute, spürte fast die Hitze seines Lächelns, das ihren Puls schneller schlagen ließ. »Ich habe an die Dinge gedacht, an die ich mich erinnern kann ... Warum, um alles in der Weit, erinnere ich mich an die Nacht mit Vivian, aber an sonst nichts?« Er schlug sich mit der flachen Hand aufs Knie. »Man sollte meinen, daß ich schwul bin, oder nicht?«

Claudia war nach Kichern zumute, unterdrückte den Impuls aber. Er hörte sich ernsthaft besorgt an, für ihn war es nicht zum Lachen. »Nun, also, was ich bisher mit dir erlebt habe, sollte Beweis genug sein, daß du nicht ... schwul bist. Also, ein überzeugter Homosexueller kannst du jedenfalls nicht sein, sonst würdest du meinen Körper nicht so zum Schwingen bringen.« Sie fügte dann absichtlich noch hinzu: »Es sei denn, du hast eine Möglichkeit gefunden, mir etwas vorzumachen.«

»Nein, natürlich nicht«, antwortete er ungehalten. »Was ich für dich empfinde, ist echt. Die Art, wie mein Körper auf dich reagiert, ist echt. Wie kannst du daran zweifeln?«

Oh, jetzt habe ich ihn verärgert, dachte Claudia, und darüber war sie unglücklich. »Ich bezweifle es nicht«, sagte sie ernst. »Es tut mir leid. Es war dumm von mir … Wir befinden uns in einer eigenartigen Situation. Dir fehlt die Erinnerung, und mich beunruhigt der Gedanke, daß ich dich ausnutze.«

»Niemals!« rief er, die Stimme voller Leidenschaft. »Ich weiß nicht, was mit mir geschehen wäre, wenn ich dich nicht gefunden hätte. Ich schulde dir alles.« Er lachte leise, und Claudia spürte, wie sich ihre verkrampften Nerven entspannten. »Ich kann mein Glück einfach nicht glauben. Ich kann mir nicht vorstellen, daß es schon mal irgendeinen mit Amnesie gegeben hat, der von einer Frau aufgenommen worden ist, die nicht nur intelligent und schön ist, sondern auch noch so voller Liebe.«

»Oh, danke schön«, sagte Claudia. »Aber findest du nicht auch, daß deine Ängste, du könntest schwul sein, damit vom Tisch sind? Ich meine, du bist in der Lage, eine Frau vollkommen glücklich zu machen, was also bedeutet, daß du schon einige Erfahrungen mit Frauen gehabt haben mußt.«

»Das stimmt«, sagte er nachdenklich. »Aber ich kann mich an keine einzige Frau erinnern. Ich habe nur eine instinktive Erinnerung an den Akt selbst, und an die Gefühle. Ich kann mich an das Verlangen erinnern, eine Frau zu haben, aber ich erkenne kein einziges Gesicht, keinen Körper. Wenn ich versuche, mich an die Form eines Frauenkörpers zu erinnern, drängt sich mir immer nur das Bild von dir auf.«

Sie war bewegt und mußte sich zusammenreißen, um sich aufs Fahren zu konzentrieren. Sie ängstigte sich jetzt ein wenig vor dem jungen Mann, der neben ihr saß. Er war ein bemerkenswerter Mensch, aber was sie für ihn empfand, konnte sich schon bald als viel zuviel und zu oberflächlich herausstellen.

Als sie sich dem Friedhof von Rosewell näherten,

wußte sie plötzlich, wo sie vertrauten, ruhestiftenden Beistand finden würde.

»Hast du was dagegen, wenn wir hier kurz anhalten?« fragte sie und lenkte den Jaguar in eine Parknische. »Ich bin jetzt eine Zeitlang nicht mehr hier gewesen, und jetzt ist mir danach.«

»Möchtest du allein sein?« fragte Paul, als sie die Tür öffnete. Er legte behutsam eine Hand auf ihren Arm.

»Nein ... ich glaube nicht. Nein, mir wäre deine Begleitung recht. Wir bleiben nicht lange. Ich will nur einmal schauen, wenn du verstehst, was ich meine.«

Paul nickte nur.

Du verstehst mich doch, Gerry? fragte sie stumm, als sie auf die schlichte Inschrift auf dem glänzenden schwarzen Granitblock starrte. *Gerald Christopher Marwood. Geliebter Ehemann von Claudia. Ruhe in Frieden.*

Ich liebe dich deshalb nicht weniger, sagte sie ihm, und dann fühlte sie sich plötzlich besser. Sie sah das Gesicht vor sich und das Lächeln, das sie so lange vermißt hatte. Das ermutigende Zunicken, das sie schon in der ersten Nacht gesehen hatte, als sie mit Paul Liebe machte. Eine kleine kühle Brise, der Vorbote der Nacht, ließ sie sich schütteln, aber drinnen fühlte sie sich warm und irgendwie bestätigt.

»Bist du okay?« fragte Paul, der dicht neben ihr stand. Sie ahnte, daß er zögerte, aber im nächsten Moment spürte sie seinen kräftigen Arm, der sich um ihre Taille legte.

»Ja, es geht mir gut«, sagte sie und lehnte sich gegen ihn, so daß auch ihr Körper eine Antwort auf seine Frage gab. »Ich glaube, er hätte nichts gegen dich. Er liebte Abenteuer. Ich bin sicher, daß er während der Ehe mit mir treu war, aber vorher hat er ein paar wilde Geschichten erlebt. Manchmal hat er mir davon erzählt, aber längst nicht alles ...« Sie sah ihn von der Seite an. »Ich bin sicher, daß Beatrice Quine auch zu seinen Abenteuern gehörte.«

»Und jetzt ist sie hinter dir her«, sagte Paul.

»Wenn du meinst ...«

»Ja, das meine ich«, betonte er, männlich überlegen. »Ich habe euch nur kurz zusammen gesehen, aber das genügt. Es ist offensichtlich, daß sie scharf auf dich ist.«

»Du bist verrückt!« sagte Claudia lachend.

»Nein, nicht verrückt«, erwiderte er, »vorübergehend nur ein bißchen von der Rolle, aber immer noch im Besitz meiner Wahrnehmungsfähigkeiten.« Er zog sie näher an sich heran.

»Sollen wir nach Hause fahren?« fragte Claudia irritiert.

Als ob er ihre Abwehr bemerkt hätte, zeigte Paul zu einem Blumenfeld am anderen Ende des Friedhofs. Dort unterbrach ein Eisentor die Bruchsteinmauer. »Wohin führt das Tor?«

»Auf die Wiesen, und dahinter liegt auch ein Wäldchen, glaube ich. Und irgendwann kommt man zum Fluß.«

»Ist es der Fluß, der auch hinter deinem Garten fließt?«

»Ja, der kleine Ber.«

»Dann machen wir einen Spaziergang«, sagte er, nahm ihre Hand und zog sie mit. »Es ist ein wunderbarer Abend, und es wäre zu schade, ihn zu vergeuden.«

»Hast du nicht eben gesagt, daß du nicht verrückt bist?« fragte Claudia, als sie das Tor öffneten und sich auf der anderen Seite auf einem schmalen Feldweg befanden. Sowohl ihre Riemchensandalen wie auch Pauls helle Schuhe waren sofort verdreckt.

Sie hatten jetzt das Unterholz des Wäldchens erreicht, und Claudia spürte, wie die Zweige eines Brombeerstrauchs sich in ihrem Kleid verfingen. Es folgte eine langgezogene Senke, die auf eine Brachweide führte, und dahinter lag der kleine Ber.

Plötzlich blieb Paul stehen und schloß sie fest in seine Arme. Er küßte ihr Gesicht, den Hals und den Nacken, und seine Hände hielten ihren Hintern gepackt.

»Aber Paul!« zischte Claudia.

»Ich will dich«, sagte er mit rauher Stimme. Gegen alle Vernunft spürte Claudia ihren starken Drang, von ihm genommen zu werden.

Ich bin es, die verrückt ist, dachte sie, und schob ihren Unterleib gegen Paul.

Er drückte sie hinunter auf den glitschigen Boden und glitt neben sie. Sie knieten sich gegenüber und küßten sich und achteten nicht darauf, daß Pauls helle Hose und Claudias nackte Schienbeine im Matsch lagen.

Du bist wunderbar! dachte sie in ihrer Euphorie, während ihr Geliebter die Knöpfe ihres Kleids öffnete, den seidenen BH abstreifte und ihre Brüste bloßlegte, die er dann in den Händen wiegte und zu streicheln begann. Sie spürte den knirschenden Dreck zwischen ihrer Haut und seinen Fingern, und als sie an sich hinunterschaute, sah sie, daß ihre Schenkel schmutzige Striemen aufwiesen.

Irgendwie erregte der Dreck auf ihrem Körper sie ebenso sehr wie die Liebkosungen von Paul. »Oh, ja!« rief sie, warf den Kopf zurück und hielt ihm ihre Brüste entgegen. Sie spürte Pauls Zähne in ihrer Halsbeuge, im nächsten Augenblick an ihren Brüsten. Er nahm die Nippel zwischen die Zähne und biß leicht zu. Ja, es hörte sich verrückt an, aber auch ihn schien der Matsch, der ihre Haut bedeckte, zusätzlich zu erregen.

»Nimm mich, Paul«, stöhnte sie, »ich kann es nicht länger aushalten.«

»Sag bitte«, forderte er und nahm ihre Brüste wieder in die Hände, drückte sie und zwirbelte die Brustwarzen zwischen Daumen und Zeigefinger.

»Bitte, oh, ja, bitte«, keuchte sie. Paul würde ihr nie Schmerzen zufügen, das wußte sie, sie konnte sich ihm ausliefern, ohne etwas befürchten zu müssen. Im Glutofen zwischen ihren Schenkeln pulsierte ihr Geschlecht nach eigenem Gutdünken, sie hatte keinen Einfluß darauf. »Oh, ja, bitte«, drängte sie ihn wieder, und blindlings griff ihre

Hand in seinen Schritt und drückte seine beachtliche Schwellung.

Er ließ es eine kleine Weile zu, daß sie ihn reizte und erregte, dann schob er ihre Hand weg.

Aus den Augenwinkeln nahm sie wahr, daß er ihren Slip zerriß und irgendwo in den Wald warf. Sie lachte lauthals auf, und sie mußte sich eingestehen, daß ihr befreites Lachen fast hysterisch klang.

Er fiel in ihr Lachen ein und beschrieb dann mit beiden Händen kleine Kreise auf ihren Backen. Er knetete sie, wechselte mit behutsamen Liebkosungen ab und behandelte sie wie ein ganz und gar erfahrener Liebhaber.

»Ich liebe dich«, raunte er, beugte sich über sie und küßte ihren Rücken.

Claudia ruckte hin und her, zeigte ihm, wie sehr sie seine Liebkosungen genoß und daß sie mehr davon haben wollte.

Wie muß ich aussehen? fragte sie sich, und dann mußte sie lachen, als sie Pauls Penis an ihrem Geschlecht spürte, als wollte er anklopfen.

»Worüber lachst du?« wollte Paul wissen und preßte den Penis härter gegen den Eingang ihrer Vagina. Er hatte sich bemüht, entschlossen und ernst zu klingen, aber Claudia hörte, daß auch er kaum gegen den Lachreiz ankam.

Claudia lachte lauter, aber es war auch ein Aufschrei. Denn Paul hatte tief in sie hineingestoßen.

»Okay, ich werde es dir zeigen, Mrs. Marwood!« rief Paul. Er hielt sich an ihren Hüften fest.

»Du Bastard!« rief sie, ihre Stimme wie ein Heulen, denn in diesem Moment wurde sie von ihrem Orgasmus geschüttelt, ihr ganzer Körper war in Aufruhr.

»Du bist eine unglaubliche Frau«, flüsterte er ihr zu. Seine Arme umschlangen fest ihren Körper, während er sich in ihr ergoß.

»Was ist bloß in uns gefahren?« sagte Claudia eine

Weile später. Sie lag mit dem Kopf auf Pauls Schulter. Ihre Kleider und ihre Leiber waren verdreckt.

»Ja«, murmelte Paul und sah an sich hinunter.

Die nächsten Minuten verbrachten sie damit, Knöpfe zu schließen und die gröbsten Matschspritzer zu entfernen, aber auch danach sahen sie nicht weniger schmutzig aus.

»Wenn wir jemandem begegnen, sagen wir, daß wir auf einem Spaziergang waren. Ich bin am Flußufer ausgerutscht. Du mußtest zu mir hinunterrutschen, um mich hochzuziehen, okay?« sagte Claudia, als zu ihrem Auto gingen.

»Du könntest auch sagen, daß ich ausgerutscht bin und du mir geholfen hast«, meinte Paul. »Die meisten Leute, die dich kennen, werden dich nicht für so tolpatschig halten, daß du das Ufer hinunterrutschst.«

»Vielleicht, vielleicht auch nicht. Aber wenn wir uns beeilen, erreichen wir das Auto, ohne daß uns jemand entdeckt.«

Dieses Glück hatten sie, und so fuhren sie durch die einsetzende Dämmerung, ohne viel zu sagen. Nur ab und zu sahen sie sich an, und dann mußten sie beide glucksen oder laut prusten.

Als sie von der Straße in die Einfahrt bogen, sahen sie ein kleines rotes Auto vorm Haus stehen, und im Wohnzimmer brannte Licht.

»Du hast Besuch«, sagte Paul, und als Claudia ihn von der Seite ansah, bemerkte sie den verängstigten Ausdruck in seinem Gesicht.

»*Wir* haben Besuch«, stellte Claudia richtig. Sie fuhr mit einer Hand über seine Wange. »Das ist Melodys Auto, und ich bin sicher, daß sie dich genauso gern sieht wie mich.«

Noch ein Hausgast

»Hast du ihn verlassen?« fragte Claudia, als sie ihrer Freundin das Brandyglas nachschenkte.

»Ja, kann man so sagen«, antwortete die junge Frau. »Die Sache ist nur, daß er es noch nicht weiß.«

»Oh, Melody!«

»Ich weiß, ich weiß. Ich hätte es ihm ins Gesicht sagen müssen, ganz ruhig und gelassen, aber ich habe es einfach nicht geschafft. Aber diesmal ist er zu weit gegangen. Er hat etwas getan, was ich ihm nie verzeihen werde.«

»Hat er dich verletzt?« Wut brannte in Claudia auf. Fing der Kerl jetzt auch noch an, sie zu schlagen, nachdem er sie bisher nach seinen Richtlinien ›erzogen‹ hatte?

»Nein, oh, nein«, antwortete Melody rasch. Sie errötete. »Ich kann ihm nichts recht machen, und er behandelt mich wie ein dummes, kleines Kind, aber geschlagen hat er mich nie.« Sie legte eine Hand auf Claudias Arm. Die Fingernägel waren pink lackiert. »Er ist ein Psycho-Täter, kein Schläger.«

»Auch das ist schlimm genug«, sagte Claudia entschieden.

Sie dachte, daß Melody ihren Mann sehr geliebt haben mußte, daß sie so lange über seine Fehler hinwegsehen konnte. Die junge Frau sah betroffen aus, und Claudia fragte sich, was Richard Truebridge wohl mit ihr angestellt haben mochte, daß Melody diesen Schritt vollzogen hatte.

»Was hat er getan?«

Melody seufzte. Sie trug keines der von Richard vorgeschriebenen Kostüme, sondern eine leichte Baumwollbluse und Jeans. Claudia konnte sich nicht erinnern, sie einmal so lässig gekleidet gesehen zu haben. Es stand ihr phantastisch.

»Ich werde es dir erzählen«, sagte die jüngere Frau ernst, zog ihre Hand zurück und griff nach dem Brandy. »Aber können wir das auf später verschieben? Es ist keine schöne Erinnerung, und wenn ich das jetzt alles wieder hervorhole, werde ich depressiv. Ich fühle mich so erleichtert, daß ich hier bin. Ich möchte das noch ein bißchen auskosten.«

»Ja, genieße es in vollen Zügen«, sagte Claudia und lächelte. Es war eigenartig, daß sie Melody nach all den Jahren jetzt wieder als das frische junge Mädchen sah, das sie damals gewesen war, als sie sich kennenlernten.

Melody stellte den Brandy ab, fuhr sich mit einer Hand durch die Haare und sagte: »Wenn ich wirklich eine gute Freundin wäre, hätte ich nicht zu dir kommen sollen, sondern mir ein Hotelzimmer genommen.«

Claudia war so gebannt von einer anderen Veränderung, die Melodys Äußeres anging – der lockere Sitz ihrer Haare, die sonst immer damenhaft aufgetürmt waren –, daß sie erst zwei, drei Sekunden später realisierte, was die junge Frau gesagt hatte.

»Wie kommst du denn auf eine solche absurde Idee?« fragte sie kopfschüttelnd.

»Ich sollte nicht hier sein«, sagte Melody wieder. »Ich verderbe dir und Paul alles. Ihr wollt allein sein, und dann falle ich so einfach bei euch ein und lasse mich bedienen – von euch beiden.«

»Unsinn, Mel!« rief Claudia. »Sag nie wieder einen solchen Blödsinn!«

Es stimmte, daß sie und Paul ein wenig in Hektik verfallen waren, als sie das Haus betreten und Melody mit verhärmtem Gesicht im Wohnzimmer gesehen hatten. Claudia war sich ihres schmutzigen Kleids bewußt, aber sie mochte ihre offensichtlich betrübte Freundin nicht allein lassen. Hoffentlich würde Melody nicht die Grasflecken entdecken.

Paul hatte ihr diskret zugeflüstert: »Stell dich rasch unter die Dusche. Ich bereite einen Tee für Melody vor oder biete ihr einen Drink an.«

Claudia hatte dankbar genickt. »Ja, wunderbar. Gib ihr einen Brandy, dann nehmen wir später einen Tee zusammen.«

Claudia hatte noch nie so schnell geduscht. Sie beeilte sich nicht nur wegen Melody, sondern auch wegen Paul. In ihrer Gesellschaft fühlte er sich sicher, und im Krankenhaus hatte er auch locker die Anwesenheit von Beatrice hingenommen, aber es war möglich, daß zwei psychisch angeschlagene Menschen, die sich kaum kannten, viel Mühe miteinander hatten.

Claudia hätte sich nicht sorgen müssen. Als sie das Wohnzimmer betrat, unterhielten sich Melody und Paul wie zwei Schulfreunde, die sich nach langer Zeit wiedergetroffen hatten. Paul beschrieb seine Tests mit dem Scanner, und Melody hörte aufmerksam zu.

Nachdem Paul die Geschichte der Tests im Krankenhaus beendet hatte, zog er sich diskret zurück und ließ die Frauen allein, damit sie vertrauter miteinander reden konnten.

»Also noch einmal, du verdirbst mir gar nichts, Mel«, sagte Claudia zu ihrer Freundin. »Und Paul auch nicht.«

»Jetzt redest du Unsinn!« gab Melody grinsend zurück. »Als ich gestern hereinkam, sah ich doch deutlich, daß zwischen euch etwas läuft ... Und nun? Ich meine, was, um alles in der Welt, habt ihr angestellt, daß ihr bei der Heimkehr so schmutzig wart? Habt ihr im Schlamm gewühlt?« Melodys graue Augen verengten sich, und ihr Blick sagte, daß sie sich nicht hinters Licht führen lassen wollte. »Erzähle mir bloß nicht, daß ihr nur einen Spaziergang gemacht habt. Bei einem harmlosen Spaziergang zieht man sich nicht solche Flecken zu.«

»Aber es stimmt, wir haben einen Spaziergang

gemacht. Ich bin am Flußufer ausgerutscht, und Paul mußte zu mir kommen, um mich hochzuziehen.«

»Claudia!«

»Oh, schon gut.«

»Und wie war's wirklich?«

»Also, wir sind zu einem Spaziergang aufgebrochen, drüben bei den Flußauen, aber irgendwie ergab es sich, daß uns andere Dinge in den Sinn kamen … Ich meine, wir haben die Schönheit der Natur auf eine sehr handfeste Art gefeiert. So mit Mutter Erde zum Anfassen und so.«

»Wau!« rief Melody, die Augen weit aufgerissen.

Claudia dachte: Jetzt wird sie anerkennend pfeifen.

Aber Melody sagte nur noch: »Puh, ich wünschte, ich wäre dabei gewesen, um mir das anzusehen.«

»Wirklich?« Claudia fühlte sich für einen Augenblick aus dem Gleichgewicht gebracht, als sie sich vorstellte, Melody würde ihnen zuschauen. Die Vorstellung löste einen heißen Schwall von Lust in ihr aus.

Melody errötete, ihre helle Gesichtshaut nahm die delikate Farbe von Pfingstrosen an. »Oh, das ist mir nur so rausgerutscht, ich wollte das nicht sagen«, stammelte sie, brach dann ab und richtete sich auf. »Nein, das ist eine Lüge. Ich *wollte* es sagen! Ich kann mir niemanden vorstellen, der dabei verführerischer wirkt als du.« Das Rot wurde tiefer, kräftiger. »Ich hoffe, du nimmst es mir nicht übel, daß ich das sage«, fuhr sie stirnrunzelnd fort. »Ich meine, wenn es dich beleidigt, dann halte ich meinen Mund und vergesse, daß ich es je gesagt habe.« In offenkundiger Verlegenheit grub sie ihre Finger in die Armlehne des Sofas.

Claudia spürte, daß in diesem Augenblick Weichen neu gestellt wurden. Die Richtung hatte Beatrice schon einmal aufgezeigt.

Warum habe ich das bisher nie gesehen? dachte sie und schaute ihre Freundin, die sie seit deren Kindertagen kannte, verwundert an. Sie hatten sich immer gut verstanden und in den letzten Jahren hatten sie sich gegenseitig Trost gespendet. Aber mehr hatte Claudia nie in dieser engen Freundschaft gesehen, nie hätte sie geglaubt, daß sie einmal die Grenze der Konvention überschreiten würde.

Und warum sah es plötzlich so aus, als würde alles anders werden?

Was sie jetzt beim Anblick Melodys empfand, hatte nichts mit ihren bisherigen Gefühlen der jungen Frau gegenüber zu tun. Melody erregte sie jetzt, wie auch Beatrice sie erregt hatte, sogar noch mehr, was wahrscheinlich durch ihre lange gemeinsame Vergangenheit verursacht wurde.

Sie wußte, daß Melody auf eine Reaktion wartete. »Warum solltest du das vergessen, Mel?« sagte Claudia schließlich. »Ich glaube, es würde mir nichts ausmachen, wenn man mich dabei beobachtet ... Also, jedenfalls nicht, wenn du die Beobachterin bist. Ich weiß nicht, wie Paul reagieren würde, aber ich habe das Gefühl, daß er nichts dagegen einzuwenden hätte.«

Melody lächelte und nagte verlegen an der Unterlippe. Sie schien Claudias Aussage erst einmal verdauen zu müssen.

»Ich ...«, begann sie.

Rede weiter! wollte Claudia ihr zurufen, denn sie spürte, daß auch Melody an einer entscheidenden Wende in ihrem jungen Leben stand.

Aber die jüngere Frau brachte nichts über die Lippen. Sie schien nicht in der Lage zu sein, ihre Emotionen in Sprache auszudrücken, dabei lagen sie für Claudia offen zutage. Aber du fühlst es doch, nicht wahr? dachte Claudia. Sie wußte, daß sie sich nicht täuschen konnte, sie hätte ihr Leben darauf verwettet.

Sie hatten sich festgefahren. Für beide war es eine neue Situation, mit der sie konfrontiert waren, und sie wußten nicht, wie sie es ausdrücken sollten. Eine von ihnen mußte der anderen die Hand reichen und über den Graben helfen, den sie überspringen wollten.

»Mel«, sagte Claudia leise, nahm die Hand ihrer Freundin und hob sie an ihre Lippen. »Es ist schön so«, flüsterte sie und küßte die Lebenslinie in Melodys sanfter Hand. »Hab keine Angst ... Was geschieht, ist etwas sehr Schönes.«

»Ja, du hast recht ...« Melodys Stimme zitterte ein wenig, und dann bemerkte Claudia, daß ihre Freundin am ganzen Körper leicht zitterte. Sie spürte es, während ihre Zunge über die ganze Handfläche fuhr.

»Oh, ja, ja!« rief Melody plötzlich und strich mit einer Hand über die kurzen Haare der Freundin. Dann glitt ein Finger die Kontur von Claudias Gesicht ab, verharrte am Kinn und hob es leicht an, daß sie sich in die Augen schauten.

Melodys Gesicht leuchtete. »Oh, ich kann gar nicht sagen, wie lieb du bist, Claudia. Ich wünschte nur, ich wüßte, was ich tun soll.«

»Das wünschte ich auch«, sagte Claudia inbrünstig. »Ach keine Sorge, ich glaube, wir werden es Stück für Stück herausfinden.« Ohne weiteres Zögern küßte sie ihre Freundin das erste Mal auf den Mund.

Es war, wie wenn man einen Mann küßte, und doch ganz anders. Als sie Melodys weiche Lippen schmeckte und den süßen, mit Brandy gewürzten Atem, erkannte Claudia, daß es auch im Mundbereich einen großen Unterschied zwischen den Geschlechtern gab. Melodys Lippen fühlten sich wie Velvet an, beinahe plüschig, und was dahinter lag, öffnete sich begehrlich der Zunge Claudias, ohne schwach oder unterwürfig zu sein.

Melody ließ sich bereitwillig küssen, und eine kleine Weile verhielt sich ihr Mund sanft und passiv. Dann aber, ebenso spontan, wie der Kuß begonnen hatte, schien Melody aus ihrem Dämmerzustand zu erwachen, und sie küßte zurück. Ihre Zunge fühlte sich wie ein kleiner, lebendiger Pfeil an, und ihre Lippen wurden kräftig und fordernd.

Mehr als zwei Minuten lang mochten sie sich nicht voneinander trennen. Jede erforschte den Mund der anderen. Schließlich lösten sie sich, rangen beide nach Luft und schauten sich lachend, glücklich und ungläubig an.

»Ich glaube, ich habe das schon seit sehr langer Zeit tun wollen«, sagte Claudia, nahm Melodys Hand und drückte sie. »Ich wußte nicht, daß ich es wollte, aber das unbewußte Verlangen muß schon lange dagewesen sein.«

»Mir geht es genauso«, sagte Melody und fuhr sich weich mit einem Finger über die Lippen, als suchte sie nach einem bleibenden Beweis für Claudias Kuß. Sie betrachtete den Finger, überzeugt davon, eine Spur Claudias festgehalten zu haben. »Ich schwärme schon lange für dich, hast du das nie bemerkt?« fragte sie, immer noch benommen von dem, was sie sich gegenseitig gestanden.

»Nein, ich glaube nicht«, sagte Claudia leise, und ihre Finger zupften am weichen Stoffgürtel ihres Bademantels, als hätten sie ein eigenes Leben. »Ich muß ziemlich schwerfällig gewesen sein.« Der Gürtel fiel hinab, und mit einer leichten Bewegung ihrer Schultern öffnete sich der Mantel und gab den Blick auf ihre Brüste frei, wie sie an Melodys weit aufgerissenen Augen erkennen konnte. »Vielleicht fand ich es auch nur schwer vorstellbar, daß jemand für mich schwärmen könnte«, fügte Claudia hinzu.

Melodys schlanke Finger zuckten, und Claudia konnte sich vorstellen, daß sie danach verlangten, das zu berühren, was sie so freigiebig anbot. Ihr Herz hämmerte wie wild, als Claudia eine Hand ihrer Freundin nahm, sie zu ihrer nackten Brust führte und dort festhielt.

»Ich habe für dich geschwärmt ... nein, ich schwärme für dich, weil du so intelligent und freundlich und warmherzig bist.« Melodys Finger zuckten unwillkürlich und drückten zart die weiche und zugleich feste Brust der

Freundin. »Und weil du so schön bist. Die schönste Frau, die ich je gesehen habe.«

Claudia wollte der letzten Behauptung widersprechen, aber das Gefühl von Melodys Fingern auf ihrer Haut berauschte ihre Sinne. Sie versuchte, die Komplimente der Freundin zu akzeptieren, aber es fiel ihr schwer.

»Danke«, sagte sie schließlich, »aber glaubst du nicht, daß ich an den Rändern ein bißchen ausfranse?«

Melodys Finger drückten und kosten weiter. »Okay, du hast ein paar Fältchen, aber sie sind von der guten Art. Zeichen von Charakter und Weisheit.«

»Mit Schmeicheleien kannst du bei mir alles erreichen«, murmelte Claudia, die mit jedem Nerv ihres Körpers die Bewegungen von Melodys Fingern spürte.

Sie küßten sich wieder, ließen sich diesmal aber mehr Zeit. Melodys Hand glitt über Claudias Körper und drangen in bisher von ihr unerforschtes Gebiet vor. Die Fingerspitzen stießen an das buschige Haar im Schenkeldreieck und umkreisten es sanft und verlegen.

»Was tue ich als nächstes?« flüsterte Melody, während ihre Lippen eine feuchte Spur auf Claudias Wange und Kinn hinterließ. Die Finger verharrten, als warteten sie auf Erlaubnis oder Weisung. »Soll ich dich streicheln?« fragte sie, leicht hinter Atem. »Möchtest du das?«

Claudia war noch nie mit einer Frau zusammen gewesen, es sei denn, man zählte die gestrige Begegnung mit Beatrice dazu.

»Ja, das möchte ich«, hauchte sie, und dann legte sie ihre Zurückhaltung ab, denn sie wußte, was sie wollte, egal, ob es einen vorgeschriebenen *modus vivendi* gab.

Sie zog den Bademantel weit auseinander und öffnete die Schenkel.

Sie war in diesem Augenblick dankbar dafür, daß ihre regelmäßigen Übungen und Massagen die Cellulitis in Schach hielt. Eigenartigerweise war es ihr wichtiger, daß sie für Melody so gut wie nur möglich aussah. Bei Paul war ihr das auch wichtig gewesen, aber nicht in diesem Maße. Erklären konnte sie sich das nicht, denn sie und die jüngere Frau hatten sich schon oft in Badeanzügen und Bikinis gesehen, und bisher war es ihr ziemlich egal gewesen, was Melody über ihren Körper dachte.

Zaghaft begann Melody ihre Forscherreise in intimere Regionen. Claudia stieß unwillkürlich ein gedämpftes Stöhnen aus, als der Mittelfinger der jungen Frau sich genau auf der Klitoris niederließ.

»Ja! Oh, Mel, da ist es genau richtig!« flüsterte sie, als Melody mit dem Finger leichte Kreise beschrieb, zuerst ganz langsam, dann schneller und schneller und schneller. Die vertrauten Sensationen bauten sich in Claudia mit einer Geschwindigkeit auf, die sie nicht für möglich gehalten hätte, und innerhalb weniger Sekunden hielt sie sich verkrampft an Melodys Schultern fest und balancierte vor Lust auf den Fußballen, wippte unkontrolliert hin und her. Sie warf den Kopf zurück, stieß heftige Stöhnlaute aus und wand sich im Orgasmus, der sie kräftig durchschüttelte.

»Danke«, keuchte sie, als sie wieder klar denken konnte. »Das war wunderschön, Mel. Genau richtig. Es hätte nicht schöner sein können.« Sie lachte ausgelassen, und Melody fiel in das Lachen ein. Im fröhlichen Glucksen der jüngeren Frau schwangen Stolz und Triumph mit.

»Jetzt bist du dran«, sagte Claudia und nestelte an den Kleidern der Freundin herum, als sie laute Schritte auf der Treppe hörten, begleitet von einem lauten, erstaunlich melodielosen Pfeifen, das ihre Konzentration durchbrach.

»Männer! Das ist mal wieder typisch!« zischte Claudia, während Melody flugs von ihr wegrückte und sie selbst sich hastig den Bademantel wieder überzog.

»Wenigstens hat er Manieren genug, uns vorher zu warnen«, tröste Melody sie flüsternd, während sich die ungewöhnlich schweren und tapsenden Schritte näherten.

Ja, das mußte sie auch gestehen, dachte Claudia, denn bisher war ihr der leichte, beschwingte Schritt ihres Gastes aufgefallen. Wenn er nun dieses Getöse veranstaltete, während er den Flur durchquerte, konnte das nur eine einzige Bedeutung haben. Er wollte ihnen taktvollerweise Zeit lassen, die Analyse des *post mortem* von Melodys Ehe zu beenden – vielleicht hatte er aber auch irgendwie geahnt, was sich im Wohnzimmer zwischen Melody und Claudia abspielte …

Claudia hätte sich über diese letzte Möglichkeit noch längere Zeit Sorgen gemacht, es hätte sie vielleicht auch geärgert, aber in dem Augenblick, in dem er das Wohnzimmer betrat, verflogen diese Gedanken.

»So, jetzt fühle ich mich schon viel, viel besser«, verkündete er und fuhr sich mit einer Hand durch das noch nasse Haar. Er trug Jeans und einen hellblauen Pullover, aber er sah umwerfend gut aus, dachte Claudia.

»Möchtest du einen Brandy, Paul?« fragte sie und achtete darauf, daß ihr Mantel geschlossen war, als sie aufstand. Pauls kurzer Blick sagte ihr, daß er die Geste mitbekommen hatte, und dieser Blick schien ihr mitzuteilen, daß er wußte, welchen Grund es gab, sich vom Sitz des Mantels zu überzeugen.

»Ja«, sagte er dann, »obwohl ich immer noch nicht weiß, welche Auswirkung Alkohol auf meine betroffenen Gehirnzellen haben könnte.«

»Dann wäre ein Brandy mit Ginger vielleicht besser«, schlug Melody vor. »Ein bißchen Brandy, viel Ginger, das schmeckt gut und richtet bestimmt keinen Schaden an.«

»Hört sich großartig an«, behauptete Paul.

Claudia schenkte ihnen allen einen Drink ein, hielt aber die Dosis für sich und Melody klein. Die Atmosphäre im Zimmer war lebhaft genug. Wenn sie auch noch angetrunken sein würden, hatte niemand mehr das weitere Geschehen im Griff.

»Und wie geht es Ihnen jetzt, Melody?« fragte Paul, als

sie alle wieder Platz genommen hatten. Er saß in einem Sessel zur Rechten der jungen Frau, Claudia hatte sich wieder zu ihr aufs Sofa gesetzt.

Claudia hätte am liebsten gesagt, daß sie diese Frage merkwürdig fand. Schließlich hatten sich Mel und Paul schon unterhalten, während sie unter der Dusche gewesen war. Aber dann fing sie einen fast verschwörerischen Blick zwischen Paul und Melody auf. Was hatten die beiden in ihrer Abwesenheit besprochen?

Melody lächelte verlegen, ihr Kopf neigte sich ein wenig, das konnte auch ein kaum merkliches Nicken sein. Als sie schließlich antwortete und ihre Augen warm leuchteten, verstärkten sich Claudias Mutmaßungen noch.

Sie bildete sich ein, daß Melody ihre sexuellen Gefühle für Claudia gestanden und Paul um Rat gefragt haben könnte. Claudia hatte keinen Zweifel, wie dieser Rat gelautet hatte.

»Viel besser«, sagte Melody. »Mir ist jetzt alles viel klarer geworden. Ich wünschte, ich hätte die Veränderungen in meinem Leben viel früher getroffen, aber es hat keinen Zweck zurückzuschauen.« Sie saß aufrecht da, den Rücken angelehnt, die Brüste herausgedrückt. Sie hob ihr Glas. »Auf die Zukunft! Und darauf, daß wir Neues kennenlernen. Und auf daß ich alles bekomme, was ich mir vom Leben wünsche!«

»Hört, hört!« sagte Claudia, milde überrascht von Melodys ausgelassenem Trinkspruch.

»Darauf trinke ich«, sagte Paul, »und ich schließe mich Wort für Wort an.« Die Blicke der beiden Gäste trafen sich einen Moment lang. Claudia hätte schwören können, daß er ihr zublinzelte.

»Ich muß mich um das andere Gästezimmer kümmern«, sagte sie und fühlte sich sehr nervös. »Paul wohnt in dem Zimmer, das du gewöhnlich hast …« Es war ihr bewußt, daß sie auf ein Minenfeld voller Andeutungen trat. Wer wo – und mit wem – schlief, schien plötzlich eine ernste Frage zu werden.

»Ich ziehe aus«, verkündete Paul sofort. »Schließlich habe ich nicht viel mitzunehmen. Ich besitze nur, was ich am Leib trug, als ich hier vor der Tür stand. Meine Sachen hat Claudia in die Reinigung gegeben, und meine Unterwäsche hängt vielleicht auf der Leine.«

Melody kicherte, worüber Claudia sich freute, denn das fröhliche Gekicher klang entspannt. Vielleicht waren die Dinge gar nicht so umständlich, wie sie angenommen hatte. Mal sehen, wie sich alles ergab.

»Mir würde nicht im Traum einfallen, Sie zu vertreiben, Paul«, sagte die junge Frau und bedachte ihn mit einem koketten Lächeln, was Claudia seit Jahren nicht mehr an ihr gesehen hatte. »Ich nehme das kleine gelbe Zimmer, Claudia. Ich brauche nur ein bezogenes Bett, mehr nicht.«

»Bist du sicher?« fragte Claudia, und fast gleichzeitig stellte auch Paul diese Frage. Darüber mußten sie alle drei lachen. Es herrschte eine Vertrautheit zwischen ihnen, als würden sie sich schon seit Jahren kennen.

»Ja, bin ich«, sagte Melody, dann fügte sie noch hinzu: »Claudia, ich muß noch heute abend was erledigen, und dazu brauche ich deine Hilfe.« Sie neigte den Kopf und fuhr mit einer Hand durch ihre hellblonden Haare. »Du hältst mich wahrscheinlich für albern oder ungeduldig, aber ...« Sie langte hinunter in ihre Einkaufstasche, die neben dem Sofa auf dem Boden stand. »Ich muß es so schnell wie möglich tun.«

Sie holte eine Box heraus, und Claudia erkannte auf den ersten Blick, daß sie eine Haartönung enthielt; es war eine bekannte Marke. Die Tönung war dunkelbraun.

Sie fuhr sich wieder durch die Haare. »Das hier war Richards Idee«, sagte sie, dann nahm sie eine Flasche aus der Box und hielt sie hoch. »Das ist etwa meine Farbe. Ich werde sie auftragen, bis meine natürlichen Haare nachgewachsen sind. Ich brauche nur deine Hilfe, damit ich den

Toner gleichmäßig einreibe ...« Sie schaute Claudia bittend an.

»Kein Problem«, sagte die Gastgeberin, die sich über Melodys neues Selbstbewußtsein seltsam freute. »Wir sollten es gleich tun, damit die Haare Zeit zum Trocknen haben, bevor es Schlafenszeit ist.« Zu ihrer Verärgerung spürte sie, daß sie schon wieder errötete. Dabei war ›Schlafenszeit‹ ja nun wirklich kein anzügliches Wort.

Paul stand auch auf, als sich Melody und Claudia erhoben. »Während der Prozeß der Umwandlung abläuft, könnte ich uns etwas zu essen machen«, schlug er vor.

Claudia drehte sich um und schaute ihn verdutzt an. »Weißt du denn, wie das geht?« Sie musterte ihn genau, als wollte sie entdecken, daß ihm etwas Verräterisches entschlüpft war, und im nächsten Augenblick fühlte sie sich wegen ihres Mißtrauens wieder schuldbewußt. »Kannst du dich daran erinnern, jemals gekocht zu haben?«

Paul grinste breit. »Nein, eigentlich nicht, aber ich möchte es gern mal versuchen.«

Claudia erkannte, daß ihr Gesicht Besorgnis zeigen mußte, denn Paul sagte lachend: »Keine Bange, ich werde nicht alle Platten zum Glühen bringen. Aber ich bin sicher, daß ich eine Dose öffnen und die Mikrowelle anstellen kann ... Ich tue es natürlich nur, wenn es dir recht ist.«

»Also, ich habe einen schrecklichen Hunger«, sagte Melody fröhlich. »Ich esse alles. Sogar ein Teller voller Toastscheiben würde mir genügen, wenn alles andere zu kompliziert ist. Aber erst will ich das hier los werden!« Sie hielt mit beiden Händen ihre blonden Haare hoch.

Claudia sah Paul fragend an. Konnte er ihnen wirklich eine Mahlzeit bereiten? Die Vorstellung gefiel ihr – ihr Geliebter bekochte sie. »Nun, fang an«, sagte sie. »Wer weiß, vielleicht bist du ein Gourmetkoch.«

Er schien darüber nachzudenken, schüttelte dann aber den Kopf. »Um ehrlich zu sein, würde mir das viel Freude machen, aber ich fürchte, dafür reicht es bei mir nicht.« Die beiden Frauen gingen hinaus und die Treppe hoch, während Paul in die Küche ging.

Vom oberen Treppenabsatz rief Claudia: »Nur für den Notfall – links vom Herd hängt ein Feuerlöscher!«

Sie hörte Paul lachen und auch seine Bemerkung: »Freches Weib!«

Im Bad standen sich Melody und Claudia gegenüber. Claudia kam sich wie ein schüchternes Mädchen am ersten Schultag vor, und ohne ihr Make-up und das maßgeschneiderte Kostüm sah Melody fast wie ein Schulmädchen aus.

»Nun, was tun wir jetzt?« fragte Claudia und spürte, wie Verwirrung sich in ihr Verlangen einschlich. Zweifellos hatte Paul die Strömungen zwischen ihnen gekappt, die im Wohnzimmer zwischen ihnen geflossen waren, wenn sie auch begriff, daß ihm das nicht bewußt gewesen war.

»Ich weiß es nicht«, sagte Melody leise.

Claudia nahm an, daß die Unsicherheit auf dem Gesicht der jungen Frau ein Spiegelbild ihres eigenen Ausdrucks war. Auch Melody fühlte den Bruch in der Atmosphäre, die sie im Wohnzimmer geschaffen hatten.

Du mußt die Initiative ergreifen, spornte Claudia sich stumm an. Du bist die ältere. »Vielleicht sollten wir uns zuerst einmal um deine Haare kümmern«, sagte sie und lächelte Melody ermutigend zu. »Und dann werden wir sehen, was noch zu tun bleibt.«

Melody erwiderte das Lächeln, und in ihren Augen sah Claudia eine Zuneigung, die ihr Herz schneller schlagen ließ.

Ich hoffe, ich kann dich glücklich machen, Mel, dachte Claudia, als sie mit der Arbeit begannen, aber danach blieb ihr keine Zeit mehr, sich in Gedanken um ihre Beziehung zu ergehen, denn vor ihr lag die Aufgabe, Melody zu einer radikal anderen Haarfarbe zu verhelfen.

»Bist du dir wirklich sicher?« fragte sie, als sie die Flasche öffnete und einen Tropfen der neuen Farbe auf ihre Hand fallen ließ. Er paßte zu ihrem Blond wie Zuckersirup zu Teer. Sie schlang ein paar alte Handtücher um Melodys Schultern, aber das Zeug, das sie in die blonden Haare einreiben mußte, würden alles bespritzen, wahrscheinlich auch T-Shirt und Jeans. »Wir könnten morgen in die Stadt gehen und es Perluigi tun lassen. Er wird sowieso verrückt werden, wenn du das nächste Mal zu ihm gehst, um die Haare nachschneiden zu lassen.«

»Nein, bitte ... «, sagte Melody entschlossen. »Versuch es wenigstens. Ich will so schnell wie möglich ein anderer Mensch sein.«

»Ja, klar«, sagte Claudia rasch. »Aber vielleicht solltest du T-Shirt und Jeans ausziehen, sonst wirst du sie nachher nicht mehr anziehen können.«

Melody schaute sie an, und für eine Sekunde zeigte sie die Zungenspitze im Mundwinkel. Claudia lachte herzhaft. »Was du wieder denkst!« rief sie. »Nein, es war ein ernsthafter Vorschlag, und ich habe wirklich nur an deine Kleider gedacht.« Dabei war ihr sehr wohl bewußt, wie sehr sie danach gierte, Melody nackt zu sehen.

»Vielleicht solltest du auch deine Sachen ausziehen«, sagte Melody schelmisch, während sie begann, sich die Jeans aufzuknöpfen.

»Aber ich habe doch nur diesen Bademantel an!» protestierte Claudia.

»Es ist ein wunderschöner Bademantel«, murmelte Melody. »Es wäre ein Jammer, wenn er Spritzer abbekommt, die du nur schwer auswaschen kannst.«

»Nun gut«, sagte Claudia schließlich, »aber dann werde ich mir aus einem der Handtücher einen Sarong umlegen.« Sie wies auf den Packen Handtücher, die sie zu Beginn ihrer Mission aus dem Schrank geholt hatte.

Melody lachte und hob die Schultern.

Claudia gab sich unbekümmert, obwohl sie verunsichert und nervös war, als sie den Mantel von den Schultern gleiten ließ. Gleichzeitig griff sie nach einem Handtuch. Sie wollte sich nicht prüde geben und zwang sich deshalb, nicht hastig vorzugehen. Während des Umziehens vermied sie es, Melody anzuschauen, aber sie wußte, daß die grauen Augen ihrer Freundin jede ihrer Bewegungen verfolgten und den nackten Körper betrachteten. Sie hat dich oft genug im Bikini gesehen, rief sich Claudia in Erinnerung, und wie oft warst du schon zusammen mit ihr im Umkleideraum? Dies hier ist genau dasselbe, warum stellst du dich also so an?

Aber es war nicht dasselbe; zwischen den Situationen im Schwimmbad oder im Umkleideraum und dieser hier lagen Welten. Bisher hatte die eine die andere nicht mit begehrlichen Blicken angeschaut. Und für Claudia traf das zu.

Sie hatte sich das Handtuch um die Körpermitte geschlungen, es bedeckte so gerade die Brustwarzen und reichte genau bis zum Schritt. Verlegen sah sie jetzt auf und blickte Melody an, die in einem zierlichen Büstenhalter dort stand, der BH und der Slip waren aus feiner Spitze und hatten die Farbe von mattem Elfenbein.

Sie mußten während des Vorgangs oft innehalten, um sich lachend auszuprusten, und dabei kämpften sie beide gegen die Spritzer und Schaumberge an, die fast alle Gegenstände im Badezimmer bedrohten. Claudia massierte den Schaum tief in die Haare ein, dann mußten sie eine Weile warten, bis die Masse eingezogen war. In dieser Zeit schauten sie sich kaum an, als wüßten sie jeweils um die lüsternen Gedanken der anderen, und sie redeten auch nicht.

Schließlich begann Claudia, den Schaum auszuspülen. Es fiel ihr schwer, sich auf die Arbeit zu konzentrieren. Ihre Brüste rieben sich an Melodys Rücken, ihre Schenkel stießen immer wieder gegeneinander, und alles in Claudia schrie nach intimer Berührung. Ihr ganzer Körper befand sich in Aufruhr. Wenn sie die junge Frau nicht bald umarmte oder sie von Melody nicht bald berührt wurde, dann würde sie vor lauter Frustration zu kreischen beginnen und platzen.

»Fertig«, sagte sie dann. »Aber schau mal, wir sind beide voller Schaumspritzer von diesem braunen Zeug. Warum stellen wir uns nicht schnell unter die Dusche, damit es sich nicht in die Haut einfrißt?« Sie schaute Melody fragend an, und während die jüngere Frau noch überlegte, berührte Claudia sie am Arm und sah ihr in die leuchtenden Augen. »Gemeinsam, meine ich«, fügte Claudia leise hinzu.

»Und schnell«, ergänzte Melody. Sie biß sich vor Nervosität auf die Unterlippe und fing eine dicke Schaumblase auf, die vom Hals hinunterrutschte. Dicht über dem BH-Ansatz fing Melody den Schaum mit einem Finger auf.

Jetzt oder nie, dachte Claudia. Sie war atemlos vor Erregung und Ungeduld. Sie löste das Handtuch, warf es achtlos auf den Boden und zog ihre Freundin mit unter die Dusche.

Wie man einen Fremden erschafft

Die Tönungsfarbe aus den Haaren zu waschen war so, als entstünde eine neue Melody. Und dabei entstand auch eine neue Claudia.

Vielleicht lag es nur darin, daß mit der Kopfwäsche auch bestimmte Hemmungen weggespült wurden; jene Hemmungen, an deren Beseitigung Beatrice bereits heftig und geschickt gearbeitet hatte. Die schöne Ärztin hatte die

Schleuse geöffnet, aber es waren Melody und Claudia, die jetzt mitten im leidenschaftlichen Strom standen.

»Lege deinen Kopf in den Nacken, dann kann ich den Schaum besser herauswaschen«, wies Claudia die Freundin an. Sie war froh, daß sie sich zunächst auf eine Arbeit konzentrieren mußte, und die Konzentration fiel ihr leichter, weil sie hinter Melody stand und nicht die hohen jungen Brüste sehen konnte.

Aber auch der Rücken hatte seine Reize, die feinen, zierlichen Schultern, die schlanke Taille und die herrlich geformten Hüften.

Claudia war versucht, die mädchenhafte Kontur des Körpers mit den Fingern nachzuzeichnen, aber sie wollte sich zuerst der Aufgabe widmen, um die Melody sie gebeten hatte. Sie seufzte verhalten und drängte ihre Lust zurück.

Mit Fingern und Daumen verrieb sie das Wasser auf der Kopfhaut. Die braune Farbe, die das Wasser färbte, wurde immer dünner, wandelte sich von Mahagoni zu einem Beige, und nach etwa fünf Minuten blieb das Wasser klar.

»Jetzt sind wir wirklich fertig.« Claudia ließ ihre Hände auf Melodys Schultern sinken und hauchte einen Kuß in den Nacken, wobei sie vorgab, den Duft des Toners riechen zu wollen. »Ja, alles weg, man kann es nicht mehr riechen.« Sie ließ eine Hand tiefer sinken, fuhr über den Oberarm, in die Beuge des Gelenks. Ungeduldig drehte sich Melody zur Seite, nahm Claudias Hände in ihre und legte sie auf ihre Brüste.

»Du bist wunderbar, Mel«, sagte Claudia leise, so daß man ihre Stimme unter dem Prasseln der Dusche kaum hören konnte. »Ich habe immer schon gedacht, daß du einen perfekten Körper haben mußt, auch als ich mich noch nicht traute, ihn genau und lange zu betrachten.« Sie ließ die Hüften kreisen und massierte den Po der Freundin mit ihrem Schoß.

Auch Melody sprach leise, aber ihre Stimme klang hell

und übertraf das Plätschern und Prasseln. »Ich habe dich immer haben wollen«, sagte sie, zuerst noch unsicher, dann aber entschiedener. »Ich habe zu Anfang gedacht, daß ich krank sein muß oder unnormal, aber dann wurde mir bewußt, daß solche Gefühle durchaus in Ordnung sind. Trotzdem war ich unglücklich, weil ich nicht glauben konnte, daß du meine Gefühle erwidern würdest. Ich war davon überzeugt, daß du entsetzt wärst, wenn du bemerkst, was ich für dich empfinde.«

»Niemals!« rief Claudia und ließ die Finger über die herrlichen Hügel von Melodys Brüsten gleiten. Die Haut war wunderbar fest, die Nippel zuckten unter Claudias sanften Berührungen. Ihre eigenen Brüste – die sich an Melodys seidigen, nassen Rücken rieben – hatten der Zeit erfolgreich getrotzt, aber sie zeigten nicht so keck nach oben wie Melodys es in ihrer jugendlichen Arroganz taten. »Ich wäre vielleicht überrascht gewesen, das gebe ich gern zu, aber ich weiß, daß ich mich bald an die Vorstellung gewöhnt hätte.«

»Oh, warum war ich nur so dumm?« fragte Melody und ließ in einer dramatischen Geste den jetzt dunklen Kopf sinken. »Ich hätte es dir sagen sollen! Wir hätten viel eher zueinander finden können!«

Es lag Claudia auf der Zunge, daß sie beide verheiratet gewesen waren – Melody war es immer noch –, aber dann erinnerte sich auch die Freundin an diese Tatsache.

»Worüber rede ich eigentlich?« fragte sie sich laut. »Du warst verheiratet! Wie könnte ich annehmen, daß du Gerald untreu sein würdest? Du hast ihn geliebt!« Sie schüttelte sich, und Claudia spürte, wie sie am ganzen Körper zitterte. »Und jetzt erwarte ich, daß du Paul untreu wirst – meinetwegen!« Das Zittern ebbte ein wenig ab, spürte Claudia. »Er hat gesagt, daß es ihm nichts ausmacht«, sagte Melody. »Glaubst du, daß er das nur gesagt hat, weil er höflich sein wollte?«

Ha! Habe ich's mir doch gedacht! schoß es durch Claudias Kopf. Sie hatte gerade die Bestätigung dafür erhalten, daß ihre Vermutungen berechtigt waren. »Du scheinst eine faszinierende Unterhaltung mit Paul gehabt zu haben, während ich unter der Dusche war«, bemerkte sie, beugte sich vor und nahm das Ohrläppchen der Freundin zwischen die Zähne. Sie nagte behutsam daran, und Melody wand sich unruhig gegen Claudias Leib.

»Es ... es tut mir leid«, stöhnte Melody, »ich hätte nie gedacht, daß ich auf diese Weise über dich hätte reden können ... Es ist einfach aus mir herausgesprudelt. Ich weiß nicht, was mit mir los war. Paul ist ein guter Zuhörer, und er schien mich zu verstehen ...«

»Oh, ich wette, daß er dich versteht«, sagte Claudia und drängte sich dichter an die Freundin heran. »Er versteht Dinge, von denen er eigentlich nichts wissen kann. Was ihm an Erinnerungsvermögen fehlt, macht er wett durch sein Vorstellungsvermögen.« Sie spreizte die Beine leicht und drückte die Vulva gegen Melodys Po. Ihre Klitoris reckte sich. »Er war auch der erste, der mich auf die Idee gebracht hat, daß wir uns intimer verstehen, als wir beide wissen. Er hat uns in seinen Gedanken schon zusammen gesehen, als wir noch nicht daran gedacht haben.«

»Aber ...«

»Melody, Melody, keine Sorge«, tröstete Claudia und bemühte sich, mehr an die junge Frau in ihren Armen zu denken als an das immer stärker werdende Jucken und Ziehen in ihrem Schoß, wo ihre Nerven pulsierten. »Seit Paul bei mir ist, habe ich meinen Horizont erweitert. Ich weiß, es hört sich ein bißchen abgedroschen an, aber ich kann mir heute vorstellen, nicht nur einen Mann zu lieben ... oder eine Frau.«

Sie mußte abbrechen, denn unvermittelt hielt sie den Atem an. Ein spontaner Orgasmus erfaßte sie, wühlte den Bauch auf und ließ ihre Knie schwanken. Einen Moment lang glaubte sie, daß sie umkippen würde, aber dann konnte sie sich an Melody festklammern.

In ihrer Lust spürte sie, wie Melodys Körper sich verkrampfte. Sie drehte sich um und schaute Claudia an, Augen und Mund weit geöffnet.

»Wie ich schon sagte«, fuhr Claudia fort, als sie sich wieder gefangen hatte, »wenn du damit leben kannst, wäre ich nur allzu glücklich damit ... und ich glaube, niemand wäre glücklicher als Paul.« Sie hörte auf zu reden, weil sie lachen mußte, und auch Melody kicherte ausgelassen.

»Du bist sensationell, Claudia, weißt du das?« sagte die jüngere Frau dann. »Ich habe es nicht für möglich gehalten, mitten im Gespräch einen Orgasmus zu haben und danach die Unterhaltung wieder aufzunehmen.« Sie dachte einen Moment nach, dann fügte sie zurückhaltender hinzu: »Ich habe es auch nicht für möglich gehalten, so leicht zu einem Orgasmus zu kommen ... mit Richard habe ich nicht viele erlebt.«

»Sein Fehler, nicht deiner, meine Liebe«, sagte Claudia spontan, ohne zu wissen, woher sie das wußte. Aber sie wußte es trotzdem. Es war ihre Intuition, die ihr sagte, daß Melody rasch zum Gipfel gelangen würde, wenn alles stimmte.

Und jetzt gleich werde ich dafür sorgen, daß alles stimmt, dachte sie. Ihre Hand beschrieb beruhigende Kreise auf dem Bauch der jungen Frau. Dann glitten Claudias tastende Finger tiefer hinunter.

Die Haare, in die ihre Fingerspitzen griffen, fühlten sich weich an, ganz anders als ihr eigener wilder Busch. Seltsam, daß es so große Unterschiede geben konnte, dachte sie. Ob Beatrice sich wieder anders anfühlte?

Aber Beatrice war jetzt nicht hier, mahnte sich Claudia. Es ging um Melody. Entschlossen schob sie ihre Hand noch weiter hinunter. Ein vorsichtiger Finger drang in die Spalte ein.

Melody stieß kleine spitze Laute aus und bewegte den Po kreisend, als Claudia leicht über die Schamlippen tastete, die voll und geschwollen waren. Der Finger glitt zurück, drang ein bißchen tiefer und berührte den Kitzler.

Melody stöhnte, und die kreisenden Bewegungen des Beckens wurden wilder und unbeherrschter. Ihr Geschlecht war eine blühende Blume, ging es Claudia durch den Kopf, und es lockte ihre Finger an, sie zu liebkosen.

Aber Melody war verkrampft. Claudia spürte, daß die junge Frau das Streicheln genoß, aber irgendwo in ihrer Psyche mußte eine Sperre sein, die es Melody unmöglich machte, sich ganz fallenzulassen.

»Was ist es, Mel?« fragte sie. »Wir können aufhören, wenn es dir nicht gefällt. Ich möchte dich nicht zu etwas zwingen, was du nicht magst.«

»Du zwingst mich nicht«, sagte Melody leise, »und ich mag es sehr. Es liegt nicht an dir, sondern an mir. Aber ich liebe, was du mit mir machst.« Sie drückte ihre Hand auf Claudias. »Aber ich möchte nicht, daß du es nur deshalb machst, weil du dich dazu verpflichtet fühlst. Ich meine, wenn ich dir eher lästig bin.« Ihre Stimme brach, und Claudia ahnte, daß sie weinte.

Sie zog die junge Frau an sich und umarmte sie, während die Hand am Schoß das Streicheln wieder aufnahm.

»Wovon redest du, mein Schatz?« fragte Claudia. »Wie kommst du auf die Idee, du könntest mir lästig sein? Du bist die liebste Freundin, und du erregst mich.« Sie führte ruckende Bewegungen mit dem Becken aus und stieß gegen den Po der jungen Frau, als wollte sie den Grad ihrer Erregung mitteilen. »Du erregst mich genauso wie der schärfste Mann.«

»Wirklich? Und das sagst du nicht nur so?«

»Warum sollte ich? Wir sind immer offen zueinander gewesen. Warum sollte ich dir jetzt etwas vormachen?«

»Ich ... ich weiß nicht ...« Melody war immer noch verunsichert – jedenfalls, was Stimme und Gedanken angingen. Ihr Körper dagegen fand seine eigene Antwort. Ihre

Hüften antworteten auf den Rhythmus von Claudias Bewegungen. »Es hat was mit dem zu tun, was Richard gesagt hat. Über mich … über meine Beschaffenheit ›da unten‹ …«

Dieser Bastard! Claudia hatte am liebsten aufgeschrien. Sie hatte eine Ahnung, welcher Art Richards Bemerkung gewesen war. Die Art gefühlloser Aussagen von hirnlosen Männern, die sich einbildeten, alles über Sex zu wissen. Sie hätte ihn dafür auspeitschen können, daß er Melody auf diesem intimen Gebiet beleidigt und verletzt hatte, aber sie hielt sich zurück. Es konnte sein, daß ein Teil von Melody ihn immer noch liebte.

»Was hat er gesagt?« fragte sie leise und fuhr fort, sanft über die Labien zu streicheln.

»Er hat gesagt, ich wäre … ich wäre zu weit … nicht eng genug«, sagte Melody zwischen zwei geräuschvollen Versuchen, Atem zu schöpfen. Claudias Ablenkungsmanöver schienen erfolgreich zu sein, denn sie spürte, wie Melody sich in ihren Armen entspannte. Ihr angebliches Problem schien sie nicht mehr zu blockieren.

»Du bist eine wunderbare Frau«, raunte Claudia ihr ins Ohr. Ihre Finger drückten, preßten, stießen vor und zurück. Sie wollte alles über Melodys Reaktionen erfahren, sie wollte ihren Körper erkunden, sie wollte erfahren, wie sie ihren Orgasmus erlebte, wie er sich von ihrem unterschied, sie wollte ihre Schreie der Glückseligkeit hören.

Im nächsten Moment mußte sie an Paul denken, und wie sich seine Haut von Melodys unterschied, wie anders er sich anfühlte. Was in ihrem Haus ablief, war unbeschreiblich, ein Fest für zwei Fremde. Den einen hatte sie auf geheimnisvolle Weise gefunden, und die andere war ihr bisher als Geliebte fremd gewesen. Die blonde Freundin war zur braunen Geliebten geworden.

»Ich liebe deinen Körper, Melody«, sagte Claudia, während ihre Finger zuckten und drückten und streichelten, um ihre Worte zu untermalen. »Ich habe keine Vergleiche, aber du fühlst dich so wunderbar an, du bist wie eine verlockende Blume, die ich liebe, mehr als mich selbst.«

Claudia schob Melody in eine andere Position, so daß die Backen der jungen Frau gegen ihren Schenkel rieben.

»Und dies«, fuhr sie fort und spreizte Melodys Beine ein bißchen mehr, um ihren Fingern einen leichteren Zugang zu ermöglichen, »ist einfach faszinierend.« Sie streichelte zart die Labien, und Melodys Stöhnen war die sinnlich schöne Antwort.

»Da wir jetzt damit angefangen haben, werde ich nicht mehr darauf verzichten können«, murmelte Claudia weiter. »Wann immer wir zusammen sind, werde ich dich haben wollen ... Ich werde dich immer streicheln und mit deinem Körper spielen wollen.«

Melody kicherte, aber dann ging das Kichern in ein Hecheln über, und ihr Becken kreiste immer heftiger. Claudia hatte Mühe, ihren Bewegungen zu folgen.

»Stell dir vor«, fuhr Claudia fort und spürte, wie geschmeidig das nasse Gewebe war, das ihre Finger rieben, »wenn wir einkaufen gehen, und plötzlich überkommt es mich. Ich zerre dich auf die nächste Toilette, weil ich dich spüren will! Und das nur, weil ich dich nicht mehr aus meinen Gedanken verbannen kann.«

Seltsam, dachte Claudia, ich hätte nie geglaubt, daß ich mich einem Orgasmus nähern kann, während ich meiner Freundin einen bescheren will. Ein Orgasmus von außen. Wie einmalig, wie wunderbar!

Melody konnte sich kaum noch auf den Beinen halten. Sie hing schlaff in Claudias Armen, keuchte und stöhnte und bebte am ganzen Körper. Claudia hätte schwören können, daß sie die gehauchten Worte »Ich liebe dich« gehört hatte, aber im Geräuschpegel des prasselnden Wassers war es nicht einfach, sich ganz sicher zu sein.

»Alles in Ordnung, Mel?« fragte sie besorgt, weil die

junge Frau sich immer noch nicht selbst halten konnte und weiter auf Claudias Hilfe angewiesen war. Aber jetzt richtete sich Melody mühsam auf.

Sie hielt ihr Gesicht den Wasserstrahlen entgegen, dann drehte sie sich um, und Claudia sah, wie sie strahlte und wie ihre Augen leuchteten.

»Oh, Claudia, ich bin mehr als nur in Ordnung«, rief Melody und warf ihre Arme um Claudias Hals. Sie war dabei so stürmisch und ausgelassen, daß sie beide ins Stolpern gerieten und fast hingefallen wären. »Es ist unglaublich! Danke, danke, danke! Seit Jahren ist es mir nicht mehr so gekommen. Nein, noch nie! Oh, wie ich dir danke!« Sie hielt die Freundin immer noch umklammert und küßte sie auf den Mund.

Es wurde ein langer Kuß, und er fachte das Feuer an, das in Claudia brannte. Sie wollte Melody haben, wollte von ihr geliebt werden.

»Ich frage mich, ob ich eine wirkliche Lesbe bin«, murmelte Melody, als sie den Kuß abbrach. »Vielleicht habe ich mit Männern gar nichts im Sinn und das bisher ignoriert?« Ihr Kopf ruhte auf Claudias Schulter.

»Ich weiß es nicht, meine Liebe«, sagte Claudia. »Kannst du dir nicht mehr vorstellen, mit einem Mann im Bett zu liegen? Einen Mann zu streicheln und zu erregen? Oder sich von ihm streicheln und erregen zu lassen?«

Ich kann es mir sehr gut vorstellen, dachte Claudia, während Melody noch nachzudenken schien. Wenn Paul jetzt hier wäre, würde ich ihn ebenso begehren, wie ich dich begehre, Mel.

Claudia spürte, wie ihr ganzer Körper zu zittern begann, so sehr wühlte ihre eigene Vorstellungskraft sie auf.

Jetzt war es an Melody, sich besorgt zu erkundigen: »Ist alles in Ordnung, Claudia?« Sie kraulte sanft den Nacken der Freundin. »Was ist los?«

»Nichts«, sagte Claudia und riß sich zusammen. Sie

löste sich von Melody, damit sie sich in die Augen schauen konnten. »Ich habe nur nachgedacht …«

»Worüber?« fragte Melody. »Haben deine Gedanken etwas mit mir zu tun?«

Claudia befand sich im Widerstreit mit sich selbst. Sie dachte an das wankende Selbstbewußtsein der Freundin. Wie würde sie darauf reagieren, wenn Claudia gestand, daß sie in diesem Augenblick an Paul gedacht hatte, wo sie hier mit ihr unter der Dusche stand?

Aber es wäre schlimmer, die Freundin anzulügen, entschied Claudia.

»Als ich dir sagte, du solltest dir vorstellen, mit einem Mann im Bett zu liegen, habe ich das auch getan. Oder genauer gesagt, ich habe daran gedacht, mit einem bestimmten Mann im Bett zu liegen …«

Melody sagte glucksend: »Ich brauche nicht lange zu raten, bis ich den Namen dieses Mannes herausgefunden habe.« Sie zog Claudia wieder an sich heran und streichelte ihren Rücken. »Wenn es dich tröstet … nun ja … also, ich habe auch an diesen Mann gedacht.«

»Und sehnst du dich in deinen Gedanken danach, mit ihm Liebe zu machen?« fragte Claudia lauernd und schob ihren nassen Unterleib gegen Melodys. Sie fragte sich, ob sie wohl Eifersucht empfinden würde, wenn Melody ihre Frage bejahte.

Melody schien die gleichen gedankenlesenden Kräfte angenommen zu haben wie der Mann, über den sie redeten, denn sie sagte: »Würde es dich verletzen, wenn ich sage, daß ich ihn begehre? Ich würde niemals etwas tun wollen, was dich verletzt, Claudia, das weißt du. Wenn es dir lieber wäre, wenn ich ihn nicht … eh … haben will, dann werde ich ihn total aus meinen Gedanken streichen, das verspreche ich dir.«

»Das ist doch nicht nötig, du dummes Mädchen«, sagte Claudia, und sie brauchte nicht einmal darüber nachzudenken. Sie wußte, daß sie Paul und Melody zusammen sehen konnte, ohne dabei zusammenzuzucken oder gar Liebeskummer zu empfinden. Das einzige Problem bestand darin, daß Bilder dieser Art ihre Erregung noch steigerten.

»Ich möchte, daß du an Paul denkst«, sagte sie und lächelte Melody an. Sie rieb ihren Unterleib noch etwas kräftiger gegen Melody. »Ja, ich möchte, daß du viel mehr mit ihm zu tun haben wirst, als nur an ihn zu denken.« Sie zwinkerte der Freundin verschwörerisch zu. »Bei seiner Libido wird er keine Last mit uns beiden haben. Wenn du willst, können wir es zu dritt in einem Bett versuchen. Ich bin sicher, daß der Fremde nichts dagegen hat.«

»Der Fremde?«

»In meinen Gedanken nenne ich ihn so«, gab Claudia zu, beugte sich vor und küßte Melody auf den Mund.

»Waren das auch deine Gedanken, als du dich vor ein paar Minuten kaum noch auf den Beinen halten konntest?« fragte Melody, als Claudia ihre Lippen freigegeben hatte.

Claudia nickte.

»Puuuh!« machte die jüngere Frau. »Ich habe noch nie solche wilden Sachen getan, aber ich kann mir nichts Erregenderes vorstellen, als mit dir und deinem Geliebten zusammen zu sein. Es wäre einfach perfekt!» Sie hauchte eine Fülle kleiner feuchter Küsse auf Claudias nasses Gesicht.

»Also dann«, sagte Claudia, umfing Melodys Po und drückte ihn kräftig, »dann müssen wir daran arbeiten, daß es perfekt wird, nicht wahr?«

»Ich kann es kaum erwarten«, schmachtete Melody und begann ihrerseits, Claudias Hinterbacken zu streicheln und kneten. Nach einer Weile sagte sie mit verträumter Stimme: »Ich weiß nicht, was über mich gekommen ist, Claudia.« Sie rieb ihren Körper gegen den ihrer Freundin, und dabei blieben ihre Hände keinen Augenblick lang still. »Bis heute war ich der Überzeugung, daß selbst diese oralen Spielchen ein bißchen jenseits der Grenze sind. Und – schau mich jetzt an!«

»Du bist wunderbar, Mel. Eine sinnliche Frau, die darauf gewartet hat, geweckt zu werden.« Claudia stöhnte vor Lust – nein, Lust war ein zu schwaches Wort für das, was in ihr tobte.

»Mel«, begann sie heiser, »du hast eben den oralen Sex erwähnt. Wie denkst du jetzt darüber? Immer noch jenseits der Grenze?« Sie übte mit den Händen leichten Druck auf Melodys Schultern aus, und dann sah sie einen Moment lang nach unten.

Melody begriff, sie lachte leise. »Ich halte es immer noch für sehr gewagt«, sagte sie und küßte Claudia flüchtig auf den Hals, »aber heute ist der richtige Augenblick, um etwas Gewagtes zu tun.«

Und Melody ließ sich langsam und elegant auf ihre Knie nieder.

»Bilde ich es mir ein, oder kann ich Hähnchen riechen?«

Claudia ließ das Handtuch fallen, mit dem sie sich die Haare trocken gerubbelt hatte, und schnüffelte, nachdem Melody den Duft aus der Küche wahrgenommen hatte.

»Du hast recht, ich rieche es auch. Paul hat offenbar Ehrgeiz entwickelt und hat sich an die Hähnchen gewagt, die ich im Kühlschrank hatte. Brust und Schenkel«, fügte sie hinzu.

Melody kicherte, und Claudia lächelte ihr warmherzig zu. Es war schön, Melody so lebenslustig zu erleben. Dabei war es immer noch ein ungewohnter Anblick, den brünetten Kopf der Freundin zu sehen.

»Ich habe von Brust und Schenkeln des Geflügels gesprochen«, stellte sie klar. Sie stand auf und trat auf Melody zu, die ihre neuen rotbraunen Haare im Spiegel betrachtete. »Es sieht sehr gut aus«, sagte Claudia, beugte sich über sie und gab ihr einen Kuß auf die glänzenden Locken. »Aber es wird noch eine Zeit dauern, bis ich mich an die neue Melody gewöhnt habe. Du bist mir jetzt so fremd wie Paul.«

Sie rieb ihre Wange über Melodys Kopf, während ihre Hand über die Schulter fuhr und bis zur Brust glitt. Sie drückte die Halbkugel sanft durch den dünnen Stoff des burgundroten Shirts, das sie angezogen hatte.

»Aber nicht allzu fremd, hoffe ich«, sagte Melody verträumt und streckte sich wie eine zufriedene Katze.

»So ist es«, bestätigte Claudia.

Melody legte den Kamm hin, drehte sich mit dem Stuhl um und langte hoch, zog Claudias Kopf zu sich und preßte ihre Lippen auf den Mund der Freundin. Ihre Zunge drang sofort ein, sie forschte in der feuchten, warmen Höhle und trennte sich nur widerwillig von Claudia, die sich aufrichtete und einen Schritt zurücktrat.

»Wie ist es mit dem Essen?« fragte sie und tupfte den Zeigefinger auf Melodys Nase. »Der arme Paul hat am heißen Herd geschuftet, während wir unseren Spaß gehabt haben. Jetzt müssen wir uns sehen lassen und das essen, was er uns gekocht hat.«

»Ich würde lieber über dich herfallen als über das Essen«, sagte Melody und fuhr mit der Zungenspitze über ihre Lippen. Claudia schwelgte in Erinnerungen an die unglaublichen Wonnen, die Melody ihr unter der Dusche bereitet hatte.

»Vielleicht später«, sagte sie. Sie wunderte sich, daß sie sich keine Gedanken machte über die neue Situation – sie, Paul und Melody. Das konnte zu Schwierigkeiten führen. Aber sie war von der Zuversicht erfüllt, daß sich alles wie von selbst ergeben würde. Sicher, es war wie eine Lotterie. Aber wenn es nach ihren Hoffnungen ging, würde nicht einer gewinnen, sondern sie alle drei.

Es war, als hätte Melody wieder ihre Gedanken gelesen. »Ja, vielleicht«, sagte sie nachdenklich. »Außerdem habe ich Hunger.« Sie lachte. »Hunger auf was Eßbares, meine ich. Und es riecht köstlich, nicht wahr?«

»Stimmt.« Claudia warf einen letzten flüchtigen Blick in den Spiegel. »Gehen wir essen.«

»Du siehst fabelhaft aus«, sagte Melody. »Du brauchst nie in den Spiegel zu schauen.«

Claudia fühlte sich auch fabelhaft, und obwohl sie manchmal dachte, daß sie ihren Glauben übertrieb, viel jünger auszusehen als eine Frau Anfang vierzig, war sie heute abend davon überzeugt, daß man ihr das Alter nicht ansah. Gesicht, Augen und Haare glänzten, und selbst ihre Haut schien einen diskreten, intimen Schimmer auszustrahlen.

»Bin ich gut angezogen?« fragte sie, um sich eine letzte Bestätigung zu holen. Sie fuhr glättend über die rotbraune Seidenhose und zupfte am Saum des dazu passenden ärmellosen Tops.

»Hinreißend«, rief Melody. »Und ich glaube, ich sehe auch nicht schlecht aus, oder?«

»Du weißt ganz genau, was ich denke, du eitles Geschöpf!« rief Claudia, fuhr herum und gab Melody einen Klaps auf den Po. Die jüngere Frau trug eine enge Hose, deren Beine zwei Daumen breit unterhalb des Schritts abgeschnitten und ausgefranst waren, dazu ein ebenfalls eng anliegendes Hemd aus Gazestoff. Beide Kleidungsstücke schienen eine Hand zu Berührungen einzuladen. Claudia fragte sich, ob sich auch Pauls Hand eingeladen fühlen würde. Klar, sagte sie sich dann. Wenn ich selbst meine Finger nicht bei mir behalten kann, wäre es schon verwunderlich, wenn Paul ihr widerstehen könnte.

»Komm«, sagte sie und nahm Melodys Hand. »Gehen wir hinunter zu Paul, bevor ich gezwungen bin, dir die Kleider vom Leib zu reißen und dich aufs Bett zu werfen.«

»Donnerwetter!« rief Paul aus und ließ die Pfanne, die er in der Hand gehalten hatte, mit lautem Getöse auf die Herdplatte fallen. Zu seinem Glück spritzte nichts heraus.

Claudia lächelte und war froh, daß sie nicht allzu eifersüchtig war, als sie sah, wie er Melody anstarrte. Ich hatte meinen Anteil an diesem kleinen Wunder, sagte sie sich. Daß er sie derart bewundert, ist auch ein Kompliment für mich.

»Was für eine großartige Arbeit euch gelungen ist!« rief er, drehte dem Herd den Rücken zu und trat ihnen bedächtig entgegen. Er nahm ihrer beider Hände, und Claudia wußte sofort, daß ihr Instinkt richtig gewesen war. »Das ist eine wunderbare Veränderung«, sagte Paul und schüttelte immer noch ungläubig den Kopf. Er lächelte erst Melody an, dann Claudia. »Sie ist immer noch derselbe Mensch, und doch sieht sie völlig verändert aus.«

Er redet so, als würde er uns beide schon seit Jahren kennen, dachte Claudia verwundert. Er ist die Autorität, und doch weiß ich nicht, woher er sie bezieht und warum ich sie anerkenne. Ich weiß nur, daß das, was er sagt, absolut richtig ist.

Es verwirrte sie, aber als sie von einem glatten, schönen Gesicht zum anderen schaute, wurde ihr eine noch viel größere Tatsache bewußt. Jetzt, da Melody dunkle Haare hatte, wies sie eine verblüffende Ähnlichkeit mit Paul auf.

Man konnte sehen, daß sie nicht Zwillinge waren, aber beide Gesichter strahlten etwas Geheimnisvolles aus, eine sexuelle Anziehung, die auf eine Weise stark und gleichzeitig auch zerbrechlich war. Beide in ihrem Haus zu haben, verursachte bei Claudia ein intensives Herzklopfen. In ihrem Kopf drehte sich alles, und ihre Haut prickelte.

Es ist unglaublich, dachte Claudia und schaute wieder von Paul zu Melody und zurück zu Paul. Sie fragte sich, ob den beiden ihre schwer zu definierende Ähnlichkeit aufgefallen war. Sie sah, daß Melody ihn scheu anlächelte, und in Pauls Augen blitzte es eine Sekunde lang auf, als wollte er Claudia zu erkennen geben, daß auch er die seltsame Übereinstimmung zwischen ihm und Melody wahrgenommen hatte.

Er erwiderte Melodys Lächeln und wandte sich dann um und bedachte auch Claudia mit einem herzerwärmenden Lächeln voller Zuneigung.

»Sie scheinen ein Händchen für solche Dinge zu haben, Mrs. Marwood«, sagte er mit sanfter Stimme und gab ihr einen Kuß auf die Wange, während Claudia noch Melodys Hand hielt. »Sie sind eine Zauberin. Sie haben uns beide zum Besseren verändert.«

Er blickte ihr in die Augen, stellte eine stumme Frage, und sie gab eine stumme Antwort. Ohne einen weiteren Moment zu zögern, küßte er auch Melody.

In den nächsten zehn oder zwanzig Sekunden sagte niemand etwas, aber trotzdem entstand keine Verlegenheit. Paul hatte die Situation mühelos im Griff, und er würde dafür sorgen, daß keine Mißstimmung aufkam.

Claudia fragte sich schon besorgt, wer jetzt was sagen könnte, aber ihr fiel nichts ein. Es waren die Fettspritzer aus der Pfanne, die den Augenblick retteten.

»Ah! Die Pflicht ruft«, sagte Paul. Er drückte kurz die Hände der beiden Frauen, dann wandte er seine Aufmerksamkeit seinem kulinarischen Unternehmen zu. »Vielleicht würden die beiden Damen sich um die Getränke kümmern, während ich hier letzte Hand anlege?« fragte er über die Schulter. Geschickt drehte er die Hähnchenteile.

Er hat vielleicht Nerven, dachte Claudia. Man sollte meinen, daß er der Gastgeber sei.

»Aber gewiß, junger Mann«, sagte sie spitz. »Ich schätze, wir werden etwas Angemessenes aus dem Weinkeller holen, denn dies scheint eine einzigartige Gelegenheit für einen speziellen Wein zu sein.«

Hoffentlich, dachte sie, als sie mit Melody zur Kellertreppe ging.

Geheimnisse und Lügen – und Sterne

Mit lautem Gekicher kehrten Claudia und Melody mit einer Flasche australischem Chardonnay in die Küche zurück.

»Hallo, was für eine edle Tafel!« rief Melody bewundernd aus und bestaunte Pauls Geschick.

Claudia konnte nur zustimmen. Er hatte den langen Tisch in der Küche gedeckt, Bestecke eingelegt, ein festliches Tischtuch und Kerzenständer aus Terrakotta gewählt. Die gelben Kerzen spendeten ein warmes Licht, das Claudia bei gemütlichen Abenden in der Küche schätzte. Die zum Tischtuch passenden Servietten hatte Paul kunstvoll zu Wasserlilien gefaltet.

»Also, nach diesen Beweisstücken mußt du entweder der *maître d'hotel* in einem Spitzenrestaurant sein, oder du bist ein vorzüglicher Inneneinrichter«, bemerkte Claudia. »Zu was bekennst du dich?«

»Ich tippe eher auf den Küchenchef«, antwortete er locker, »aber das werden wir bald herausgefunden haben.« Er ließ sich nicht aus der Ruhe bringen. Wenn ihr bitte Platz nehmen wollt, dann serviere ich den ersten Gang.«

»Oh! Gibt es mehr als einen?« fragte Melody und setzte sich auf einen Stuhl. Für Claudia war es ganz natürlich, daß sie sich der anderen Frau gegenübersetzte, während Paul seinen Platz am Kopf haben würde.

Als Vorspeise servierte er ihnen knusprige, aromatische *crostini*, und wieder war Claudia mehr als beeindruckt. Sie schmeckte die Zutaten heraus, die Paul in ihrem gut bestückten Sortiment von Gewürzen gefunden hatte, aber irgendwie war es ihm gelungen, einen feinen, ihr unbekannten Geschmack hinzuzufügen. Claudia empfand auch das als kleines Wunder, denn bisher hatte sie keinen

Mann kennengelernt, der sich angeboten hätte, sie zu bekochen.

Sie schaute auf und sah, daß Melody über die Fähigkeiten des Mannes ebenso verblüfft war. Claudia dachte, daß Richard Truebridge wahrscheinlich nicht einmal wußte, wo in seinem Haus die Küche war. Grinsend fügte sie in Gedanken hinzu, daß er es jetzt wohl herausfinden müßte.

Als zweiten Gang gab es gegrilltes Hähnchen an einem Salat voller Farbe und Phantasie. Es gab nicht nur die gemischten Salatblätter, die Claudia erwartet hatte, sondern auch dünne Scheiben sonnengetrockneter Tomaten mit Kräutern, die er in den Töpfen auf dem Fensterbrett geerntet hatte, dazu *Parmiaggano Reggiano*, den er frisch vom Block geschabt hatte, sowie knusprige *croutons*.

»Verblüffend!« sagte Claudia und führte den letzten Bissen zum Mund. »Wo, um alles in der Welt, hast du nur so gut kochen gelernt?« Plötzlich wurde ihr bewußt, was sie gefragt hatte, und sie fügte rasch hinzu: »Entschuldige, du wirst es wahrscheinlich nicht wissen.« Sie hob die Flasche und füllte ihre Gläser auf. Der Wein, so hatten sie vorher schon übereinstimmend festgestellt, schien wie für diesen Anlaß angebaut worden zu sein, er war die ideale Ergänzung zu Hähnchen und Salat.

»Ich fürchte nein«, sagte Paul, und einen Moment lang hob sich eine Augenbraue. »Ich habe versucht, mich zu erinnern, weil ich dachte, daß während der verschiedenen Arbeiten irgend etwas kommen würde ... nichts. Ich weiß instinktiv, was ich zu tun habe, aber ich weiß nicht, woher diese Erfahrung kommt.«

»Laß dir keine grauen Haare wachsen«, sagte Melody fröhlich. »Das Endergebnis ist entscheidend, und das war prima. Das Warum und Woher fliegt dir irgendwann zu, und das wird gar nicht mehr so lange dauern. Ich weiß es, ich fühle es.«

»Danke«, sagte Paul, lächelte und tätschelte ihre Hand.

»Ich hoffe, du hast recht.« Er blickte die Frauen nacheinander mit einem entschuldigenden Ausdruck an. »Ich fürchte, es gibt keinen Nachtisch. Meine kulinarische Gedächtnisbank ist zusammengebrochen, als es um Pudding ging.«

»Ich glaube nicht, daß ich noch einen Bissen essen könnte«, sagte Claudia. »Du hast uns großartig verwöhnt, Paul. Aus reiner Selbstsucht bin ich versucht zu hoffen, daß dein Gedächtnis nicht so schnell zurückkehrt. Dann kannst du bei mir bleiben und für immer mein Koch sein.« Sie spürte, wie eine Wärme in ihr aufstieg und Hals und Wangen rötete; es war eine Wärme, die nichts mit dem Essen oder dem Wein zu tun hatte. »Und anderes natürlich auch.«

Melody kicherte, und Claudia sah, daß auch Paul ein wenig errötete.

»Auf was haben wir uns da eingelassen?« murmelte Claudia und schaute von Paul zu Melody. In ihrem Inneren spürte sie einen Wirbel von Gefühlen, der sie aus dem Gleichgewicht zu bringen drohte. Sie war dankbar für den milden, beruhigenden Wein. Sie fühlte sich überhaupt nicht betrunken. Der sanfte Chardonnay hatte ihnen über die Verlegenheit der Situation hinweggeholfen. Ihre beherrschende Emotion war gespannte Erwartung, nicht Ängstlichkeit und Besorgnis.

»Warum gehen wir nicht eine Weile hinaus auf die Terrasse und schauen uns die Sterne an«, sagte sie schließlich, stand auf und nahm ihr Glas in die Hand. Die anderen folgten ihr. Sie wollte gerade zur Terrassentür schreiten, als sie den kleinen Notizblock sah, den sie immer auf der Anrichte liegen hatte.

Das erste Blatt war in einer Handschrift vollgeschrieben, die sie nicht kannte. Neugierig hob sie den Block hoch und las, zuerst gerührt, dann aber immer verdutzter.

Oben auf dem Blatt standen Zutaten, die Paul offenbar benutzt hatte. Aber etwa ab Blattmitte schien der Bleistift davonlaufen zu wollen, als ob Paul mitten in seinen Notizen einen Geistesblitz erlebt und ihn schnell zu Papier gebracht hätte, ehe er wieder aus seinem geschwächten Gedächtnis entschwand.

Claudia konnte mit den offenbar hastig hingefetzten Zeichen nicht viel anfangen; einige sahen nach Stenokürzeln aus, andere erinnerten sie schwach an ihre größte Schwäche in den ersten Schuljahren – Algebra. Die naturwissenschaftlichen Fächer hatten ihr nichts geben können, deshalb bedeuteten ihr die Zeichen auf dem Notizblock nichts – nur ein Konglomerat aus Buchstaben und Zeichen, einige hochgestellte Zahlen und ein paar mathematische Formeln, wie es schien.

Die Aufzeichnungen schien unvollendet zu sein, aber auch das konnte Claudia nicht erkennen. Eine Tafel mit Hieroglyphen hätte ihr mehr verraten.

»Paul, was ist das?« fragte sie und hielt ihm den Notizblock hin.

»Gehirnakrobatik«, antwortete er und sah sie verlegen an. In seinem Gesicht sah es aus wie in einem durchwühlten Zimmer. Claudia war sich nicht sicher, ob er verängstigt war oder verärgert.

»Aber was sind das für Zeichen und Buchstaben und Ziffern?« beharrte sie. Ihre Ängste und Zweifel waren mit einem Mal wieder in ihr Bewußtsein geschwappt.

»Ich weiß es nicht«, sagte er, nahm ihr den Notizblock ab und studierte seine eigenen Zeichen. »Es war dasselbe wie beim Kochen. Es kam mir einfach in den Sinn, ohne jede Vorankündigung, und mir schien es in dieser Sekunde wichtig zu sein. Deshalb habe ich es notiert. Aber ich weiß auch nicht, was diese Zeichen bedeuten. Als ich sie niederschrieb, schien ich zu wissen, um was es ging. Aber jetzt haben sie keine Bedeutung mehr für mich.«

»Puh«, sagte Melody und schaute ihm über die Schulter. »Du bist offenbar ein sehr, sehr kluger Mann.«

Claudia enthielt sich einer Bemerkung. Sie wollte nicht

an die möglichen Folgen dieser geheimnisvollen Symbole denken. Sie wollte auch nicht an die zeitliche Befristung von Pauls Anwesenheit in ihrem Haus erinnert werden, obwohl sie wußte, daß sie unabwendbar war.

»Kommt«, sagte sie forsch. »Die Sterne warten auf uns.«

Die Wirkung des dunkelblauen Himmels sorgte dafür, daß sie ihre Gedanken bald wieder beruhigt hatte, und entweder das Sternenzelt oder der Wein oder die Jugend und Schönheit ihrer beiden Gäste trugen dazu bei, daß sie in kurzer Zeit alles Mißtrauen und ihre Wehmut abgelegt hatte.

Es war eine klare Nacht, der Mond nur als schlanke Sichel zu erkennen, und die blinkenden Sterne übten auf sie alle eine atemberaubende Faszination aus. Sie waren so weit entfernt, diese astralen Phänomene, und doch strahlten sie, obwohl Lichtjahre entfernt, hier unten auf der Erde.

Paul legte den Kopf in den Nacken und hob einen Arm, als wollte er nach den leuchtendsten Sternen greifen.

»Ursa Major«, sagte er, und seine Stimme klang klar und oberlehrerhaft in der Stille der Nacht. Claudia beobachtete ihn, und sie sah jetzt, wie er mit verengten Augen zum Himmel starrte, als wollte er jeden Stern für sich betrachten. »Das ganze Sternbild ... Alkaid, Mizar, Alioth, Delta Ursa Majoris, Phecda, Merak, Dubhe ...«

»Paul«, sagte Claudia leise. »Woher weißt du das alles?«

»Ich kenne sie. Ich kenne sie einfach«, sagte er. Seine Stimme klang benommen, verwundert. »Aber ich bin sicher, daß ich sie gestern abend noch nicht kannte.«

»Deine Erinnerung kehrt zurück«, sagte Melody und steckte einen Arm durch Pauls Arm, den er in die Hüften gestemmt hatte. Claudia sah die kleine vertraute Geste und hätte beinahe über den kleinen Stich der Eifersucht lachen müssen. Sie konnte sich nicht des anderen Arms bemächtigen, weil Paul wieder hoch zum Himmel zeigte und ein weiteres Sternbild erkannte und nun wieder alle Sterne des Systems aufzählte.

»Du könntest recht haben«, sagte er dann zu Melody, die seinen Arm nicht wieder losgelassen hatte.

»Ja! Ja! Das muß es sein!« Melody gluckste vor Freude. »Zuerst sind dir die Rezepte wieder eingefallen, dann hast du die komplizierten Zeichen zu Papier gebracht, und jetzt rasselst du die Namen der ganzen Sterne herunter. Dein Leben kehrt wieder zu dir zurück!«

»Es ist wirklich ein gutes Zeichen, daß du dich wieder an diese Dinge erinnerst«, sagte Claudia, aber ihre Stimme enthielt nicht die überschwengliche Freude wie bei Melody.

In der Dunkelheit konnte sie seinen prüfenden Blick spüren, sie konnte auch beinahe seine Gedanken hören: *Du traust mir immer noch nicht ganz, nicht wahr?*

Er ließ den Arm sinken, der bisher zum Himmel gezeigt hatte, und sein Blick nahm einen anderen Ausdruck an. Es war, als forderte er sie heraus, sich wie Melody an ihn zu hängen. Claudia widerstand.

»Ja, das ist es«, sagte er, »aber bisher habe ich wahnsinniges Glück gehabt, wenn ich bedenke, wo ich mich wiedergefunden habe – und in welcher Gesellschaft.«

»Ich habe nichts Besonderes getan«, erwiderte Claudia spröde. Noch während sie es aussprach, wußte sie, daß sie das nicht wirklich dachte. Sie hatte etwas Besonderes getan. Wie viele Frauen hätten einen völlig Fremden mit Gedächtnisverlust in ihr Haus gelassen – und in ihr Bett?

Paul antwortete nicht, aber als sie sich einen verstohlenen Seitenblick getraute, fiel ein Lichtstrahl aus dem Haus auf sein Gesicht, und sie erkannte einen amüsierten Ausdruck. Er fing ihren Blick auf, verharrte noch ein paar Sekunden in Schweigen und wandte sich dann an seine Gastgeberin.

»Ich glaube nicht, daß ich schon so weit wäre, wenn ich

von der Polizeistation zum Krankenhaus und dort von Arzt zu Arzt weitergereicht worden wäre ... Oder was sie sonst mit Leuten in meiner Lage tun.«

»Wenn du zur Polizei gegangen wärst, hätten sie längst deine Identität ermittelt«, sagte Claudia.

»Stimmt«, gab Paul zu. »Aber dann wäre ich zurück in mein früheres Leben geworfen worden, bevor ich dafür bereit wäre. Ich dachte, ich hätte versucht, dir das zu erklären.«

Als ob sie die Vorboten eines Streits wahrnehmen könnte, schaltete sich Melody plötzlich ein. »So ist sie immer, Paul. Sie ist die freundlichste, warmherzigste Frau, die ich kenne, aber sie hat eine schon krankhafte Abneigung, angemessenen Dank entgegenzunehmen.«

»Oh, bitte«, murmelte Claudia. »Ich muß mich gleich übergeben, wenn du nicht aufhörst.« Trotzdem tat es ihr gut, was Melody gesagt hatte.

»Dann sollten wir sie vielleicht dazu bringen, unseren Dank anzunehmen«, sagte Paul, und sie hörte plötzlich eine Nuance in seiner Stimme, die ein Kribbeln in ihrem Bauch auslöste. Sie kannte diesen seidigen, schelmischen Hintergrund in seiner Stimme. »Sie hat sich eine Gegenleistung für ihre Dienste an uns armen, verlorenen Seelen verdient, findest du nicht auch, Melody? Ich denke, es ist nur recht und billig, wenn wir sicherstellen, daß sie unseren Dank empfängt. Was meinst du dazu?«

Was führte er im Schilde?

Claudia wußte, daß sie diese Frage kaum zu stellen brauchte, ihr Herz und ihr Schoß wußten bereits, worauf er abzielte. Aber war Melody bereit dafür? Begriff sie, was Paul andeutete, welche ›Gegenleistung‹ er meinte?

»Oh, ja, ich stimme dir zu. Und *wie* ich deiner Meinung bin!« schnurrte Melody. Sie glitt auf die andere Seite, so daß sie und Paul jetzt Claudia in die Mitte genommen hatten.

Natürlich weiß sie, was er beabsichtigt, dachte Claudia.

»Ich danke dir, Claudia«, flüsterte Melody und drückte ihre Lippen auf die Schultern der Freundin. »Danke dafür, daß du mich auch noch aufgenommen hast. Ich wäre verloren gewesen, wenn ich nicht hätte zu dir kommen können.«

Oh, nein, dachte Claudia, als sie Pauls Lippen auf der anderen Schulter spürte. Die Berührungen verliefen simultan, als wären Paul und Melody geistig gleichgeschaltet. Während er sie küßte, legte er seine langen Finger auf ihre Hüften und drehte sie, bis sie Melody gegenüberstand. Im Sternenschimmer war die jüngere Frau ein rätselhaftes Wesen, eine Fremde mit dunklen Haaren. »Claudia, Claudia, Claudia«, flüsterte Melody und streichelte ihr über die Wangen, hielt das Kinn und küßte sie auf den Mund. In diesem Augenblick spürte Claudia die Lippen Pauls in ihrem Nacken.

»Oh, bitte ...«, murmelte Claudia, als sie wieder sprechen konnte. Sie wußte nicht, ob sie mit der Situation fertig werden würde. Einzeln hatten die beiden Menschen schon die Kraft, ihre Sinne so zu verwirren, daß sie nicht mehr wußte, was sie tat; es war nicht auszumalen, was sie erst gemeinsam mit ihr anstellen würden. Ein Schauer lief über ihren Rücken, als sie Melodys Atem dicht an ihrem Ohr spürte.

»Hab keine Angst«, flüsterte die junge Frau. Sie hatte in den letzten Minuten ein ungeheures Selbstvertrauen gewonnen, als wenn Pauls Gegenwart sie gestärkt hätte.

»Nein, du brauchst keine Angst zu haben«, raunte auch er, sein Mund am anderen Ohr Claudias. »Wir nehmen uns diesmal deiner an. Wir wollen dir etwas zurückgeben von dem, was du uns gegeben hast.«

»Ich will eure Dankbarkeit nicht!« protestierte Claudia schwach. Sie spürte, daß jede Faser ihres Geschlechts und jeder Nerv ihres Körpers ihr widersprachen. Sie wollte dieses Erlebnis. Sie wollte erleben und erfahren, wie die beiden ihre Liebe umsetzten.

»Dann nimm die Lust, die wir dir bereiten, einfach nur hin. Nimm sie, weil wir sie dir geben wollen«, sagte Paul, und seine Stimme klang zwingender als vorher. Er und Melody schufen sich ihre eigene Antriebskraft, und Claudia wußte, daß sie ihnen nicht widerstehen konnte, wenn sie töricht genug gewesen wäre, es zu wollen.

Claudia war zu benommen, um eine Antwort zu geben. So bestand ihre Reaktion darin, den Körper zu entspannen und sich mit dem Rücken an ihn zu schmiegen. Sie spürte seine Erektion, die ihre Hitze durch den dünnen Baumwollstoff der Hose suchte, aber sie wußte, daß Paul es auf seine Befriedigung noch nicht abgesehen hatte.

Gefühlvolle Hände – es waren Pauls – glitten über ihre Schenkel und begannen einen langsamen Rhythmus des Streichelns, während ein anderes Händepaar sich zwischen ihren und Pauls Körper schob und sanft über ihren Po rieb. Niemand berührte ihren Schoß, und irgendwie wußte sie, daß dies Absicht war. Sie befanden sich erst ganz am Anfang.

Ihr Mund wurde von Melody in Beschlag genommen, deren Lippen sich ungeheuer habgierig gebärdeten. Hinter ihr beugte sich Paul hinab und küßte sie auch, er hatte die Stelle gefunden, wo der Hals in die Schulter übergeht. Er schmatzte laut und saugte kräftig, und sie wußte, daß sie morgen dort einen blauroten Fleck haben würde. Sie wollte etwas sagen, aber Melodys Zunge auf ihren Lippen verhinderte das.

Gemeinsam wiegten sie Claudia vor und zurück, es war, als hätten Paul und Melody dieses Teamwork lange einstudiert. Claudia empfand sich als zu passiv, sie hätte gern mitgemacht, aber gleichzeitig empfand sie auch eine Überlegenheit – die beiden bemühten sich um sie, daß es fast wie ein Werben um ihre Gunst war.

Ihr seid, was ich will, dachte sie. Irgendwie gelang es ihr, die Augen zu schließen, und jetzt sah sie sich über der Szene schweben, die sie von oben betrachten konnte.

Jemand öffnete ihre Caprihose, zog sie bis auf die Knie, und ein anderes Paar Hände streifte ihr den Slip ab.

Im nächsten Augenblick war sie wieder zwischen den beiden, und ihre Nacktheit wurde noch spürbarer, weil sie gegen die Kleider von Paul und Melody rieb. Melody griff mit ihren zierlichen, aber erstaunlich kräftigen Händen in Claudias Backen und zog sie dichter an sich heran, während Paul ihren Schoß streichelte.

Claudia öffnete die Augen. Dicht vor sich sah sie Melodys vertrautes und doch auch fremdes Gesicht und die dunklen Bogen ihrer Wimpern. Als sie über die Schultern der jungen Frau hinweg und hinaufschaute, konnte sie die Sterne sehen. Sie waren weiter entfernt, als sie je begreifen würde, und doch waren sie ihr nicht fremder als das, war hier unten auf *terra firma* geschah. Als Pauls Finger ihre Schamlippen teilten, stieß sie einen lüsternen Schrei aus, der sie selbst erschreckte.

Die Gefühle, die er in ihr auslöste, als er sie rhythmisch zu streicheln begann, hatten etwas von der Vertrautheit des Nachhausekommens an sich. Er wußte, wie sie es wollte und am liebsten hatte, er hatte sie in diesen wenigen Tagen in- und auswendig kennengelernt. Er wußte, wie er sie zum Schwingen brachte. Und daß Melody gleichzeitig ihren Hintern massierte, erhöhte noch die Wirkung seiner Finesse. Nach nur wenigen Augenblicken stieß sie hechelnde Geräusche aus, ihre Knie wackelten, und mit einem langgezogenen Stöhnen der Erleichterung ließ sie sich gegen Paul fallen und genoß ihren Orgasmus.

»Ihr zwei!« ächzte sie, als sie wieder bei Sinnen war und begriff, daß die beiden sie festhielten. »Habt ihr keinen Respekt vor dem Alter?« Sie befreite sich aus den Griffen, zog den Slip hoch und die Caprihose, wurde aber im letzten Augenblick von Melody daran gehindert, die sich rasch vor sie kniete und ihren Schoß mit leichten Küssen bedeckte. Dann erst konnte Claudia ihre Kleider in Ordnung bringen.

»Habe ich dir damit genug Respekt gezeigt, alte Frau?« fragte Melody spitzbübisch.

Claudia lachte, packte Melody an den Schultern, zog sie zu sich heran und küßte sie wild auf den Mund, und diesmal war sie es, die ihre Zunge aggressiv spielen ließ. »Alte Frau?« wiederholte sie und schob Melody von sich.

»Entschuldige«, sagte die junge Frau fröhlich und fuhr sich mit einem Finger über die Lippen. »Ich meinte alt in Weisheit und nicht in Geist und Schönheit.«

»Das will ich auch meinen«, antwortete Claudia. Sie spürte, daß Paul wieder hinter sie trat und ahnte, daß er sie wieder umarmen wollte, deshalb sagte sie rasch: »Machen wir drinnen weiter.« Sie drehte sich nach Paul um, schaute dann liebevoll zu Melody. »Ich will mehr von euch haben.« Sie war wieder verblüfft über die Ähnlichkeit ihrer Liebhaber. Kommt, beide.« Sie hatte wieder das Kommando übernommen, lächelte und ging voraus. Sie war sicher, daß sie ihr folgen würden.

Im Flur kippte die Stimmung ein wenig, als das Telefon klingelte. Sie zuckte zusammen. Sie wollte gerade nach dem Hörer greifen, dann hielt sie aber die Hand zurück und überließ es dem Anrufbeantworter.

Sie war überrascht, die samtene Stimme von Tristan van Dissell zu hören, Geschäftspartner ihres verstorbenen Mannes, der nach Melodys Meinung seine sexuellen Fühler nach ihr ausgestreckt hatte. »Hallo, Claudia, hier ist Triss. Es würde mich wundern, wenn du nicht zu Hause bist, also – heb den Hörer ab.«

Er hörte sich ungeheuer selbstbewußt an, jedenfalls selbstbewußter als die meisten Menschen, die sich mit einem Apparat unterhalten.

»Ich wollte dich schon seit einiger Zeit anrufen, aber auf der anderen Seite wollte ich auch nichts überstürzen«, fuhr Tristan fort. »Es gibt einige geschäftliche Dinge, die wir besprechen müßten. Richard hat mir die Vollmacht gegeben, mit dir darüber zu reden. Aber gleichzeitig möchte ich dich auch privat treffen. Ich dachte, wir könnten irgendwo zum Essen fahren, uns ein paar Drinks genehmigen, das Geschäftliche erledigen und uns dann ein bißchen besser kennenlernen. Ich glaube nicht, daß es noch zu früh ist, oder?« Er ließ eine Pause eintreten und hüstelte verlegen. »Bitte, Claudia, denke über meinen Vorschlag nach. Du kennst meine Nummer. *Ciao*.«

»Ich habe es dir doch gesagt«, rief Melody mit erhobener Stimme, die Claudia stutzig machte. Sie drehte sich nach ihrer Freundin um.

»Ja, du hast gesagt, daß er es auf mich abgesehen hätte. Aber da steckt eine Menge mehr dahinter, nicht wahr?«

Melody biß sich auf die Unterlippe. Der besorgte Blick hatte die geschickte Verführerin, die ihre Künste unterm Sternenzelt vorgeführt hatte, vertrieben.

»Er und Richard haben irgendeine Schweinerei vor«, sagte sie gepreßt. »Irgendwie wollen sie dich reinlegen. Ich habe gehört, wie Richard sich mit ihm am Telefon unterhalten hat. Wenn ich es richtig begriffen habe, soll Tristan dich zu irgend etwas beschwatzen, und damit du keinen Verdacht schöpfst, soll er dich verführen oder jedenfalls um dich werben und so.«

»Und so?« fragten Claudia und Paul wie aus einem Mund. Claudia hätte darüber gelacht, aber das hätte nicht zu Melodys ernstem Gesicht gepaßt.«

»Ich kenne die Einzelheiten nicht«, fuhr Melody fort. Man sah ihr an, daß sie sich nicht wohl fühlte bei dem Thema. »Ich weiß aber, daß Tristan sich ernsthaft für dich interessiert, und das wollen sie, er und mein Mann, ausnutzen.«

Sie reckte trotzig den Kopf. »Ich kann es auch beweisen, glaube ich. Oder besser, es kann jemand beweisen, der sich mit Buchhaltung und Bankgeschäften auskennt. In Richards Büro habe ich ein paar Disketten und Papiere gefunden, und die habe ich alle kopiert und mitgebracht. Er glaubt, daß ich ein dummes Blondchen bin, ohne Hirn im Kopf, deshalb hat er sich nichts dabei gedacht, die Dinge offen herumliegen zu lassen. Wenn wir ihn entlarven können, wird er seine Meinung über mich noch früh genug ändern.«

Sie hatte zu ihrer neuen, selbstbewußten Haltung zurückgefunden. »Als ich von den Plänen zufällig hörte, hätte ich ihn am liebsten umgebracht, Claudia«, sagte sie, die Zähne zusammengebissen, Entschlossenheit und Leidenschaft auf den schönen Gesichtszügen.

»Wirst du ihn anrufen?« fragte Paul. Seine Stimme klang so, als ginge ihn das alles nichts an, aber seine Körpersprache verriet, daß er unter Anspannung stand. War er eifersüchtig auf den anderen Mann? Es machte ihm definitiv nichts aus, daß er sie mit einer Geschlechtsgenossin teilte, aber selbst er, der außergewöhnliche ›Fremde‹, könnte von der Mentalität eines Höhlenmenschen befallen sein, wenn es um einen anderen Mann ging.

»Heute abend nicht mehr«, sagte sie, dann trat sie zu ihm und legte ihre Handflächen auf seinen Brustkorb und auf Melodys kleine feste Brust. »Er soll noch ein bißchen schmachten. Wir haben jetzt etwas Besseres vor, oder habt ihr das schon vergessen?«

»Natürlich nicht«, sagte Paul, und seine dichten Wimpern flatterten ein paarmal.

Melody sagte nichts, aber Claudia spürte, daß ihre Haut leise zitterte.

»Dann kommt!« drängte Claudia, und wieder ging sie voraus, diesmal zu einem Ziel, nach dem sie alle gierten – dem Schlafzimmer. »Morgen arbeiten wir einen Plan aus. Wir arbeiten gemeinsam daran.«

Aber ein paar Minuten später hatte sie eher den Eindruck, daß die beiden schon gemeinsam arbeiteten. Claudia hatte rasch das Bad aufgesucht, und als sie zurückkehrte, fand sie die beiden vor, wie sie sich verschwörerisch angrinsten. Dann sah sie, daß Paul durch ein leichtes Kopfnicken ein Zeichen gab. Wie auf Kommando trat Melody der Freundin entgegen, ein geheimnisvolles Lächeln um die Lippen.

»Was führt ihr beiden im Schilde?« fragte Claudia, als Melody ihre Arme um sie schlang. Sie war nicht wirklich besorgt, aber es erhöhte den Reiz, wenn sie sich ein wenig zierte.

Melody antwortete nicht, sondern küßte sie lüstern und unnachgiebig auf den Mund. Im Hintergrund hörte sie Paul beifällig murmeln.

Ihr Mund war weit offen, und sie spürte Melodys Hände wieder auf ihrem Po, als sich Claudia sanft aber bestimmt nach hinten geschoben fühlte, auf das Bett zu. Als Claudia mit den Kniekehlen gegen die Matratze stieß, plumpste sie aufs Bett.

»Zieh dich aus, Claudia«, wies Paul sie ruhig an, nachdem Melody einen Schritt zurückgetreten war.

In Claudias Unterleib kribbelte es wie in einem Ameisenhaufen. Sie spürte eine Erregung, die sich tief in ihr löste, und sie begriff sofort, daß es eine instinktive Reaktion auf Pauls überzeugende Dominanz war. In seinem eigenen Umfeld, wo auch immer das sein mochte, war er bestimmt der Herr, eine treibende Kraft, eine Persönlichkeit mit Respekt und Autorität. Er wußte noch nicht, wer oder was er war, aber die wichtigsten Eigenschaften kehrten zurück. Er war es gewohnt, daß man zu ihm aufschaute, und er erwartete es auch.

Ohne etwas zu sagen, griff sie hinter sich und knüpfte das schlichte Baumwolltop auf. Hals und Ohren wurden so feurig wie der hauchdünne Stoff des Büstenhalters, der darunter sichtbar wurde. Er bestand aus kirschroter Spitze, und daß sie ihn für diesen Abend gewählt hatte, zeigte mehr als alles andere, daß sie mit Sex gerechnet hatte. Er war fast eine Nummer zu klein, und als sie ihn öffnete, fielen die Brüste wie zwei reife Früchte heraus. Melody stand neben ihr und nahm ihr das Wäschestück ab, und im nächsten Moment fuhr sie mit zarten Händen über die steifen Brustwarzen.

Claudia fühlte, wie sie sich in eine erotische Erregung hineinsteigerte. Sie traute sich kaum, ihre beiden Freunde anzuschauen, aber sie wußte, daß sie jede ihrer Bewegungen genau beobachteten. Jetzt öffnete sie die Caprihose, streifte zuerst die Sandalen ab, dann die Hose, worunter der Slip sichtbar wurde. Farblich war er auf den kirschroten BH abgestimmt.

»Lege dich jetzt zurück«, sagte Paul. Er trat näher ans Bett heran und beugte sich über sie, nachdem sie getan hatte, was er wollte. Seine blauen Augen flackerten vor Erregung. »Streck deine Arme aus. Halte dich an den Bettpfosten fest.«

Claudia hatte eine schwache Ahnung von dem, was nun kam, erst recht, als sie aus den Augenwinkeln sah, daß Melody unter das Kissen griff und dann ein paar Seidenschals in der Hand hielt.

»Ich … ich weiß nicht so recht …«, stammelte sie verlegen, weil sie instinktiv spürte, daß man von ihr ein bißchen Sträuben erwartete.

»Wir auch nicht«, sagte Melody ungerührt und heiser vor Erregung, »aber was mich betrifft, so gefällt es mir ungemein, einen Schritt nach dem nächsten zu tun.«

Und was ist mir dir, Fremder? fragte Claudia stumm. Sie spürte, wie ihre Hände wirkungsvoll an die Bettpfosten gebunden wurden. Die Geschicklichkeit, die Melody dabei zeigte, bewies ihr, daß die junge Frau über natürliche Talente verfügte, von der sie bisher wahrscheinlich nichts gewußt hatte.

Paul beobachtete Claudia immer noch, und nur seine feurigen Augen kündeten vom Stadium seiner Erregung.

Hatte er Erfahrung mit solchen Spielen? Seine selbstsichere Art ließ das vermuten, schloß Claudia.

Ich werde mich revanchieren, nahm sie sich vor. Sie spürte, wie ihre Beine auseinandergezogen und festgezurrt wurden. Sie wußte, daß ihre Schamlippen weit geöffnet waren, und sie hatte keine Möglichkeit, ihre Blöße zu bedecken, aber gerade in dieser Hilflosigkeit lag ja die Stimulation. Es kam ihr so vor, als würden tausend Augenpaare sie anstarren.

Sie schloß die Augen. Verwundert stellte sie fest, daß ihr diese Situation eine seltsame Art von Macht verlieh. Sie befreite sie von jeder Verantwortung, sie nahm ihr die Bürde, ihre eigenen Reaktionen im Griff zu behalten. Wenn sie derart angebunden war, durfte sie schreien und sich aufbäumen.

Als ob sie ihre Gedanken laut geäußert hätte, sah sie Paul wissend lächeln, als sie wieder die Augen aufschlug. Seine schönen Augen verengten sich zu schmalen Schlitzen. Mit leichten, federnden Schritten ging er zu Melody und flüsterte etwas in ihr Ohr. Ihr Gesicht leuchtete auf. Sie blickte hinüber zu Claudia und lächelte vieldeutig.

»Oh, Paul, was für eine wunderbare Idee! Toll!« rief sie aus, den Blick immer noch auf Claudia gerichtet. Man sah ihr an, daß sie Verwegenes im Sinn hatte.

»Nun, dann mach schnell«, sagte Paul und streichelte mit einer Hand über Melodys glatten, nackten Oberschenkel bis zu den knappen Shorts.

»Aber gern«, gurrte sie, und sofort begannen ihre Finger, den Reißverschluß der Shorts aufzuziehen.

Oh, was stellt sie jetzt an? Claudias Atem kam stoßweise, sie konnte es kaum noch erwarten. Ihr schossen einige wirre Gedanken durch den Kopf, was die beiden in diesem Zustand mit ihr anfangen könnten, und sie wußte nicht, was sie am meisten begehrte oder fürchtete.

In Sekundenschnelle lagen Melodys Shorts auf dem Boden, und dann streifte sie sich den schwarzen Hüftslip aus Seide mit der eleganten Selbstverständlichkeit eines Supermodels ab. Aufreizend stand sie da, und Claudia schoß es durch den Kopf: Oh, ich will sie … ich will auch ihn … ich will sie beide …

Sie zerrte an ihren Fesseln. Die beschränkte Bewegungsfähigkeit stimulierte sie mit ungeheurer Intensität. Ihr Geschlecht pochte, und alles in ihr schrie danach, daß die beiden sie berührten, streichelten, nahmen. Doch sie wollte ihnen ihren Zustand nicht offenbaren, sie wollte ihnen nicht zeigen, wie sehr sie Melody und Paul brauchte. Und noch während sie sich vornahm, ganz still zu bleiben, rutschte ihr Schoß hin und her.

»Geduld, meine süße Claudia, Geduld«, murmelte Paul, legte sich neben sie und befreite seine Männlichkeit aus dem engen Gefängnis seiner Jeans.

Sie wäre vor Lust beinahe ohnmächtig geworden, als er die gespannte Eichel gegen ihren Oberschenkel rieb.

»Bald wirst du dich noch besser fühlen«, versprach er und führte stoßende Bewegungen der Hüften aus.

»Oh, ja, meine Liebe«, gurrte Melody und schmiegte sich an Claudias andere Seite. Sie zog ihr Top aus, rieb ihre Brüste gegen Claudias und grätschte über den Schenkel der Freundin. »Bald werden wir uns alle besser fühlen« flüsterte sie.

Und was ist mit mir? klagte Claudia stumm. Paul schien eher mit sich selbst beschäftigt, indem er sich an ihrem Schenkel rieb, und Melody tat es ihm nach. Hatten sie das abgesprochen?

Bitte! Tut was! schrie Claudia in Gedanken. Wie könnt ihr nur so herzlos sein?

Aber als sie die Augen schloß und den Kopf wild hin und her warf, spürte sie plötzlich Melodys Lippen auf ihrem Mund, und sie spürte Paul. Sekunden später erlebte sie den ersten von vielen Höhepunkten.

Tristan in Schwierigkeiten

Ich möchte nur zu gern wissen, ob du dir vorstellen kannst, wie ich die vergangene Nacht verbracht habe, dachte Claudia, als sie ihr junges, gut aussehendes Gegenüber betrachtete.

Tristan van Dissell war auf seine Weise so anziehend wie Paul, aber sie stand mehr auf dunkelhaarigen Männern, vielleicht deshalb, weil sie selbst blond war. Oder weil Paul eben dunkel war. Sie hatte Muße, das sorgfältig gepflegte, weizenblonde Haar Tristans zu betrachten, weil der so intensiv die Weinkarte studierte, als hänge sein Leben von der Entscheidung ab, für welchen Jahrgang und für welche Lage er sich entschied. Es drängte sich ihr der Vergleich zu Pauls wilder, ungebändigter Mähne auf, schwarz glänzend von den Anstrengungen in der Nacht.

Oh, es war eine verrückte Nacht gewesen, und Claudia konnte immer noch die Einschnürungen an den Gelenken fühlen, weil sie zu heftig gezurrt und gezerrt hatte. Sie empfand aber auch noch die nachwirkenden Schwingungen nie erlebter Wonnen, an denen Melody ebenso hohen Anteil hatte wie Paul. Sie konnte nicht aufhören, sich über Melody zu wundern, der sie solche Liebesspiele nie zugetraut hätte. Aber so hatte sie eben gelernt, wie töricht es war, jemanden vom Äußeren zu beurteilen, wenn es um die Bandbreite sexuellen Erlebens und sexueller Phantasien ging.

»Gefällt es dir hier?« fragte Tristan, nachdem er einen erlesenen Wein bestellt hatte, wahrscheinlich, um sie zu beeindrucken. »Ich wußte, daß es dir gefallen würde«, fuhr er fort, ohne ihre Antwort abzuwarten. »Es hat ein gewisses *savoir faire*, findest du nicht auch? Ich bin überzeugt davon, daß es eine wertvolle Ergänzung unserer Beteiligungen ist.«

»*Unserer* Beteiligungen?« fragte Claudia und bedachte ihn mit einem langen forschenden Blick, dem er schon bald auswich. Er hat Angst vor mir, dachte Claudia. Er führt irgendwas Ungutes im Schilde, aber er hat keine Ahnung, daß ich etwas weiß. Seine Nerven spielen nicht mit, deshalb schwadroniert er so viel, und deshalb findet er auch nicht zu seiner sonst so weltmännischen Art.

Claudia war amüsiert. In dieser Umgebung, einem Restaurant mit Michelin-Stern und angeschlossenem Luxushotel, hätte er sich sonst sehr gelassen gegeben. Claudia wußte auch, daß Gerald oft Interesse an dem Komplex geäußert hatte.

»Du weißt, wie ich das meine«, sagte er und legte seine Hand auf ihre. »Ich habe mir vorgenommen, Geralds Geschäfte auch weiterhin so ungewöhnlich erfolgreich fortzuführen, und außerdem fühle ich mich dir sehr nahe. Vielleicht habe ich deshalb von ›uns‹ gesprochen.«

»Und denkt Richard auch so?« fragte Claudia. Sie spürte, daß Tristans Hand warm war und ein bißchen schwitzte. Der arme Junge war wirklich nicht gut drauf.

»Eh … ja, ich glaube ja«, stammelte er, durch ihre Frage aus dem Konzept gebracht. Er spielte mit seinem Weinglas. »Aber nicht auf dieselbe Art wie ich.« Er legte eine Pause ein und atmete tief durch, als wollte er neue Kraft schöpfen. Er zeigte Claudia sein schönstes Lächeln. »Ich bilde mir ein, daß mein Interesse etwas persönlicher ist als seins.«

»Nun ja, er ist auch verheiratet«, bemerkte Claudia und schaute ihn mit zusammengezogenen Augen an. Sie war gespannt, ob Tristan etwas über die Abwesenheit von Melody aus dem Haus der Truebridges sagen würde. Er mußte davon wissen.

Claudias Bemerkung schien ihn erneut aus dem Konzept zu bringen, und im anschließenden Schweigen nahm

Claudia einen Schluck Wein und ließ ihre Gedanken vierundzwanzig Stunden zurückwandern.

Nach dem orgiastischen Geschehen der Nacht vertraute Claudia ihren beiden Freunden Melody und Paul total. Dieses Vertrauen galt bei Paul sogar für den Fall, daß er nicht der Mann mit der Amnesie war und lediglich seine Identität verheimlichte. Eine tiefe innere Gewißheit sagte ihr, auch wenn er ursprünglich geplant hatte, sie zu betrügen, daß er dieses Vorhaben inzwischen aufgegeben hatte. Sie war davon überzeugt, daß ihm ihr Wohlergehen am Herzen lag.

Und nicht nur ihr sexuelles Wohlergehen. Er war auch bereit, sich um ihre finanziellen Interessen zu kümmern, wenn sie es wollte.

Du glaubst, du kannst mich mit deinem Süßholz um den Finger wickeln, Tristan? fragte sie ihr Gegenüber stumm. Du und Richard, ihr glaubt, daß ihr mich über den Tisch ziehen könnt, weil ihr wißt, daß ich nicht gerade ein Finanzgenie bin.

Ihr habt euch gewaltig in den Finger geschnitten!

Sie lächelte Tristan aufmunternd zu, denn er sollte keinen Verdacht schöpfen, daß sie ihm und Richard auf der Spur war. Dann rief sie sich in Erinnerung, wie Paul an diesem Morgen die Unterlagen überprüft hatte, die Melody aus dem Arbeitszimmer ihres Mannes mitgenommen hatte.

Sein fast an ein Wunder grenzendes Gedächtnis für Zahlen hatte Paul in die Lage versetzt, den Plan der Verschwörer zu durchschauen. Er hatte Geralds Computer benutzt und die Diskette eingelegt, die Melody hatte mitgehen lassen.

Es hatte lange gedauert, und viele Dinge hatte er zu Beginn auch gar nicht entziffern können, aber Paul arbeitete unermüdlich und mit atemberaubender Geschwindigkeit. Seine einzigen Hilfsmittel waren ein Bleistift und ein Notizblock – und natürlich sein Gehirn.

Claudia hatte immer wieder zu ihm hinübergeschaut, fasziniert von der Konzentration, die in seinem Gesicht stand. Wahrscheinlich nahm er nichts in diesem Zimmer wahr, er sah nur den Bildschirm und die Zahlen, die dort auftauchten. Sie hatte noch nie ein so konzentriertes, stilles Gesicht gesehen, und Claudia mußte sich bezähmen, um nicht zu ihm zu laufen und ihn zu küssen.

Paul schaute plötzlich auf und lächelte sie wissend an. Hatte er wieder ihre Gedanken gelesen, wie sie schon ein paarmal vermutet hatte? Offenbar nicht, denn er blieb bei seinem Thema.

»Ich habe etwas gefunden«, sagte er und blätterte im Notizblock zurück. »Ein paar sehr interessante Sachen.«

Claudia und Melody stellten sich hinter ihn, so daß sie auf den Bildschirm schauen konnten. »Da und da und da«, sagte er und deutete mit der Bleistiftspitze auf mehrere Zahlenkolonnen. »Das sind Aufschlüsselungen von Beträgen, die sie später in der Bilanz verschwinden lassen. Warte, ich zeige euch die entsprechenden Löcher in der Bilanz.«

Es hatte noch etwa eine Stunde gedauert, ehe Claudia die Grundbegriffe verstanden hatte. Wie Richard und Tristan das Betrugsmanöver eingefädelt hatten, war ihr immer noch nicht klar, aber das war auch nicht erforderlich – sie wußte genug.

Paul hatte ihr versprochen, die einzelnen Schritte des Betrugs zu dokumentieren, so daß ein unabhängiger Finanzberater darüber urteilen konnte. »An der Tatsache selbst gibt es keinen Zweifel«, hatte Paul gesagt.

Es lag jetzt an ihr zu entscheiden, wie sie weiter vorgehen würde, und das wiederum lag an Richard und Tristan und an deren Verhalten. In jedem Fall würde sie dafür sorgen, daß der Ruf der beiden in das schäbige Licht gerückt wurde, das sie verdient hatten. Und wenn sie leugneten oder sich arrogant über die Tatsache hinwegsetzten, würde sie den Betrug vor Gericht bringen.

»Ich möchte gern über die vorgeschlagenen Hinzukäufe sprechen«, sagte Tristan, und Claudia mußte über seinen ernsten Ton lächeln. Seine Ahnungslosigkeit über das bevorstehende Schicksal machte ihn verletzlich wie ein Baby. Claudia hatte ihn in der Hand, er wußte es nur noch nicht. Von den beiden war Richard Truebridge der korrupte Drahtzieher, schätzte Claudia; und ihr Instinkt sagte ihr, daß Tristan eher der fehlgeleitete Partner war.

»Reden wir heute abend nicht übers Geschäftliche, Tristan«, sagte Claudia, als sie fürchten mußte, daß ihr wieder ein langer Vortrag über Themen gehalten wurde, die sie doch nicht begriff – die morgendliche Lehrstunde von Paul hatte ihr für einen Tag gereicht. »Es ist lange her, seit ich das letzte Mal zum Essen eingeladen war. Ich möchte mich amüsieren und meinen Spaß haben.« Sie schaute ihn kokett an. »Wir wissen beide, daß Gerald nicht gewollt hätte, daß ich seinetwegen eine alte, vertrocknete Witwe werde.«

Ein bißchen aufdringlich, Claudia, sagte sie sich selbst, während sie sich an dem Aufleuchten in Tristans haselnußbraunen Augen erfreute. Melodys Aussage, daß Tristan an ihr interessiert sei, traf offenkundig zu. Daß er sie begehrte, stand sehr deutlich in dem leichten Rot, das sich über seine Wangen gelegt hatte. Wahrscheinlich hatte er den Beginn einer Erektion, dachte Claudia und bedachte ihn bei diesem Gedanken mit einem sinnlichen Lächeln.

»Du hast recht, Claudia, natürlich hast du recht«, antwortete er. »Was hältst du davon, wenn wir den Wein vergessen und statt dessen Champagner trinken? Dann könnten wir auf uns trinken, auf das Leben und – vielleicht auch auf eine nichtgeschäftliche Beziehung?«

»Was hältst du davon, wenn wir das Abendessen vergessen und herausfinden, ob dieses Hotel ein Zimmer hat, das sonst niemand haben will?«

Tristans Kinnlade sackte hinab, und er starrte sie offenen Mundes an. Nie und nimmer hatte er damit gerechnet, daß sie ihm zwei Schritte voraus sein könnte.

»Nun … a … also …«, begann er und stotterte wie ein Schuljunge. »Ich war so frei und habe eine Suite für uns gebucht.« Jetzt schoß ihm eine dunkle Röte ins Gesicht, bis hinauf zu den blonden Haaren. Claudia konnte beinahe den Ärger schmecken, den er empfand, daß er sich ihr gegenüber so ungeschickt verhalten hatte. »Natürlich nur, damit wir uns ungestört unterhalten könnten, wenn sich die Notwendigkeit ergäbe«, fügte er rasch hinzu. Claudia fragte sich, ob er sie wirklich für so naiv hielt, die billige Ausrede nicht als solche zu erkennen.

Sie bedachte ihn mit einem Blick, bei dem die Brauen über beiden Augen sich wölbten. Sie stand ohne ein weiteres Wort auf und nahm ihre Handtasche.

Einen Moment lang kämpfte Tristan gegen ein würgendes Gefühl an. Er glaubte, mit seiner Unterstellung, sie wollte mit ihm ins Bett gehen, hätte er alles verdorben. Claudia verlängerte die Folter noch, indem sie keine Miene verzog. Sie stand neben dem Stuhl und strich ihren Rock glatt. Diese Geste verriet ihm nicht, ob sie bleiben oder gehen wollte.

Tristan erhob sich ebenfalls. Er schien etwas sagen zu wollen, änderte dann aber seine Absicht.

Claudia lachte innerlich. Sie hatte es geschafft, ihn auf Knabengröße zurückzustutzen. Sie hielt das Schweigen noch ein paar Atemzüge aufrecht, dann wandte sie ihm den Rücken zu und sprach ihn über die Schulter an.

»Nun, wenn wir uns an diesem Hotel beteiligen wollen, Tristan, ist es eine gute Idee, wenn wir uns die Zimmer ansehen.« Sie durchquerte das Restaurant und spürte die Blicke der anderen Gäste – vornehmlich der männlichen – auf sich gerichtet. Sie hatte keinen Zweifel, daß Tristan ihr wie ein braves Hündchen folgte.

Auch in der Lobby des Hotels fing Claudias weibliches Radarsystem die bewundernden Blicke auf. Sie registrierte sie mit Befriedigung, denn sie hatte viel Zeit und Mühe darauf verwendet, an diesem Abend besonders gut auszusehen, um Tristan mit Kleidung, Make-up und Ausstrahlung zu beeindrucken.

Das kleine Schwarze. Was für eine untertriebene Beschreibung für ein Kleidungsstück, das eine solche Wirkung haben konnte. Claudia hatte für ihr kleines Schwarzes mehr Geld ausgegeben, als viele Frauen ein ganzes Jahr lang für ihre Kleidung zahlen. Aber der sensationelle Schnitt und der anschmiegsame Stoff waren die verschwenderische Ausgabe wert gewesen.

Das Oberteil war auf Figur geschnitten, und der samtweiche Stoff fühlte sich wie eine zweite Haut an. Der Halsausschnitt war eher züchtig, und die langen Ärmel endeten in kleinen Rüschen. Der Rock war ausgestellt und reichte bis knapp oberhalb der Knie. Claudia trug elegante schwarze Wildlederschuhe dazu, die Absätze hoch, aber nicht lebensgefährlich. Sie sah bezaubernd aus, und sie wußte es. Eine schmale Halskette mit einem einzigen Diamanten – ein Geschenk von Gerald – vollendete ihren verführerischen Anblick.

Daß sie in diesem Outfit verführerisch wirkte, hatte sie bereits vorher in Pauls Augen feststellen können, aus denen die unverhohlene Lust sprang, als sie ihn verlassen hatte. Sie glaubte nicht, daß er eifersüchtig war – jedenfalls hatte er ihr das versichert –, aber sie hatte in seinen Augen gesehen, daß er sie in diesem Kleid haben wollte, sofort, an Ort und Stelle.

Als sie jetzt, während sie mit dem Aufzug hinauffuhren, an Paul dachte, drängte sich ihr ein befriedigtes Lächeln auf. Die Existenz des Fremden mußte zusätzlich zu Tristans Verwirrung beitragen.

Sie hatte Tristan absichtlich ins Haus gebeten, als er gekommen war, sie abzuholen, und ebenso absichtlich hatte sie dafür gesorgt, daß Paul die ganze Zeit anwesend war; er rekelte sich auf dem Sofa, barfuß und mit einem

Glas Wein in der Hand, hörte Schubert und verhielt sich so, als lebte er schon seit Jahren in diesem Haus.

Es war offensichtlich gewesen – wie es auch jetzt noch offensichtlich war –, daß Tristan vor Neugierde fast platzte. Wer war dieser junge Mann, dieser Fremde in Claudias Haus? Sie hatte ihn zappeln lassen, wie sie ihn auch jetzt noch zappeln ließ, und hatte keine Erklärung abgegeben. Als sie sich der Suite näherten, glaubte sie, die großen Fragezeichen in seinem Kopf ausmachen zu können.

Sie fragte sich, ob er etwas davon ahnte, daß auch Melody Zuflucht in ihrem Haus gefunden hatte. Claudia hatte Melody geraten, sich während Tristans Besuch nicht sehen zu lassen, denn es war besser, wenn Richard Truebridge nichts über den Aufenthaltsort seiner Ehefrau wußte.

Die Suite erwies sich als prächtig und luxuriös, sie strahlte eine sinnliche Atmosphäre aus, und Claudia mußte über die offenen Absichten ihres Begleiters lachen.

Tristan sah sie beunruhigt an. »Ist etwas nicht in Ordnung?« fragte er und schenkte Champagner ein, der ihnen vorab gebracht worden war. Er war so nervös, daß ein Schwall der prickelnden Flüssigkeit über den Glasrand und auf das polierte Silbertablett schwappte.

»Nun ja, allzu unauffällig hast du es nicht angestellt, nicht wahr?« Claudia nahm das Glas, das er ihr reichte und trank voller ungetrübter Freude einen tiefen Schluck. »Wenn wir einen Ort zum Reden gebraucht hätten, wäre ein Konferenzraum angemessener gewesen.«

Tristan leerte sein Glas in einem Zug und trat rasch auf sie zu. »Ich glaube, wir wollen beide viel mehr als nur reden.« In der Absicht, wieder die Oberhand zu gewinnen, nahm er sie in die Arme. Aber auch mit dem Glas in der Hand gelang es ihr mühelos, ihm auszuweichen.

Wie ein Frühlingslämmchen, dachte Claudia schmunzelnd, schenkte sich Champagner nach und sah Tristan mit einem Blick an, von dem sie hoffte, daß er ihr geheimnisvollster war.

Das bißchen Selbstvertrauen, das Tristan sich in der letzten halben Stunde erhalten hatte, begann nun auch noch zu bröckeln. Er sah entnervt, gerötet und fassungslos drein. »Was ist mit dir?« fragte er zischend. »Hat es was mit ihm zu tun? Der Kerl mit dem Wuschelkopf? Der Kerl, der sich auf deinem Sofa flegelt und Geralds Wein trinkt?«

»Es ist mein Wein«, sagte Claudia leise. »Und Pauls Anwesenheit in meinem Haus hat nichts mit meiner Anwesenheit hier zu tun.«

»Aber wer, verdammt noch mal, ist er? Er ist niemand, den du durch Gerald kennengelernt hast.« Tristan trat wieder auf sie zu, aber er war immer noch verunsichert und gehemmt. Frustration zeichnete sich auf seinem Gesicht ab.

»Nein, Paul ist ein Freund, den ich kürzlich erst kennengelernt habe. Er brauchte eine Zuflucht. Ich habe viel Platz, also habe ich ihn aufgenommen. Ende der Geschichte.«

Es war eine lächerlich knappe Erklärung, aber Claudia hatte nicht die Absicht, sie zu ergänzen. Auch sie fühlte sich frustriert, aber auf eine völlig andere Weise als Tristan.

»Aber ...«

»Wenn du nicht aufhörst, deine Nase in Dinge zu stecken, die dich nicht betreffen, werde ich sofort gehen.« Ihre Stimme klang kalt und gebieterisch, obwohl sie wußte, daß sie sich auf ein Spiel einließ. Tristan mochte nicht so versessen auf sie sein, wie Melody vermutet hatte.

Aber ihr Einsatz zahlte sich aus. Tristan senkte den Kopf und sah zerknirscht aus. »Es tut mir leid«, sagte er. »Es geht mich nichts an.«

Unter ihrem verstärkten Mieder spürte Claudia, wie sich ihre Brustwarzen versteiften. »Stimmt«, sagte sie, die Stimme immer noch schneidend, obwohl ihr Körper allmählich heiß lief. »Du und ich, wir haben über ein paar geschäftliche Transaktionen zu sprechen, nicht wahr?« Sie stand aufrecht da, selbstbewußt und herausfordernd.

Tristan schluckte. Gesicht und Körpersprache drückten Angst und keimende Erregung gleichermaßen aus. Im Schritt erkannte Claudia eine leichte Ausbuchtung, die eben noch nicht da gewesen war.

»Aber ich dachte ...«

»Was hast du gedacht?« unterbrach sie ihn und trat nun ihrerseits dicht vor ihn.

Tristan wich verängstigt einen Schritt zurück. »Ich weiß es nicht«, murmelte er. »Ich weiß nicht mehr, was ich gedacht habe.«

»Ich nehme an, du weißt auch nichts davon, daß Richard Truebridge dabei ist, mich zu betrügen?«

Beim nächsten Schritt, den er zurückwich, stieß Tristan gegen das Bett und stolperte rückwärts darauf, sein Gesicht ein Bild aus Panik, Schuld und Erregung.

Er öffnete den Mund, wahrscheinlich, um eine Form des Abstreitens zu äußern, vermutete Claudia, aber dann schlossen sich die Lippen wieder. Sie hatte das Gefühl, daß er im Grunde seines Herzens nicht fähig war, sie zu betrügen. Vielleicht war er nur zu schwach gewesen, sich gegen Richard durchzusetzen. Truebridge schien ein Geschick zu besitzen, Menschen zu Dingen und Taten zu veranlassen, zu denen sie unter normalen Umständen nicht fähig gewesen wären – im Guten und im Schlechten.

»Es ist unmöglich, es abzustreiten«, sagte Claudia und setzte sich neben ihn auf das Bett. »Ich habe eine Analyse der jüngsten Bilanz und der geplanten Projekte.« Mit einer Hand fuhr sie über seine gerötete Wange. Sie spannte die Finger und ließ die Nagelspitzen leicht über die Haut gleiten. »Wir beide könnten die ganze Sache jetzt noch abbrechen, und jeder Beteiligte würde heil herauskommen ...«

Sie erreichte seine Unterlippe mit dem kleinen Finger und drückte darauf. Ein Muskel zuckte unter dem Wangenknochen. »Oder die Sache wird weiter verfolgt, und dann werden die Konsequenzen furchtbar sein.«

»Es tut mir leid«, brachte Tristan heraus. Seine Finger verkrampften sich auf dem Oberbett.

»Was kann ich tun, um es wiedergutzumachen?« fragte er leise. »Ich werde alles tun, wenn du mir nur verzeihst.« Sein Rücken versteifte sich. »Ich werde nur noch für dich arbeiten. Für ein Pro-forma-Gehalt. Ich will dir beweisen, daß ich dir nützlich sein kann. Und loyal.«

»Nun, ich glaube nicht, daß wir an deinem Gehalt sparen müssen«, sagte sie, nachdem sie ihm lange in die Augen geschaut hatte. »Aber ich habe einige andere Erwartungen, die du erfüllen mußt, Tristan.«

»Ganz egal, welche!« rief er spontan. »Du brauchst sie nur zu benennen.« Er lächelte sie eifrig an und rutschte auf dem Bett ein bißchen näher an sie heran.

Claudia legte eine Hand auf seine Brust, um ihn auf Distanz zu halten. Aber sie hielt immer noch seinen Blick gefangen. »Muß ich das noch?« fragte sie und schlug für einen Moment die Augen nieder.

Eines mußte man ihm bestätigen – eine lange Leitung hatte er nicht. Er begriff sofort, was sie meinte; sie sah es in seinen Augen. Sekunden später fiel er ihr um den Hals.

Tief in der Nacht lächelte sie versonnen, als sie im Taxi saß, das sie nach Hause brachte. Sie hatte Tristan völlig verausgabt im Hotel zurückgelassen und ihm außerdem ihren Plan entwickelt, wie sie Richard Truebridge überführen konnten, ohne sein Geständnis zu benötigen. Und das alles an einem Abend, dachte sie.

Sie war davon überzeugt, daß Tristan ihr aus der Hand fressen würde. Für Richard Truebridge brachen schwere Zeiten an. Tristan würde dafür sorgen.

Du würdest stolz sein auf mich, Gerald, sagte sie stumm und schlug selbstbewußt die Beine übereinander.

Das für sie überraschendste Ergebnis dieses Abends bestand darin, daß sie nicht das geringste Schuldgefühl empfand – nicht Gerald gegenüber und erst recht nicht Melody oder Paul gegenüber. Und an Tristan und Richard Truebridge mochte sie in diesem Zusammenhang gar nicht erst denken.

Sie fragte sich, ob das auch der Fall gewesen wäre, wenn dies zu Geralds Lebzeiten geschehen wäre. Aber damals hatte sich eine solche Situation nicht ergeben. Ihre mentalen Veränderungen hatten erst begonnen. Seit Paul in ihr Leben getreten war. Er hatte sie aktiviert, er hatte sie für andere Möglichkeiten und Menschen geöffnet, was sie bis zu diesem Zeitpunkt für undenkbar gehalten hatte.

Ja, dachte sie und empfand einen unglaublichen Stolz in sich. Der schöne Fremde hatte eine Menge bewirkt, und sie konnte nur hoffen, daß seine Kraft, sie zu Veränderungen anzutreiben, nicht mit ihm gehen würde, wenn er in sein früheres Leben zurückkehrte.

Einladungen

»Beatrice hat angerufen. Sie möchte dich und Paul zu einem Kostümball einladen, weil sie glaubt, es könnte Pauls Erinnerungen auf die Sprünge helfen.«

Zunächst konnte sich Claudia nichts vorstellen, was Paul weniger helfen würde, sein Gedächtnis wiederzuerlangen. Das verkrampft lustige Treiben bei einem solchen Anlaß war eher ermüdend und verwirrend.

Aber dann fiel Claudia ein, daß Paul seltsam gekleidet bei ihr eingetroffen war – vielleicht war er zuletzt auf einem Kostümball gewesen? Dann war es sehr gut möglich, daß die Einladung jenen zündenden Funken auslöste, der nötig war, um sein Erinnerungsvermögen auf Touren zu bringen. Man sollte die Professionalität einer Beatrice Quine nicht unterschätzen, dachte Claudia lächelnd.

»Glaubt sie das wirklich?« fragte sie Melody, die offenbar auf sie gewartet hatte. Die junge Frau sah in ihrem cremefarbenen Wickelkleid aus Seide bezaubernd aus. »Und was hält Paul von der Idee?«

»Nicht sehr viel.« Melody nahm eine Strähne ihres dunklen Haars zwischen die Finger und spielte damit. Ihr Gesicht zeigte nichts, es war, als wollte sie etwas verheimlichen. Claudia hätte gern gewußt, womit Melody und Paul gerade beschäftigt gewesen waren, als Beatrice angerufen hatte. Sie stellte fest, daß sie nicht die Spur von Eifersucht empfand, wie sie auch keine Schuldgefühle wegen ihres Benehmens mit Tristan entwickelt hatte. Sie erinnerte sich daran, daß sie Paul beim Abschied am frühen Abend ins Ohr geflüstert hatte: »Sei lieb zu Melody.« Sie war sicher, daß er sich das zu Herzen genommen hatte ...

»Wo ist Paul jetzt?« fragte sie schließlich.

Melody gelang es immer noch nicht, ihrer Freundin in die Augen zu schauen. »Er wurde plötzlich sehr müde«, sagte sie. »Er meinte, er fühlte sich oft rasch erschöpft. Vor etwa einer Stunde ist er schon ins Bett gegangen.« Sie hatte die Haarsträhne losgelassen und zupfte jetzt nervös am knisternden Stoff des Wickelkleids.

Claudia spürte, wie ihr Herz vor Mitgefühl aufging. Melody hatte unter der Tyrannei ihres Schweins von Ehemann genug und lange genug gelitten, als daß sie nun Reue und Schuld wegen irgendwelcher Liebeleien mit Paul empfinden sollte. Besonders weil Claudia sich so schuldfrei fühlte.

»Das ist alles in Ordnung, Mel«, sagte sie und fuhr mit der Hand über die leicht gerötete Wange der anderen Frau. »Ich habe absolut nichts dagegen. Ich selbst habe mich bei Tristan als böses Mädchen aufgeführt. Du hast dir also wirklich nichts vorzuwerfen.«

Melody reagierte mit einem strahlenden, befreienden Lächeln. Sie stieß hörbar die Luft aus, und ihre festen, runden Brüste hoben sich unter dem dünnen Stoff. Claudia seufzte und spürte, wie es ihr schon wieder in den Fingerspitzen kribbelte. War es nicht bedenklich, wie rasch ihre Lust geweckt werden konnte?

»Wie böse?« fragte Melody.

»Oh, absolut böse! Ich war abgrundtief schlecht!« antwortete Claudia ernst. »Ich erzähle dir alles, während ich mich aus diesen Sachen zwänge.« Sie deutete auf das enge Kleid, die dunklen Strümpfe und die hochhackigen Schuhe. »Und dann kannst du mir ausführlich erzählen, was du mit Paul angestellt hast.«

»Eh, es geht eher darum, was er mit mir angestellt hat«, raunte Melody, während sie hinter Claudia die Treppe nach oben ging.

Schaut sie unter mein Kleid? fragte sich Claudia, als sie den obersten Treppenabsatz erreichte. Es muß ein interessantes Bild sein!

»Mhm«, machte Claudia und drehte sich zu Melody um. »Das hört sich gut an.« Sie bemerkte, daß Melody gerötete Wangen hatte – vermutlich hatte sie die Aussicht wahrgenommen.

Im Schlafzimmer stieg Claudia aus den Schuhen. Sie waren überraschend bequem gewesen, aber nun war sie doch froh, sich von ihnen befreien zu können. Es war purer Luxus, den dicken Teppich unter den Zehen zu spüren, und dieses Gefühl wurde noch verstärkt, nachdem sie auch die Strümpfe abgestreift hatte. Dabei fiel ihre eine kleine Laufmasche auf. Sie mußte lächeln.

»Kannst du mir bitte den Reißverschluß öffnen?« bat sie Melody, obwohl sie es auch mühelos selbst geschafft hätte. Aber sie lechzte plötzlich danach, die Hände der Freundin auf ihrer Haut zu spüren.

Langsam zog Melody den Reißverschluß auf, bis das Kleid von Claudias Schultern glitt. Das Futter rieb sich an dem schwarzen *basque* aus Satin, den Claudia darunter trug, um dem Kleid einen idealeren Sitz zu geben. Noch bevor das Kleid zu ihren Füßen lag, spürte Claudia die sanften Lippen der Freundin auf ihren nackten Schultern.

»Du bist so schön, Claudia«, murmelte Melody. »Ich frage mich heute, warum mir nicht eher klar geworden ist, wie sehr ich dich begehre.«

»Danke«, sagte Claudia, die die sanften Berührungen der Freundin genoß. Als Melody sich von ihr löste, trat sie aus dem Kleid heraus, bückte sich und warf es über einen Stuhl.

Melody errötete leicht. »Oh, Claudia, ich möchte dich umarmen und deinen Körper spüren.«

Claudia hielt Melodys Hände fest. »Ich auch. Aber vorher brauche ich dringend eine Dusche.«

Melody zog einen Flunsch, um zu zeigen, wie enttäuscht sie war. Aber Claudia schüttelte energisch den Kopf.

»Vorher muß ich auch das hier abkratzen«, sagte sie und tastete mit den Fingerspitzen ihr Gesicht ab. »Ich kann mich nicht erinnern, wann ich das letzte Mal die Kriegsbemalung so dick aufgetragen habe. Es fühlt sich beinahe so an, als trüge ich eine Maske.«

»Ich möchte dir helfen«, sagte Melody, trat an den Frisiertisch und holte Reinigungscreme, Watte und Kosmetiktücher. Sie setzte sich aufs Bett, legte die Sachen neben sich und zog Claudia an der Hand ebenfalls aufs Bett.

»Brauche ich einen Bademantel?« fragte Claudia und wollte schon aufstehen.

»Ist dir denn kalt?«

»Nein.«

»Dann brauchst du keinen.«

Claudia nickte. Sie fuhr sich mit gespreizten Fingern durchs Haar, um es aus der Stirn zu schieben.

Es lag etwas sehr Intimes darin, von einer anderen Frau abgeschminkt zu werden, stellte Claudia fest. Es beschwor eine sexuelle Nähe herauf, die durch ihre Nacktheit noch intensiviert wurde. Melody tupfte mit federleichten Bewegungen das Gesicht der Freundin ab.

»Du wolltest mir von Tristan berichten«, erinnerte sie Claudia, während ihre Finger kleine Kreise am Kinn beschrieben. »Glaubst du, daß du ihm einen gehörigen Schrecken eingejagt hast? Ich hoffe, er ist so geschockt, daß er Richards Pläne und Betrügereien nicht weiter unterstützt.«

Die entspannende Gesichtsmassage rief ein selten erlebtes Glücksgefühl in Claudia hervor, und ihre Antwort war eher ein Schnurren als ein Sprechen. »Ich weiß nicht genau, ob ich ihm einen gehörigen Schrecken eingejagt habe«, sagte sie, »aber es ist höchst unwahrscheinlich, daß ich von ihm auf der finanziellen Ebene noch etwas zu befürchten habe.« Sie lächelte versonnen, und Melody begann mit der Massage der Gesichtsmuskeln. »Oder auf irgendeiner anderen Ebene«, fügte Claudia hinzu.

»Ich habe dir doch gesagt, daß er dich anbetet«, sagte Melody rechthaberisch.

»Nun, ich weiß nicht, wie er bis zu diesem Abend über mich gedacht hat«, antwortete Claudia, »aber ich bin jetzt sicher, daß er mich mag.«

»Also, komm schon«, drängte Melody. »Erzähle, was du mit ihm angestellt hast, um ihn auf deine Seite zu bringen.«

Claudia überlegte, ob sie das, was abgelaufen war, beschönigen sollte, aber dann entschied sie sich dagegen. Melody hatte es verdient, alle Einzelheiten zu hören. Claudia wurde während ihres Berichts bewußt, daß sie noch niemals einem Menschen gegenüber eine so ordinäre Sprache benutzt hatte – höchstens gelegentlich bei Gerald, aber das waren ganz andere Anlässe gewesen.

»Also wirklich, Claudia, du bist mir eine!« rief Melody,

die zuletzt den Atem angehalten hatte und jetzt geräuschvoll die Luft ausstieß. Ihre Pupillen waren weit geöffnet; und wenn sie nicht vorher schon erregt gewesen war, dann war sie es jetzt bestimmt.

»Jetzt bist du dran«, sagte Claudia, rutschte auf dem Bett zurück und stützte sich bequem in die Kissen. »Erzähle mir, was mit Paul und dir geschehen ist – das ist nur fair.« Sie klopfte mit einer Hand auf die Matratze neben sich, und Melody streckte sich wohlig neben ihr aus.

Und begann zu erzählen ...

»Es geschah, als ich mit Beatrice telefonierte«, sagte Melody und wünschte, daß sie aufhörte zu zittern und die Geschichte so unerschrocken realistisch erzählen könnte, wie Claudia eben von ihrem Erlebnis berichtet hatte. Claudia hatte alles für sie getan, hatte sie bei sich aufgenommen, ihr Selbstbewußtsein wiederhergestellt, sogar den Liebhaber mit ihr geteilt – den ersten, den Claudia in ihrer Witwenschaft gehabt hatte. Ja, Claudia hatte nur das Beste verdient, und in diesem Fall bestand das Beste aus einem offenen Bericht über das, was sich in ihrer Abwesenheit in ihrem Haus abgespielt hatte.

»Nun ja, du weißt ja, wie gern Beatrice Quine plaudert und alles in die Länge zieht.« Sie sah, daß Claudia neben ihr nickte. »Also wurde es ein langes Gespräch. Sie fragte mich nach allen möglichen Dingen über mich und was geschehen war ... mit Richard natürlich. Schon bald fiel es mir leicht, ganz offen mit ihr zu sprechen, obwohl ich sie kaum kenne. Aber sie war so verständnisvoll, so mitfühlend ... sie hat große Ähnlichkeit mit dir, Claudia.«

Sie legte eine Hand auf Claudias Schenkel und drückte ihn leicht, was ihr ein kleines unterdrücktes Stöhnen von Claudia einbrachte. »Nun ja, die Minuten vergingen, und ich stand neben dem Telefon im Flur, seitlich an die Wand gelehnt, und war ganz versunken in das Gespräch. Plötzlich war Paul da, er umfaßte mich von hinten und schlang seine Arme um mich. Ich spürte seine Lippen im Nacken, und im nächsten Augenblick schob er seine Finger unter mein Top, bis sie meine Brüste berührten und die Nippel streichelten.«

In einem Haus, in dem sexuelle Erregung zu einem way of life geworden war, hatte sie die Vorstellung, daß Paul mit ihr Liebe machte, während sie telefonierte, von einer Sekunde zur nächsten überwältigt. Während Beatrice sich nach Melodys Zukunftsplänen erkundigte, hatte Paul ihre Sinne nach bestem Wissen und Geschick betört.

Er hatte ihr T-Shirt hochgerollt und ihre Brüste völlig entblößt, dann hatte er sich vor sie gestellt und die Nippel mit der Zungenspitze gereizt, bis sie elastisch auf und ab federten.

»Eh ... es tut mir leid, aber das habe ich akustisch nicht verstanden«, hatte sie dabei in den Hörer gesagt. »Oh, ja, das werde ich tun«, sagte sie dann, als Beatrice wiederholt hatte, daß sie sich um einen guten Anwalt bemühen sollte. Gleichzeitig beobachtete sie Paul, der eine ihrer Brüste mit Küssen bedeckte.

Melody spürte, wie sie allmählich die Kontrolle über sich verlor. Beatrice brabbelte weiter über die Bedeutung erstklassiger Juristen im Scheidungsfall, während Melody gegen die Wand gedrückt wurde. Paul massierte jetzt ihre Brüste, als wollte er sehen, wie lange sie das Gespräch aufrechterhalten konnte.

»Oh, bitte«, sagte Melody, fast schon außer sich. Sie zuckte zusammen, als Beatrice Quine sie fragte, ob sie sich nicht gut fühlte.

»Nein, es geht mir gut ... es geht mir gut«, sagte Melody beharrlich, und wie von selbst öffneten sich ihre Schenkel, denn was mit ihren Brüsten geschah, wirkte sich pochend in ihrer Vulva aus. »Ich wollte gerade nur sagen ... eh ... Ja, bitte, geben Sie mir den Namen dieses

Anwalts, den Sie empfehlen. Ich weiß, daß Claudia einen guten Anwalt hat, aber ich bin nicht sicher, ob er Spezialist in Scheidungssachen ist.«

Während Paul ihre Brüste drückte und sein Gesicht mit dem Ansatz von Bartstoppeln in dem Tal dazwischen rieb, wurde Melody bewußt, daß Beatrice Quine – eine der berüchtigtsten Frauen von Rosewell – bestimmt eine Ahnung davon hatte, was gerade ablief. Melody wußte, daß sie laut keuchte, und daß Beatrice am anderen Ende der Leitung etwas davon mitbekommen mußte. Trotzdem gelang es ihr nicht, ihren Atem unter Kontrolle zu bringen.

Irgendwie mußte es ihr gelingen, das Gespräch zu beenden, ohne unhöflich zu sein, damit Paul sie nach Herzensbegehr haben konnte. Aber dann hatte die Ärztin wieder einen neuen Gesprächspunkt gefunden, und alles fing von vorne an.

Dieses Luder! Sie weiß es! fuhr es Melody durch den Kopf. Sie fragte sich, ob die Ärztin das Gespräch auch so in die Länge gezogen hätte, wenn Claudia am Telefon gewesen wäre. Melody sah noch die funkelnden Lichter in den Augen der Freundin, als sie ihr von der berüchtigten und schönen Beatrice erzählt hatte. Was hatte sich zwischen den beiden abgespielt, als Beatrice gekommen war, um Paul zu besuchen?

»Gibt es denn etwas Neues in Ihrem Leben?« fragte die Ärztin. Melody hätte beinahe einen Schrei ausgestoßen, weil Paul in diesem Moment ihren Rock hochschob und an ihrem Slip zerrte.

»Ich … eh … weiß nicht genau«, stammelte Melody mit zitternder Stimme und wunderte sich über sich selbst, denn jetzt trat sie aus dem Slip heraus wie ein folgsames kleines Mädchen, das von der Nanny ausgezogen wird. Sie sah an sich hinunter und schaute zu, wie Paul ihren weichen Baumwollrock hochschob und bis zum Bund zusammenraffte.

Beatrice äußerte sich ein wenig ungehalten über Melodys zögerliche Antwort, und Melody versuchte, deutlicher zu werden, ohne Pauls Namen auszusprechen. Das war besonders schwierig, weil der Unaussprechliche vor ihr kniete und die weichen Innenseiten ihrer Schenkel zu streicheln begann.

»Es ist ... nun, es ist etwas kompliziert«, sagte Melody mit schwacher Stimme.

»Schon gut«, antwortete Beatrice, als wüßte sie genau, wovon Melody redete – oder besser, worüber sie schwieg.

Melodys Knie zitterten. Beatrice dachte nicht daran, das Gespräch zu beenden, und wechselte fröhlich zu einem anderen Thema. Melody, fast verrückt vor Erwartung dessen, was Paul in den nächsten Sekunden mit ihr tun würde, hielt sich krampfhaft mit einer Hand an der Wand fest, die andere Hand umklammerte das Telefon.

Paul küßte die weichen Härchen ihres Schoßes.

»Wissen Sie, ich möchte gern mehr Frauen aus unserem Dorf kennenlernen«, erzählte Beatrice. »Claudia und ich haben bereits ein ausgesprochen enges Verhältnis, und das möchte ich auch mit Ihnen haben, Melody. Ich meine, wenn Sie das auch möchten, meine Liebe.«

»Was? Oh, ja, ja«, stieß Melody hervor und spürte, wie Paul mit den Fingerspitzen ihre Labien berührte. »Oh, ja, Beatrice, das möchte ich auch«, fuhr sie fort, indem sie den letzten Rest von Selbstbeherrschung aufbot, bevor die Welle der erotischen Vergessenheit über ihr zusammenschlug.

»Das ist wunderbar!« rief Beatrice aus.

Oh ja, das ist es! dachte Melody. Sie hörte sich hecheln, als Pauls Finger an ihre Klitoris stießen. Sie hatte noch nie solche lustvollen, zielbewußt ausgeführten Berührungen erlebt. Nicht einmal ihre eigenen Finger verstanden die Sprache des Sex so gut.

Melody konnte sich nicht mehr auf den Beinen halten. Langsam rutschte sie an der Wand hinunter. Der Orgasmus rollte auf sie zu wie ein Taifun in den Tropen, und als es in ihr zu wirbeln begann, war es ihr nicht länger möglich, das Geheimnis für sich zu behalten.

»Ist alles in Ordnung?«

Sie hörte die Belustigung in der sanften Stimme, aber sie gehörte nicht der schönen Ärztin. Melody war weit weg, sie blinzelte ein paarmal, dann schlug sie die Augen auf. Sie tauchte auf wie nach einem langen Schlaf und schaute benommen in Claudias Gesicht.

»Melody?« Claudia ließ nicht locker. Sie wollte eine Antwort auf ihre Frage.

Melody betrachtete das Gesicht der Freundin, in dem Besorgnis stand, aber auch Verlangen.

»Ja, es geht mir gut. Dank Paul geht es mir sogar hervorragend. Und dank Beatrice, nehme ich an ...« Sie lächelte scheu und legte eine Hand auf Claudias Hüfte. »Und dank dir. Ja, dir habe ich am meisten zu danken.«

Claudia rutschte näher zu Melody hin. »Aber ich möchte noch den Rest des Telefongesprächs hören ...« Sie zog Melody über sich. »Später ...«

Viel später, dachte Melody und küßte die Freundin auf die leicht geöffneten Lippen.

Viel später – ein paar Tage später – war es Claudia immer noch nicht gelungen, Melody zu überreden, sie und Paul zu Beatrices Kostümparty zu begleiten. Es gab kaum Argumente, die Paul und sie nicht aufgeführt hätten, um ihre Einstellung zu ändern. Aber die junge Frau war beharrlich geblieben.

»Nichts, was ich sage, kann sie überzeugen«, resümierte Claudia, als sie das Kostüm aus der Edwardischen Zeit betrachtete, das frisch aus der Reinigung gekommen war und ausgebreitet auf dem Bett lag. Sie kümmerte sich nicht nur um ihre eigene Verkleidung, sondern auch um

Pauls, auch deshalb, weil sie sicherstellen wollte, daß Paul nicht auch noch in letzter Minute absprang. Er sah zwar den Sinn der Party ein und daß sie ihm helfen könnte, seine Erinnerung wiederzufinden, aber er war alles andere als begeistert.

»Mir wäre es lieber, ich könnte dich überzeugen«, sagte er, während er gedankenvoll in den Spiegel schaute. Er versuchte, sein ungebändigtes, frisch gewaschenes Haar in ein Minimum von Form zu bringen, was ihm aber nicht zu gelingen schien. Selbst die lächerlich teure Pomade, die Claudia am Vortag gekauft hatte, versagte.

Claudia strich über eine Falte in der grauen Seidenkrawatte. »Wenn es dich unglücklich macht, dann rufe ich Beatrice an und sage ihr, daß wir nicht kommen. Sie wird schon Verständnis dafür haben.« Sie schaute zu ihm und sah, wie er mit seinen langen Fingern durch die wilden Haare fuhr. Sie konnte den Gedanken nicht ertragen, etwas zu tun, was ihn verletzen könnte.

»Hör nicht auf das, was ich sage«, murmelte er und drehte eine Locke zur Seite, wo sie die verblassende Spur seiner Schramme bedeckte. Er drehte sich zu ihr um und zeigte ihr sein unwiderstehliches Lächeln. »Ich benehme mich wie ein Baby, Claudia. Ich möchte mich unbedingt an die Vergangenheit erinnern, aber irgendwo in mir sagt eine sehr selbstsüchtige Stimme, daß ich nichts davon mehr wissen will.« Das Lächeln wurde breiter, wärmer. Dann könnte ich nämlich immer bei dir bleiben.«

Claudia ließ die Krawatte fallen und lief auf ihn zu. Sie war nicht in der Lage zu sprechen; was er gerade gesagt hatte, drückte ja ihren sehnsüchtigsten Wunsch aus, den sie sich nie auszusprechen getraut hatte, weil sie fürchtete, zuviel zu erwarten. Aber sie konnte nicht abstreiten, wie ihr Körper auf ihn reagierte, wie sie nach ihm verlangte.

Heute abend sah er außergewöhnlich aus, und zwar noch bevor er sich in Schale geworfen hatte. Während er sich um seine Haare bemühte, trug er den Bademantel, den sie schon an Gerald am liebsten gesehen hatte. Er hatte die Farbe eines besonders reifen Weins, und am breiten Gürtel baumelten lustige Quasten. Gerald hatte ihn den ›Sherlock-Holmes-Bademantel‹ genannt, und Paul sah darin aus wie der verrückte geniale Professor. Schade war nur, daß der wunderschöne Mantel so viel von Pauls glatter weißer Haut verbarg.

Als sie hinter ihm stand, drehte er sich auf dem Stuhl herum und schaute zu ihr hoch. Sie ging impulsiv vor ihm auf die Knie.

»Oh, Paul«, brachte sie mit einem Seufzer heraus und drückte ihr Gesicht in den seidigen Stoff des Bademantels. Sie atmete den schweren männlichen Duft ein, der dem Mantel anhaftete.

Bald würde ein Wagen kommen, um sie zu Beatrices Kostümparty zu bringen, aber mit ihrem ganzen Herzen wünschte sie sich, daß sie jetzt die Zeit einfrieren könnte. Nur für eine Stunde oder zwei. Oder für immer.

Sie schaute hoch zu ihm. Seine Augen hatten die brennende Farbe des Sommernachmittagshimmels, und doch war alles an ihm – abgesehen von seiner Leidenschaft – unergründlich.

Ohne darüber nachzudenken, schob sie den Bademantel auseinander und entblößte ihn. Zu ihrer Freude sah sie, daß er noch nichts angezogen hatte, auch nicht die sündhaft teuren Designerslips, die sie und Melody ihm von einem Einkaufsbummel mitgebracht hatten.

Sein steifer Penis ragte aus dem Nest wuscheliger Haare hervor und federte.

Langsam näherte sie sich ihm, berührte die Spitze mit der Wange. Paul ließ ein tiefes, beinahe knurrendes Geräusch hören. Sie öffnete die Lippen ein wenig und hauchte leichte, kaum spürbare Küsse auf die Eichel.

»Oh, Claudia! Ah, tut das gut! Unvorstellbar gut!« stieß er hervor, als sie seine Hoden griff und behutsam in ihrer Handfläche drückte.

Claudia fühlte, daß seine Ejakulation unmittelbar bevorstand. Und obwohl ihr ganzes Sein nach ihm verlangte, empfand sie einen seltsamen Drang, ihr eigenes Vergnügen auf dem Altar seiner Lust zu opfern. Ihre eigene Frustration, die sie den ganzen Abend spüren würde, sollte ein Geschenk für ihn sein.

Paul schrie in seinem Orgasmus wüste Wörter, aber mit einer Stimme, die jedes Wort engelhaft vergoldete. Sein Becken ruckte hin und her, und als es geschehen war, spürte sie, wie er am ganzen Körper zitterte. Sie umschlang ihn an den Hüften.

»Es war wunderbar, Liebling«, murmelte sie. »Ich möchte es nicht missen.« Er beugte sich zu ihr und streichelte ihren Rücken, wodurch ihr Kopf wieder gegen seinen Schoß und den Penis gedrückt wurde.

Es schien, daß es jetzt Paul war, der kein Wort herausbrachte, aber die stumme Umarmung sagte ihr alles, was sie wissen wollte. In diesem Moment wollte Claudia nichts von Parties und Beatrice wissen. Dieser Moment war für sie, und zu ihrer Überraschung nahm sie wahr, daß sogar ihre Gier nach ihm gestillt war. Dieser einfache Kontakt, die rührende Umarmung war alles, was sie brauchte.

»Claudia«, murmelte er schließlich. Sie lösten sich voneinander, und sie schaute zu ihm hoch. Sein Gesicht war eine Studie in Sattheit und Verwirrung. »Ich möchte etwas für dich tun«, sagte er leise.

»Wir haben keine Zeit, und es ist auch nicht nötig«, antwortete sie, dann erhob sie sich und schaute in sein Gesicht. Sie wußte, daß sie in ihrem langen Petticoat hinreißend aussah, darüber ein langes, ausgestelltes Abendkleid im Edwardischen Stil. Der Petticoat war blütenweiß, am Saum und am Dekolleté üppig mit Spitze besetzt. Er gefiel ihr so gut, daß sie versucht war, ihn heute abend ohne Kleid zur Party anzuziehen. Nur der durchsichtige Stoff – crêpe-de-chine – hielt sie davon ab.

»Meine Zeit wird kommen«, sagte sie lächelnd und rieb sich durch die Haare.

»Aber ich möchte dich kommen sehen«, sagte Paul, beinahe schmollend. Er stand auf und drückte sie in seinen Armen. Claudia sträubte sich zuerst, wußte aber, daß es keinen Sinn hatte. Seine Hände waren überall gleichzeitig.

In diesem Augenblick klopfte es.

»Schon gut, Mel, komm herein«, rief Claudia und löste sich von ihm.

Bevor Melody eintrat, raunte Claudia ihm rasch zu: »Die Nacht ist noch jung.«

Un Ballo in Maschera

»Bist du bereit?« fragte Claudia, als der Wagen langsam ausrollte.

Er nickte, das lange Gesicht gespenstisch weiß. Er starrte durch die getönte Scheibe, und auf seinem Gesicht spiegelten sich angespannte Nerven und Verwirrung.

»Du brauchst dir keine Sorgen zu machen«, beruhigte Claudia ihn, als der Chauffeur ihr die Tür aufhielt. Beatrice hatte ihnen den Bentley geschickt. »Wir müssen nicht die ganze Zeit bleiben. Außerdem trägst du eine Maske, wann immer du willst, kannst du dich hinter der Maske verstecken.»

»Du hast recht«, gab Paul zu und stieg nach ihr aus. Er glättete den Frack und strich die Weste gerade. Claudia mußte sich eingestehen, daß er nie besser ausgesehen hatte. Der Frack aus schwarzem Samt schien ihm auf den Leib geschneidert zu sein; er war wie neu aus der Reinigung gekommen. Der weiße Stehkragen seines Hemdes und die graue Seidenkrawatte umrahmten sein Gesicht und vervollständigten das Bild eines Mannes, der aus einer anderen Zeit zu kommen schien. Mehr denn je wirkte er wie der edwardische Dandy, weil ein Teil seines Selbstbewußtseins zurückgekehrt war. Mit etwas Glück würde es an diesem Abend weiter aufgebaut werden.

»Ich bin ein Narr«, fuhr er selbstanklagend fort. »Ich sollte dem Himmel dankbar sein, daß ich einen so schönen Sommerabend erleben darf« – er schaute zum Himmel, dessen strahlendes Blau sich gerade zu einem dunklen Azur verfärbte – »und das an der Seite einer wunderschönen Frau.«

Ohne Vorwarnung zog er sie an sich und küßte sie leidenschaftlich auf den breiten Halsausschnitt ihres Abendkleids. Claudia war so überrascht, daß sie ihre Tasche und den Fächer fallenließ, der passend zum Kleid gehörte.

»Du siehst phantastisch aus«, raunte Paul, die Lippen noch auf ihrer warmen Haut. Am liebsten würde ich dich jetzt hier lieben.«

Claudias Knie wurden schwach, als er die Schwellung ihrer Brüste mit Küssen versah. Er war wieder der unerschrockene Liebhaber, nichts war von dem nervösen Mann übriggeblieben, der sein Gedächtnis verloren hatte. Vor Erleichterung, Glück und neu entfachter Begierde hätte sie am liebsten gesungen.

»Oh, was für eine Leidenschaft!« rief eine bewundernde Stimme gleich hinter ihnen. Paul hob den Kopf, und Claudia drehte sich um.

Eine gutaussehende junge Frau in einem katzenartigen Kostüm schritt die Treppe herunter, um sie zu begrüßen; sie trug eine üppig verzierte Maske, und Katzenohren lugten aus ihren kurzen schwarzen Haaren. Ein Schritt hinter ihr folgte ein großer, bullig wirkender Mann, der die Uniform eines Füsiliers aus dem Peninsularkrieg trug.

»Hallo, ich bin Alexa, und für den Augenblick bin ich das Empfangskomitee.« Aus einem samtenen Beutel, der an ihrem Gürtel hing, holte sie einen kleinen Taschencomputer heraus und ließ ihn aufschnappen. »Darf ich eure Namen haben? Wir wollen keine ungebetenen Gäste haben, das müßt ihr verstehen.« Ihr Leibwächter starrte die Ankömmlinge unentwegt an. Seine Aufgabe war es wohl, die Leute draußen zu halten, die von Alexa nicht das Okay erhielten.

Claudia nahm Fächer und Tasche entgegen, die Paul höflich für sie vom Boden aufgehoben hatte. Sie fühlte sich ein wenig düpiert, weil sie nicht vorhergesehen hatte, daß sie einen Namen für Paul brauchte.

»Ja, natürlich«, sagte sie und lächelte das Katzenmädchen selbstsicher an. »Ich bin Claudia Marwood. Ich bin von Doktor Beatrice Quine eingeladen worden. Und das ist mein Freund Paul.« Nervös schaute sie sich um, aber Paul hob nur die Schultern. Ihr Blick fiel auf die lange Auffahrt, die sie gekommen waren. Sie war von schlanken Silberbirken gesäumt. »Birk«, sagte sie. »Paul Birk.« Paul grinste, und jetzt war es an ihr, die Schultern zu heben.

»Ah, ja, Claudia und Paul«, sagte Alexa fröhlich. »Bea hat mir aufgetragen, mich um euch besonders zu kümmern. Bitte, hier entlang.« Sie wies auf das hell erleuchtete Hausinnere. Der bärbeißige Leibwächter trat aus dem Weg, um sie passieren zu lassen. »Keine Probleme, Drew«, raunte Alexa ihm im Vorbeigehen zu.

In der imponierenden Halle mit hohen, schlanken Marmorsäulen auf beiden Seiten und wandhohen Spiegeln an allen Seiten reichte Alexa ihnen Masken aus einem gewaltigen Fundus, der auf einem Tisch mit geschwungenen Beinen ausgebreitet war. Alles war aufeinander abgestimmt; Claudias Maske war aus weichem Satin gefertigt und mit feinen kleinen Daunenfedern abgesetzt. Pauls Maske war schmuckloser; sie paßte zur grauen Weste.

»Bea muß irgendwo hier herumschwirren, ihr könnt sie nicht verpassen«, sagte Alexa, als neue Gäste eintrafen. »Sie ist Salome, ihr erkennt sie sofort ...«

Claudia kannte Beatrice nicht allzu lange, aber als Salome konnte sie sich die schöne Ärztin sehr gut vorstellen. Drew, der Leibwächter, führte sie zu Bar und Buffet.

»Hier sind wir nun«, sagte Claudia und hakte sich bei Paul ein, als der ihr galant den Arm anbot. »Gibt es hier irgendwas, woran du dich erinnerst? Oder was bei dir irgendwas auslöst?«

Gemessenen Schrittes betraten sie einen großen Salon, wo Drinks und kleine Häppchen gereicht wurden. An einer Seite war ein üppiges Buffet aufgebaut.

Paul sah sich intensiv um. »Nein, ich sehe nichts ... noch nichts«, murmelte er. Auf seiner Stirn hatten sich tiefe Falten eingegraben. »Ich weiß nicht einmal, ob ich jemals auf einer Kostümparty war.« Er sah sie mit einem resignierten Blick an.

»Du mußt Geduld haben«, sagte Claudia leichthin und zwickte seinen Arm.

Paul beugte sich zu ihr und flüsterte: »Du auch, Mrs. Marwood.« Die Falten auf der Stirn waren verschwunden, und seine Augen blickten liebevoll.

Obwohl sie niemanden kannten, fiel es ihnen leicht, mit anderen Gästen ins Gespräch zu kommen. Masken waren Gleichmacher; sie sorgten dafür, daß sich alle gleich fremd waren.

»Irgendwo wird auch getanzt«, sagte Claudia, während sie genüßlich am Wein nippten, der generös gereicht wurde. »Beatrice hat doch von einem Maskenball gesprochen.«

Paul legte den Kopf schief und nickte. Ganz schwach hatte er Tanzmusik wahrgenommen. Jetzt hörte Claudia sie auch. Es klang, als hätte Beatrice eine Big Band aufgeboten.

»Nun, ich weiß nicht viel über mich«, sagte Paul, »aber eins ist sicher – ein Fred Astaire bin ich nicht.«

»Oh, darauf würde ich nicht wetten wollen«, meinte Claudia und nippte wieder am Wein. »Du bist leicht auf den Füßen, und für einen Mann bewegst du dich elegant.« Sie rückte ein bißchen näher an ihn heran. »Und wir beide wissen, daß du ein phantastisches Gefühl für Rhythmus hast.«

»Jetzt führen Sie doppeldeutige Reden, Mrs. Marwood«, raunte er ihr zu.

Claudia grinste ihn an, obwohl sie nicht wußte, ob er das Grinsen hinter der Maske sehen konnte. »Sollen wir etwas essen?« fragte sie und wies mit dem Kopf auf das Buffet, das so üppig war wie bei einem römischen Gelage.

»Eine ausgezeichnete Idee«, sagte Paul und nahm ihr das leere Glas aus der Hand.

Die einzelnen Speisen waren phantasiereich dekoriert, und bei ihrem Anblick konnte einem das Wasser im Munde zusammenlaufen.

Während sie aßen – wobei ihr die Wärme, die Pauls Körper neben ihr ausstrahlte, sehr bewußt war –, schauten sie sich die Partygäste an, immer in der Absicht, irgendwo bei ihnen auch Beatrice zu entdecken.

Sie sahen viele wunderschöne Kostüme, einige künstlerisch entworfen und wahrscheinlich aus irgendeinem Fundus ausgeliehen, andere mit viel Liebe und Geschick selbstgeschneidert. Es gab Robin Hoods und Maharadschas, indianische Krieger und Astronauten, und zu ihrer Erleichterung entdeckten sie kein Kostüm, das ihren ähnelte.

Sie schaute ihn an und zuckte zusammen, als sie bemerkte, daß er sie intensiv angestarrt hatte. Sein Blick konzentrierte sich auf ihren Mund. Sie schluckte den letzten Bissen und stellte rasch den Teller beiseite.

»Was starrst du mich so an?« fragte sie.

»Du warst vorhin großartig«, sagte er mit gedämpfter Stimme, dann stellte er seinen Teller auch ab, nahm ihre Hand und führte sie zu mehreren offenen Terrassentüren. »So gewaltig hat mich noch nie eine Frau befriedigt«, hauchte er in ihr Ohr, als sie auf die Terrasse traten und von dort in die Stille der Gärten und des anschließenden Parks. Ein paar Gäste schlenderten herum, aber hier war nichts von dem geschäftigen Treiben zu spüren, das im Hause für einen hohen Geräuschpegel sorgte.

»Oh, dann erinnerst du dich also an frühere Erlebnisse?« fragte sie.

»Nicht an bestimmte Erfahrungen«, schnurrte er und legte eine Hand auf ihre Hüfte, als er sie zu einer Balustrade führte, von der man kunstvoll beschnittenes Baumwerk bestaunen konnte, das zu einem Labyrinth gehörte.

»Komm, laß uns hinuntergehen«, sagte er nach einer Weile und zog sie hastig zur Treppe. Am Fuß der Treppe begann eine Reihe von schmalen Pfaden, die sich durch eine eigenartige Menagerie geformter Buchsbäume schlängelten und zum Eingang des Labyrinths führten.

Unter ihren Schuhen knirschte der Kies, als sie einen Pfad nahmen, gesäumt von riesigen Vögeln, Wappentieren und abstrakten Formen. Paul hatte es so eilig, daß sie ein paarmal beinahe gestolpert wären.

Reich verzierte elektrische Lampen erhellten das Labyrinth. Nach einigen wenigen Windungen entdeckten sie in einer entlegenen dunklen Ecke, die in eine Sackgasse mündete, eine Steinbank. Paul machte sich unter Claudias Rock zu schaffen, er kämpfte verbissen und mit zitternden Fingern mit den Stofflagen, und dann war es ihm endlich gelungen, den Saum bis zu ihren Hüften hochzuziehen.

»Leg dich auf die Bank«, raunte er ihr heiser zu. »Ich möchte dich lieben.«

Sie ließ Tasche und Fächer fallen, hielt den Saum selbst fest und legte sich auf die Bank. Zwischen ihr und Paul befand sich jetzt nur eine weite weiße Baumwollhose.

Sie hörten Schritte ganz in der Nähe, auch leises, unterdrücktes Lachen, aber die Leute nahmen einen anderen Weg. Paul und Claudia hatten reglos verharrt, jetzt aber streichelte er ihren Po mit beiden Händen, drang unter den weichen Baumwollstoff und beschrieb kreisende Bewegungen, ehe er langsam die Hose nach unten zog.

Claudia spürte, wie ihre Seidenstrümpfe zerrissen. Sie konnten dem rauhen Stein der Bank nicht standhalten.

»Oh, wie ich dich begehre!« stöhnte er und drückte seinen Schoß gegen ihren Po. Mit fiebrigen Bewegungen begann er, seine Hose zu öffnen. Claudia sagte nichts, sie ließ ihn gewähren. Nie hätte sie es für möglich gehalten, diese spielerische, neckende Art Pauls so zu bewundern. Sie ließ die Hüften kreisen und ruckte ungeduldig vor und zurück.

»Nun mach schon!« forderte sie ihn auf.

»Ich wollte nett zu Ihnen sein, Mrs. Marwood, wollte mit Ihnen spielen, bis Sie einen Orgasmus oder zwei erlebten ... aber nun haben Sie sich selbst zuzuschreiben, was jetzt geschieht ...«

In dem Moment vor dem ersten Stoß waren ihre Sinne angespannt wie nie zuvor. Sie sah Paul, wie ihn die anderen Gäste auf der Party auch sehen mußten – ein junger, schöner Fremdling in der Kleidung vergangener Zeiten. Nur die graue Maske verlieh ihm ein geheimnisvolles Aussehen und lenkte ein wenig von der engelhaften Makellosigkeit seines ebenmäßigen Gesichts ab.

Wenn die anderen nur wüßten, dachte sie, und im nächsten Moment stieß er kräftig und tief in sie hinein, und der Schrei, den sie vor Lust ausstieß, mußte bis zur Terrasse zu hören gewesen sein.

Die Empfindungen waren überwältigend, sensationell und sogar ein bißchen schmerzhaft, aber sie stemmte sich gegen seine Stöße, damit sie ihn noch tiefer in sich fühlen konnte. Sie wußte, daß es nicht lange dauern würde, dafür hatten sie sich zu sehr aufgeheizt, und dann spürte sie auch schon, wie sie von einem Orgasmus geschüttelt wurde, und während sie noch glühte, hörte sie seinen Aufschrei, als er sich in ihr verströmte, als wollte er löschen, was er in Brand gesetzt hatte.

»Oh, Claudia, das war ... oh, Frau, das ist mit Worten gar nicht zu beschreiben«, murmelte er nach einer Weile. Er hielt sie auch noch umschlungen, als sein Penis aus ihr herausglitt. »Du bist eine sensationelle Geliebte, Mrs. Marwood. Du bist unglaublich, mein Schatz.«

»Ich würde sagen, ihr wart beide unglaublich«, hörten sie eine vertraute Stimme dicht bei ihnen.

»Beatrice!«

»Doktor Quine!«

Beatrice Quine lächelte, ihre Blicke schossen wie Pfeile von einem zum anderen, als wollten sie sich keine Einzelheit entgehen lassen.

Claudia schwankte von der Steinbank. Sie wußte, daß ihre Strümpfe nur noch Fetzen waren. Ungeschickt versuchte sie, unter den Rockschößen die Hose hochzuziehen, während Paul neben ihr weniger Mühe hatte, sich etwas repräsentabler zu arrangieren. Es war schwierig, der Frau, die sie erwischt hatte, in die Augen zu sehen, aber Claudia wußte, daß sie es tun mußte. Im Blick der Ärztin sah sie neidlose Bewunderung.

»Wie lange stehst du schon da, Beatrice?« fragte sie und hoffte, daß ihr Make-up die heftige Röte milderte, die ihr ins Gesicht schoß. »Hättest du nicht husten oder uns sonst irgendwie warnen können?«

»Was? Damit ich den wahrscheinlich erotischsten Anblick dieser Party verpasse?« erwiderte Beatrice fröhlich.

Jede Art von Verlegenheit ging der Ärztin ab, dachte Claudia, und um diese Gelassenheit bewunderte sie die Freundin.

Ihr Kostüm war hinreißend. Es bestand aus einer Handvoll kurzer Schleier aus Chiffon – es waren die sieben Schleier der Salome –, in verschiedenen warmen Brauntönen, die wunderbar mit ihren Haaren harmonierten. Sie trug das Haar offen, es fiel locker auf ihre entblößten Schultern. Ihre Maske war aus goldfarben glänzendem Metall.

»Das ist ein herrliches Kostüm, Dr. Quine«, sagte Paul artig.

»Finden Sie?« Beatrice drehte sich um, damit Paul auch den so gut wie nackten Hintern bestaunen konnte. Als sie ihm wieder die Vorderseite präsentierte mit dem ungehinderten Blick auf ihre Brüste, zwinkerte sie Paul herausfordernd zu. »Und warum zeigen Sie mir Ihre Anerkennung nicht auf die gleiche Art und Weise, wie Sie es bei Claudia gemacht haben?«

»Ich fürchte, ich bin nicht ... eh ... im Augenblick nicht ... eh ... in der Lage dazu, Dr. Quine«, sagte er stammelnd, und als Claudia ihn ansah, bemerkte sie, daß er rot geworden war.

»Ich kann's verstehen«, sagte Beatrice rasch. »Nach einer so großartigen Szene habt ihr beide eine Ruhepause verdient.« Sie kicherte.

Saturn und weiter

Erst als sie wieder kuschelnd auf der Rückbank der luxuriösen Limousine saßen, hatten sie die Muße, das Geschehen der vorangegangenen Stunden gedanklich zu verarbeiten. Es hatte eine Fülle von ungemein erregenden Szenen gegeben, aber nichts, darin waren sich Paul und Claudia einig, hatte ihren Akt auf der Steinbank übertreffen können, auch nicht die spätere Begegnung mit Beatrice.

Sie hat eine wundervolle Art, dachte Claudia. Sie lächelte versonnen, als sie sich daran erinnerte, wie sie gemeinsam ein Bad genommen hatten. Paul und Beatrice hatten sie liebevoll gewaschen, trocken gerubbelt und geliebt.

Sie wollte sich gerade noch ein bißchen mehr in Paul hineinkuscheln, als ihr Blick aus dem Fenster fiel. He, sie waren schon fast da! Sie hatte sich während der Fahrt so entspannt gefühlt, daß die Zeit wie im Flug vergangen war.

Das große Einfahrtstor war geöffnet, und zu ihrer Überraschung sah sie ein dunkles, ihr unbekanntes Auto in der Einfahrt stehen, ein kleiner Sportwagen, gleißend angestrahlt von der Lampe des Bewegungsmelders.

»Wer ist denn das?« murmelte sie, als sie aus der Limousine stieg. Sie hielt sich an Pauls Arm fest und glättete ihre Röcke. Paul antwortete nicht, aber damit hatte sie auch nicht gerechnet. Woher sollte er ein ihr fremdes Auto kennen? Er kannte ja nicht einmal seine eigene Identität.

Claudia wandte sich dem Chauffeur zu, bedankte sich für die angenehme Fahrt und wartete, bis er hinter der Grundstücksecke verschwunden war. Dann erst betrachtete sie den dunklen Renault vor ihrem Haus.

»Er gehört niemandem, den ich kenne«, sagte sie schließlich. Neugierig wandte sie sich dem Haus zu. »Vielleicht hat Melody sich ein Auto zugelegt«, murmelte sie.

Paul blieb schweigsam.

Claudia spürte ein Kribbeln im Nacken. Sie schaute sich nach Paul um. Er starrte den Renault an, und in seinen blauen Augen las sie Furcht.

»Paul?«

Er reagierte nicht.

»Paul? Kennst du diesen Wagen?«

Er schluckte, als wäre sein Mund verschlossen. Er blinzelte ein paarmal, dann schien er von weither zurückzukommen.

»Ich weiß nicht«, sagte er langsam und gequält. »Es

kann ... schon sein.« Er ging ein paar Schritte zurück, betrachtete das Auto wieder, schritt einmal um den Renault herum. »Es kann sein, daß es mir gehört.«

Ein Dutzend Fragen würgten in Claudias Kehle, aber bevor sie nur eine herausbringen konnte, wurde die Haustür aufgerissen, und Melody schoß heraus, stürmte die Treppenstufen hinunter und hielt ein beigefarbenes Satintuch um den Körper geschlungen.

»Ich wünschte, du hättest mir eine Telefonnummer hinterlassen«, rief die junge Frau aufgeregt. »Die Dinge überschlagen sich hier! Im Fernsehen haben sie was über Paul gebracht. In den Nachrichten. Und jetzt ist eine Frau da, die ihn unbedingt sehen will.«

Melody befand sich in einem Stadium höchster Erregung, aber trotzdem konnte Claudia nur an Paul denken. Sie traute sich kaum, ihn anzuschauen, aber sie zwang sich dazu, und dann gerann ihr das Blut fast in den Adern, als sie sein Gesicht sah. Es war, als hätte der Blitz eingeschlagen.

»Paul, was ist los?« fragte sie. Sie wollte seine Hand nehmen, aber sie fragte sich, wie lange sie noch das Recht dazu hätte. »Ist es dein Auto? Erinnerst du dich jetzt wieder?«

Um seinen Mund zuckte es, aber er brachte keinen Laut heraus. Claudia sah, daß in diesen Sekunden die Vergangenheit in ihm aufwachte. Oder wenigstens ein Teil seiner Vergangenheit.

»Paul«, sagte sie wieder und legte eine Hand auf seinen Arm. »Sollen wir hineingehen und uns die Frau ansehen? Wahrscheinlich kennt sie dich ...«

Er stand immer noch still wie eine Statue da. Im gleißenden Licht der Außenlampe wirkte seine Haut wie Elfenbein.

Claudia erschrak; sie fürchtete, er könnte einen Schock erlitten haben, der ihn in Trance versetzt hatte. Vielleicht hatte er auch einen Rückfall erlitten, aber dann hörte sie ihn tief ausatmen. Er schüttelte den Kopf, als wollte er seine Gedanken ordnen.

»Ja … ja, natürlich«, sagte er gedehnt, »aber gib mir eine Minute … Ich muß nachdenken.« Er schüttelte wieder den Kopf und schritt dann langsam hinüber zu einer der Gartenbänke und setzte sich hin, schwerfällig wie ein alter Mann.

Unschlüssig trat Claudia auf der Stelle. Sie wußte, daß sie nichts tun konnte. Sie durfte Paul nicht stören. Er mußte allein zu einem Entschluß kommen. Sollten sie zu dieser Frau gehen, die wahrscheinlich Pauls Frau war? Das behagte ihr auch nicht.

Melody zog sie auf die Seite. »Sie haben es in den Abendnachrichten gebracht«, sagte die junge Frau eindringlich und schaute flüchtig hinüber zu Paul, der reglos auf der Gartenbank saß, als wäre er aus Holz geschnitzt. »Sie haben ein Bild von ihm gezeigt, er im vollen Ornat. Sie sagten, daß er einer der genialsten Professoren des Landes ist. Mathematiker. Cambridge University. Sie haben sogar gesagt, daß er mit Stephen Hawking zusammenarbeitet.«

Ein Genie. Ein seltenes Exemplar von Mann. Ich wußte es schon vor seinen Berechnungen, dachte Claudia und schaute hinüber zu der reglosen Gestalt auf der Bank. Der Wuschelkopf eines zerstreuten Professors. Aber er ist so jung, dachte sie. Viel zu jung, um schon so berühmt zu sein.

»Was haben sie sonst noch gesagt?« fragte sie. Ganz nebenbei nahm sie wahr, daß sie und Melody in der kühlen Nacht fröstelten.

»Nicht viel mehr. Daß er vermißt würde. Zuletzt gesehen auf einem Kostümball eines großen Colleges. Man hat nur noch seine Brieftasche und ein paar andere persönliche Dinge von ihm gefunden.«

»Und wie heißt er?« fragte Claudia gespannt, aber gleichzeitig fürchtete sie sich davor, den Namen zu erfahren. Wenn der Fremde erst einen Namen hatte, würde sich alles in ihrer Beziehung ändern. Der Zauber wäre gebrochen.

»Paul Bowman«, antwortete Melody. *Doktor* Paul Bowman.« Sie zog den akademischen Titel in die Länge, als wollte sie ihn auf der Zunge zergehen lassen.

»Und wer ist diese Frau?« fragte Claudia traurig. Sie fand es ungeheuer schwer, sich mit dem abzufinden, worauf sie sich seit dem ersten Tag vorbereitet hatte. »Wieso ist sie hier aufgetaucht? Und mit Pauls Auto?»

Melodys liebliche Züge nahmen einen zögerlichen Ausdruck an, fast gequält scheute sie den Blick der Freundin und verschränkte die Hände vor der Brust. »Ich ... eh ... glaube, sie hat was mit ihm. Seine Freundin oder so ...«

Plötzlich sah sie Claudia in die Augen, und diesmal wirkte sie wütend. »Es ist Richards Schuld, daß sie hier ist!« rief sie laut. »Und auch Tristans Schuld! Er muß Richard erzählt haben, daß du einen Hausgast namens Paul hast. Ich nehme an, sie haben sich getroffen und planten gerade ihre weiteren Schritte, als die Nachricht im Fernsehen kam. Richard hat dann sofort den Sender angerufen oder vielleicht auch die Polizei. Dann muß irgend jemand dieser Frau gesagt haben, wo sie ihren Paul abholen könnte.«

»Hat diese Frau auch einen Namen?« fragte Claudia. Sie bemühte sich, die Furcht aus ihrer Stimme zu halten.

»Felicity«, antwortete Melody. »Aber sie will nicht sagen, wer sie ist und welche Beziehung sie zu Paul hat.«

»Was hast du ihr gesagt?«

»Nun, ich habe zugegeben, daß es einen Mann namens Paul gibt, der in deinem Haus wohnt, aber ich habe auch gesagt, daß ich nicht weiß, ob es *ihr* Paul ist.«

Ihr Paul. Claudia versteifte sich. Sie mußte gegen den Drang ankämpfen, laut aufzuschreien oder irgendwelche Gegenstände an die Wand zu werfen. Wem konnte sie sagen, daß das Leben nicht fair war, weil es ihr den Fremden nur ein paar Tage gelassen hatte?

»Hast du erwähnt, daß er sein Gedächtnis verloren hat?« wollte Claudia wissen.

Melody nickte gequält. »Ja. Und sie war nicht gerade begeistert davon, daß du ihn zu einer Kostümparty mitgenommen hast. Ich habe ihr gesagt, daß es Teil der Therapie sei, aber ich glaube, sie hält nicht viel davon. Wenn ich kühlen Kopf bewahrt hätte, wäre kein Wort über meine Lippen gekommen, aber ich wollte irgend etwas sagen, um dann Zeit zum Nachdenken zu haben. Ich meine, mir wäre vielleicht noch etwas eingefallen, um sie auf eine andere Fährte zu lenken.«

Die gute Melody. Sie verstand die Situation sehr genau. Sie wußte, wie sehr Claudia leiden würde, sobald Paul sie wieder verlassen hatte.

»Mach dir keine Sorgen, Mel«, sagte Claudia. Sie war stolz auf sich, daß ihre Stimme so ruhig und fest klang. Nach außen hin hatte sie sich im Griff. Im Innern rasten ihre Gedanken, wie sie das Unvermeidliche verhindern konnte. »Paul muß auf diesen Augenblick gewartet haben. Daß jemand kommt und ihn zurück in sein Leben führt.« Sie lächelte wehmütig. »Er ist kein Kätzchen, das sich verirrt hat. Wir müssen ihn gehen lassen.«

Melody bedachte sie mit einem Blick, in dem deutlich ›Warum?‹ stand. Claudia antwortete mit einem Schulterzucken. Ihre Enttäuschung – und auch die Melodys – äußerte sich in einem längeren unbehaglichen Schweigen.

»Es ist wohl besser, wenn wir jetzt alle hineingehen, bevor wir uns hier in der Kälte den Tod holen«, sagte Claudia schließlich. Sie rieb sich über die Gänsehaut auf ihren Armen. Sie schaute hinüber zu Paul und sah, daß er auch fror.

Ich muß ihm helfen, dachte Claudia. Entschlossen schritt sie über den Pfad auf den grübelnden Mann zu, der bibbernd auf der Bank saß. Wenn mir überhaupt etwas an ihm liegt, müßte mich diese Entwicklung freuen. Sie ist das Beste für ihn.

»Paul, laß uns ins Haus gehen.« Sanft berührte sie seinen Arm. Ihr Herz zog sich zusammen, als sie spürte, daß er zusammenzuckte. »Es ist kalt.« Sie überlegte, wie sie weiter vorgehen sollte. Mußte sie so konsequent sein, um ihm zu helfen? »Du mußt dich ein paar Wahrheiten stellen.« Es lag ihr auf der Zunge, ihn zu fragen, woran er sich jetzt erinnerte, aber sie brachte es nicht übers Herz.

»Ja, natürlich«, sagte er und stand von der Bank auf wie ein Automat, aber eigenartigerweise verlor er dabei nicht seine anmutige Haltung. »Ja, du hast recht. Wir müssen ins Haus gehen.«

Das Wort ›wir‹ löste eine vage, irrationale Hoffnung in Claudia aus, aber trotzdem hatte es keinen Sinn, den befürchteten Moment hinauszuzögern. Claudia ging voran. Melody wartete, bis Paul an ihr vorbei war, dann schloß sie sich ihnen an.

Eine dunkelhaarige junge Frau saß im Wohnzimmer auf dem Sofa und blätterte mit ungehaltenem Gesichtsausdruck in einer Zeitschrift. In dem winzigen Moment, bevor die Besucherin den Kopf hob, fragte sich Claudia, warum die Frau nicht zur Begrüßung mit Melody zur Tür gegangen war. Wem hatte sie damit was beweisen wollen?

»Hallo. Ich bin Claudia Marwood«, sagte Claudia und lächelte in Gastgebermanier mit einer Freundlichkeit, nach der ihr gar nicht zumute war.

Die junge Frau sprang auf, ignorierte aber die ausgestreckte Hand. »Paul! Mein Lieber!« rief sie und schob Claudia in ihrem Drang, Paul zu begrüßen, zur Seite. »Wie fühlst du dich, Liebling? Erkennst du mich? Dieses Mädchen …« – sie zeigte auf Melody – »sagt, daß du dein Gedächtnis verloren hast.« Sie nahm seine Hand in ihre und drückte sie fest.

Claudia stand reglos dabei und kam sich unendlich hilflos und überflüssig vor.

Paul schien sich ebenso hilflos zu fühlen, aber Claudia sah, daß neben der verständlichen Verwirrung auch ein Erkennen in seine Augen trat.

»Ja«, kam es zögernd aus ihm heraus, »ich habe mein Gedächtnis verloren … aber ich glaube, daß es allmählich zurückkehrt.« Er drehte sich nach Claudia um und sah sie so verloren an, daß sich ihr Herz wand.

Oh, mein armer Fremder, dachte sie, und plötzlich begriff sie, daß sie nicht die einzige war, vor der eine schwere Zeit lag. Daß die Vergangenheit ihn eingeholt hatte, war auch ein Verlust für Paul.

»Mein liebster Paul, erkennst du mich?« fragte die junge Frau, und die fein gezupften Augenbrauen wölbten sich. »Komm, setz dich zu mir.« Sie führte ihn zu Claudias Sofa und half ihm beim Hinsetzen, als wäre er ein kleines Kind. »Könnte jemand ihm einen Tee machen? Ich bin sicher, daß er unter einem schrecklichen Schock stehen muß.«

»Ich gehe schon«, sagte Melody, und Claudia sah sie dankbar an. Sie selbst mußte hier bei ihm bleiben und die hochnäsige Person irgendwie dazu bewegen, sie endlich als Hausherrin wahrzunehmen.

»Paul!« Die junge Frau ging mit ihrem Gesicht ganz nahe an ihn heran und starrte ihn forschend an wie beim Verhör in einem Mordfall. Dann hob sie die Hand, und zu Claudias Entsetzen schnipste sie dicht vor Pauls Augen mit den Fingern. »Paul, antworte mir!«

Claudia ballte unwillkürlich die Fäuste in den Falten ihres Kleids, aber sie gab sich keine Rechenschaft darüber, was sie am liebsten damit getan hätte.

»Felicity?« fragte Paul verunsichert. »Du bist Felicity, nicht wahr?«

»Ah, Gott sei Dank! Du erinnerst dich!« Die junge Frau seufzte, und im nächsten Moment strafften sich ihre Züge, und das glatte Gesicht zeigte Entschlossenheit. »Mach dir keine Sorgen, mein Lieber, es wird sich wieder alles regeln, sobald du hier heraus bist.« Sie erhob sich rasch und packte ihn entschieden bei den Schultern.

Das reichte.

Claudia trat einen Schritt vor und meldete sich das erste Mal zu Wort. »Vielleicht möchte Paul zuerst noch die Tasse Tee trinken, bevor er geht? Melody wird jeden Augenblick mit dem Tee kommen.«

»Woher wollen Sie wissen, was Paul möchte?» fuhr die junge Frau sie an, und als sich ihre Blicke trafen, sah Claudia, daß die Augen ihres Gegenübers unverdünntes Gift sprühten. »Wer sind Sie überhaupt? Und was haben Sie sich wohl dabei gedacht, den kranken Paul auf eine Party zu schleppen?»

Claudia streckte sich zu ihrer vollen Größe und nahm befriedigt zur Kenntnis, daß sie ein wenig größer war. »Wie ich Ihnen schon sagte, heiße ich Claudia Marwood. Ich habe Paul eine Bleibe angeboten, da er nicht zu wissen schien, wohin er sich sonst wenden konnte.« Sie überlegte, ob sie noch einmal ihre Hand ausstrecken sollte, aber dazu konnte sie sich nicht überwinden. Die arrogante Frau hätte sie wieder ignoriert, und das wollte sich Claudia ersparen. »Aber wenn es nicht zuviel verlangt ist, hätte ich gern gewußt, wer Sie sind.«

Die Augen der jungen Frau verengten sich, dann ließ sie ein knappes, triumphierendes Lächeln sehen. »Ich bin Felicity Neston«, sagte sie, und das Lächeln wurde breiter, aber blieb so unangenehm wie vorher. »Ich bin Pauls Verlobte.«

Paul stand reglos und hielt die Augen geschlossen. Wie eine schlafende Statue aus weißem Marmor …

Regeneration

Paul hatte die Augen geschlossen. Warum sah sie selbst jetzt noch, mehrere lange Wochen später, immer wieder diesen einen Anblick? Was hatte er ausschließen wollen – sie selbst oder den Umstand, daß er sie aufgeben mußte?

»Ich kann mein ganzes bisheriges Leben nicht ausschließen«, hatte er in einem der wenigen Momente gesagt, in denen Felicity nicht um ihn herum scharwenzelte.

Stimmt, dachte Claudia jetzt. Sie rieb sich die Augen und schob das Faltblatt von sich, das der stets willfährige Tristan für sie vorbereitet hatte. Das hätte ich auch nie erwartet, Paul Bowman – *Dr.* Paul Bowman. Aber warum hatte ich das Gefühl, daß dein angespanntes Gesicht und die eingesunkenen Schultern mir mitteilten, daß du es tun würdest, wenn du eine Chance hättest? Daß du deine ganze Vergangenheit aufgeben würdest, um bei mir zu bleiben?

Es war natürlich albern, sich solchen Hoffnungen hinzugeben, redete sie sich selbst ein, ehe sie Tristans Aufschlüsselungen wieder zu sich zog und versuchte, die Zahlen sprechen zu lassen. Albern und unnötig. Denn sie hatte keinen Mangel an Liebhabern. Sie hatte jüngere und ältere, und alle waren fasziniert von ihren sexuellen Talenten. Und dann waren da natürlich noch Melody und Beatrice.

Aber sie alle konnten nicht die Nische in ihrem Herzen und in ihrem Kopf besetzen, die Paul eingenommen hatte. Eine Nische, die offenbar nur dem Fremden gehörte.

»Laß mich in Ruhe, Doktor Bowman«, murmelte sie. Sie schob das Faltblatt endgültig weg, denn sie wußte, daß sie sich nicht mehr konzentrieren konnte. »Du hast deine liebliche Felicity, und ich habe meine Freunde und ein neues Leben. Es war eine wunderschöne Zeit mit dir, aber jetzt hat etwas Neues begonnen.«

Das stimmte auf verschiedenen Ebenen. Vorbei war die Zeit, in der Claudia sich als trauernde Witwe gefallen hatte, voller Selbstmitleid und Lethargie. Seit der Ankunft Pauls und erst recht seit seinem Abgang fühlte sie sich wiedergeboren. Auch wenn sie Geralds Geschäfte noch nicht allein führte, so hatte sie doch seit der Entlassung von Richard Truebridge Wichtiges zu entscheiden. Sie hätte nie geglaubt, daß Kaufen und Verkaufen so anstrengend sein konnten.

Die Zahlen, die sie sich bis vor einer Minute angeschaut hatte, gehörten zur Kalkulation eines weiteren Hotelerwerbs. Und *sie* entschied, ob die Zahlen Bestand hatten, ob sie das Hotel kaufen würden oder wie hoch sie sich daran beteiligten. Sie genoß diese Macht, und sehr schnell hatte sie begriffen, daß Macht auch eine erotische Wirkung hat.

»Ich hoffe nur, daß das nicht der Beginn der fliegenden Hitze ist«, murmelte Claudia, als sie das Arbeitszimmer verließ. Ihre dünne Baumwollbluse klebte an ihr, und die Jeans, die sie so angenehm umschmiegt hatte, schien plötzlich eine Nummer zu eng zu sein. Ihr Schritt war feucht.

Natürlich war auch das Wetter entsprechend. Es war ein stickiger, schwüler Tag, der heißeste seit Wochen. Dabei hatte der Sommer seinen Zenit schon überschritten.

Der Garten hat eine Dusche ebenso nötig wie ich, dachte sie und nahm eine Flasche Pelegrino aus dem Kühlschrank. Als sie sich umdrehte, bemerkte sie, daß der Rasen seine Dusche noch vor ihr erhalten würde. Donner grollte, und die ersten dicken Tropfen klatschten draußen auf den Weg.

»Oh! Großartig! Jetzt auch noch ein Gewittersturm, der mich an ihn erinnert!« maulte sie und setzte die Wasserflasche an den Mund. Sie nahm einen kräftigen Schluck und ging ins Wohnzimmer.

Sie fingerte sich durch ihre Disc-Sammlung, zögerte kurz bei *Madame Butterfly* und legte das *Requiem* von Faure in der Hoffnung auf geistigen Trost auf. Das war wenigstens ein Stück, das sie während Pauls Besuchszeit bei ihr nicht aufgelegt hatte, so daß sie es hören konnte, ohne von quälenden Erinnerungen gestört zu werden.

Zuerst schien die Musik die gewünschte Wirkung zu haben, und als das ›Sanctus‹ gespielt wurde, befand sie sich in einem Zustand der Beruhigung. Aber als sich die himmlischen Stimmen und die Sologeige miteinander verbanden, wurde ihr Gefühl der Besinnung auf eine Weise zerschmettert, die schlimmer nicht hätte sein können. Beim ersten ›Hosianna‹ klopfte es laut gegen ihre Haustür.

Nein! Sei nicht verrückt! Das ist nur ein dummer Zufall, redete sie sich zu, aber sie erhob sich vom Sofa, auf das sie sich gekuschelt hatte, und ging benommen zur Tür. Er kann es nicht sein. Nie und nimmer.

Aber er war es.

Und in dem Moment, als sie die Tür aufzog, erhellte ein erster Blitz sein Gesicht, von dem sie sich jetzt einige Wochen lang vorgemacht hatte, es nicht sehen zu müssen, um glücklich zu sein.

Doktor Paul Bowman war nicht so gekleidet, wie man sich einen hoch angesehenen Akademiker vorstellt. Kein Tweedjackett, keine ledernen Ärmelschoner, keine Kordhose, kein erdfarbener Pullover. Beinahe ebenso schockierend wie sein Eintreffen war seine Kleidung: Er trug den alten Frack, mit dem er das erste Mal vor ihrer Tür gestanden hatte! Aber mit den Jeans und einem T-Shirt mit dem Gesicht Albert Einsteins sah er nicht mehr so streng und uralt aus.

»Irgendwie habe ich mich nicht von ihm trennen mögen«, sagte Paul und fuhr mit den Fingern über das samtbezogene Frackrevers. Das war alles, was er zur Begrüßung sagte. Er gab auch keine Erklärung dafür ab, wieso er plötzlich an ihrer Tür stand.

Claudia sagte nichts; sie konnte nichts sagen. Sie trat nur zur Seite, um ihn ins Haus zu lassen. Ohne weiteren Kommentar folgte er ihr ins Wohnzimmer.

Dort wandte sie ihm für einen Moment den Rücken zu, um die Wasserflasche vom Tisch zu nehmen. Diesen Aufschub nutzte sie, um tief ein- und auszuatmen. Es war lächerlich, aber sie fühlte sich, als schwebte sie. Als sie ihn anschaute, lächelte er verlegen und wandte den Blick dann zum Mineralwasser, das sie noch in der Hand hielt.

Claudia fing den Blick auf. »Ich nehme an, wir brauchen etwas Kräftigeres als das ... ich wenigstens.« Sie trat an das Tablett mit den Getränken und griff nach der Whiskykaraffe. Sie hielt sie hoch und fragte: »Etwas davon? Oder magst du am liebsten immer noch Tee?«

»Nein, schon gut, ich würde gern einen Whisky trinken«, sagte er und trat von einem Fuß auf den anderen – wie ein kleiner Schuljunge, der sich wegen schlechten Benehmens verantworten muß und nun seine Strafe erwartet. »Ich habe erfahren, daß Mathematiker eine Schwäche für einen guten Tropfen Scotch haben.«

»Wirklich?« Sie holte zwei schwere Gläser aus dem Schrank. »Eis? Wasser? Soda?«

»Wie es kommt«, sagte Paul. Er klang gepreßt und verlegen, dachte Claudia.

Wie zwei unerfahrene Teenager beim ersten Tanz benahmen sie sich. Sie setzten sich hin. Von der CD sang der Knabenchor der Salisbury Cathedral.

»Wie geht es dir? Hast du dein Erinnerungsvermögen wieder zurück?« fragte Claudia, nachdem sie für sich eine Reihe wilder Fragen und Erklärungen verworfen hatte.

»Ja, es ist fast vollständig wieder da«, sagte er und betrachtete die goldgelbe Flüssigkeit, die im Glas schwappte. »Es gibt noch ein paar Bruchstücke, die mir fehlen, aber mit jedem Tag fällt mir wieder mehr ein.«

»Und kannst du wieder ... ich meine ... arbeitest du wieder? Mit all diesen riesigen Zahlen?«

Paul verzog das Gesicht, dann nahm er einen Schluck Whisky. »Oh, große Zahlen sind nicht mein Problem. Ich habe nur noch Mühe, mich für längere Zeit zu konzentrieren.« Er schaute an ihr vorbei und schien von den flackernden, roten Lichtern des Verstärkers fasziniert zu sein, als sähe er sie heute zum ersten Mal.

Claudia nippte am Whisky. »Umsorgt dich Felicity gut?« fragte sie. Bei der Erinnerung an die jüngere Frau war ihr nach Zähneknirschen zumute. Sie nahm sich vor, daß sie ihre morgendlichen Gymnastikübungen in Zukunft doppelt so lange ausführen wollte. Spürte Paul ihre Eifersucht?

Aber wovon sollte sie sonst reden? Was sollte sie tun? Am liebsten hätte sie ihm die Kleider vom Leib gerissen, um ihn dann wild anzuspringen. Er sah so verführerisch aus, daß man leicht auf solche Ideen kommen konnte. Sein krauses Haar war wuscheliger und länger denn je, und seine blauen Augen blickten intensiver als in ihrer Erinnerung.

»Felicity und ich haben uns getrennt, als mir wieder einfiel, warum ich die Party verlassen hatte. Nach der Party hatte ich das Auto zu Schrott gefahren, und dabei war ich verletzt worden, und eine der Folgen war der Verlust meines Erinnerungsvermögens.« Pauls Stimme klang jetzt natürlicher, entspannter, sie hatte wieder den weichen melodischen Hauch, an den sie sich besonders nach ihren Liebesakten gewöhnt hatte.

»Und warum hattest du die Party verlassen?«

»Weil sie mir an diesem Abend erzählte, daß sie eine Affäre begonnen hatte, während ich an einer besonders komplizierten Arbeit saß.«

»Was für ein Luder!« rief Claudia. Es war der erste

Gedanke, der ihr in den Kopf kam, und sie hatte ihn ausgesprochen, ehe er ihr bewußt wurde. Wie konnte aber auch diese schnippische Lady einen anderen Mann Paul vorziehen? Begriff dieses unreife Ding nicht, daß ein besonderer Mann auch besondere Hinwendung braucht? Und dazu gehört auch eine temporäre Enthaltsamkeit – wenn es sein muß. Sie mußte plötzlich lachen, als sie an Tristan, Melody und Beatrice dachte.

»Was ist denn so lustig?« fragte Paul. Er runzelte die Stirn, aber sie sah ihm an, daß er gern mit ihr lachen würde.

»Eigentlich nichts«, sagte sie, »und mit dir hat es nichts zu tun.« Sie spielte mit ihrem Glas. »Nein. Ich mußte über mich selbst lachen. Weil ich eine Heuchlerin bin. Ich sitze hier und bin empört über deine Felicity, dabei bin ich auf bestimmte Art ein noch größeres Luder.«

»Sie ist nicht mehr meine Felicity«, sagte Paul und grinste. Sein ovales Gesicht begann zu leuchten wie das Antlitz eines Engels. »Und ich mag es, wenn du ein Luder bist.«

»Ich verstehe das als Kompliment – oder?« Claudia schaute ihn über den Rand ihres Glases hinweg an, sie nahm noch einen kleinen Schluck und stellte das Glas dann ab. »Warum bist du hier, Paul? Meinst du, ich könnte dir bei deinen Konzentrationsproblemen helfen?«

»So ungefähr«, sagte er und stellte auch sein Glas ab. Aber er unternahm noch nicht den Schritt, auf den sie wartete. »Ich bin hergekommen, um dich aus meinem System zu vertreiben oder um dich zurück in mein Leben zu holen. Es liegt ausschließlich bei dir, wofür du dich entscheidest.«

»Das ist eine ziemlich schwere Verantwortung, die du mir auf meine alten Schultern legst, nicht wahr, Doktor Bowman?« Die Hände lagen an ihrer Seite auf dem Sofa, und sie ballte sie zu Fäusten, um sie nicht vor Triumph in die Luft zu recken.

»Das ist doch albern, Claudia!« rief Paul. Er hatte offenbar genug von dem Geplänkel. Er packte sie an den Schultern und kam mit seinem Gesicht ganz nahe an ihres heran. »Du bist jünger, als Felicity in ihrem Leben je gewesen ist!«

Bevor sie etwas sagen konnte, preßte er so heftig seine Lippen auf ihren Mund, daß sie kaum atmen konnte.

»Ist das eine deiner mathematischen Anomalien, über denen du den ganzen Tag brütest?« fragte sie außer Atem, als er sie wieder freigab und begann, leidenschaftlich ihren Hals zu küssen. Die Lippen bewegten sich auf den Halsausschnitt zu. Sie spürte, wie er damit begann, die Knöpfe ihrer Bluse zu öffnen.

»Nein, das ist die verdammte Wahrheit!« sagte er, und in seinen Augen blitzte es. Er zerrte an ihrer Bluse, aber weil noch einige Knöpfe geschlossen waren, hatte er Mühe. Glücklicherweise hatte sie heute keinen BH angezogen, sonst hätte er den auch zerrissen.

Als er ihre Brüste küßte, stöhnte sie vor Wonne über das vertraute, herrliche Gefühl, das sie überkam, wenn er die Nippel tief in den Mund nahm. Sie spürte die Muskeln in ihrem Schoß, aber noch funktionierte ihr Verstand.

»Paul! Das ist etwas ... Oh, da ist es! Ja, da ist es ...« Ihr Höhepunkt setzte schon ein. So schnell. Das konnte nur der Fremde bei ihr bewirken. »Ich muß dir etwas sagen, bevor ...« Die Wellen der heißen Lust schnitten ihr die Luft ab, sie konnte kaum sprechen, ganz zu schweigen davon, einen verständlichen Satz herauszubringen. »Lieber Himmel, du Bastard, ich muß dir etwas sagen, was du wissen mußt!«

»Was kann das schon sein?« fragte Paul, dann streckte er die Zunge heraus und leckte über den anderen Nippel.

Sie war gezwungen, ihn an den Ohren zu packen, damit er ihr zuhörte.

»Schon gut, schon gut, ich höre!« sagte er und zeigte ihr

dieses unvergleichlich schöne Lächeln, das es ihr fast unmöglich machte, sich zu konzentrieren. Aber sie raffte all ihre Willenskraft zusammen, und um Paul abzulenken, schob sie die Bluse wieder über die Brüste.

»Was auch immer du mir sagen wirst«, prophezeite Paul, »ich werde dich trotzdem haben wollen.« Sein Blick ruhte auf ihren Brüsten, die sie nur notdürftig hatte bedecken können. »Könnten wir uns nicht zuerst lieben, und danach führen wir das so wichtige Gespräch?«

Claudia war heftig versucht, besonders, als er einen Finger in ihre Jeans schob. Aber es war nicht nur das. Sie war gerührt, wie er von ›uns lieben‹ gesprochen hatte. Es ging nicht nur um Sex. Auch ihm war es mehr.

»Aber was ich zu sagen habe, hat etwas mit unserer Liebe zu tun«, sagte sie und wußte, daß das leichte Schwanken in ihrer Stimme verriet, wie nahe sie daran war, ihm nachzugeben. Pauls Fingerspitze hatte den Nabel gefunden und beschrieb dort kleine Kreise.

»Das bezweifle ich nicht.« Der Finger tauchte in die Vertiefung ein und kam dann blitzschnell wieder hoch. Mit einer einzigen Bewegung des Handgelenks hatte er ihre Brüste wieder entblößt. »Warum finden wir nicht einen Kompromiß?« fragte er und nahm ihre Brüste in beide Hände. Sie paßten genau, als wären sie für seine Hände gewachsen. Mit dem Daumen fuhr er die Konturen nach. »Warum sagst du mir nicht, was ich unbedingt wissen muß, *während* wir uns lieben?«

»Ich weiß nicht, ob das eine gute Idee ist«, sagte Claudia gepreßt, denn seine Berührungen machten sie verrückt. Mit aller Gewalt mußte sie sich daran hindern, sich an ihn zu schmiegen, die Brüste an seiner Haut zu reiben. »Nach meiner Erfahrung ist es mir unmöglich, einen klaren Gedanken zu fassen, wenn du Liebe mit mir machst. Nicht alle können dieses immense Fassungsvermögen im Gehirn wie du haben!«

Er dachte über ihren Einwand nach, dann sagte er

ernsthaft: »Dein Gehirn ist in Ordnung.« Er zog die Bluse tiefer von den Schultern. »Es gefällt mir ebenso gut wie dein Körper, das kannst du mir glauben.«

»Ja, das kannst du ja auch beurteilen«, sagte sie schnippisch, »schließlich haben wir stundenlang über Integralrechnungen und Quantentheorie geredet und wie sonst die Dinge heißen, mit denen du dich abgibst.« Irgendwie berührten ihre Brüste den Samt seines Fracks, und die delikate Reibung am weichen Stoff war beinahe unerträglich erregend. Und zu allem Überfluß bemerkte sie auch noch, daß sich ihre Arme in den Ärmeln verfangen hatten.

»Wenn ich so klug wäre, wie du mich hinstellst, dann wäre mir das nicht passiert!« rief Paul und riß an den Manschetten der Bluse. Weitere Knöpfe sprangen ab. »Ein wahres Genie hätte genug Verstand, um zuerst die Manschetten zu öffnen, bevor er dir die Bluse auszieht.«

Claudia mußte lachen. Sie streifte sich die dünnen Leinenschuhe ab, um ein weiteres Hindernis aus dem Weg zu räumen, bevor Paul sich damit abgab. Jetzt mußte er auch lachen, aber er ließ sich nicht davon ablenken, ihre Brüste weiterhin zu kosen und zu drücken.

»Also, was wolltest du mir sagen?« fragte er und fuhr mit den Daumen über ihre versteiften Brustwarzen.

»Ja, gut.« Claudia mußte die Zähne zusammenbeißen, um nicht vor Lust aufzuschreien. Es gab nur einen Weg, um die Voraussetzungen anzugleichen. Sie griff an seine Jeans, und ohne weiteres Wort zog sie den Reißverschluß auf.

»Du hast mit deiner Verlobten gebrochen, und jetzt willst du eine Beziehung mit mir beginnen. Habe ich das richtig verstanden?« Sie holte den Penis aus seiner Hose und hielt ihn fest in der Hand.

Paul atmete geräuschvoll ein. »Ja!« zischte er. Trotzdem gelang es ihm, weiter mit den Daumen über ihre dunkelbraunen Nippel zu fahren.

»Und es gibt keine andere? Keine andere Freundin oder Bewunderin? Kein superintelligentes Groupie von der Universität, das irgendwo auf dich lauert?«

»Nein! Natürlich nicht!« Sein empörter Blick traf sie. »Ich will dich, Claudia. Es gibt keine andere.« Seine Hände drückten ihre Brüste, während ihre Hände energisch den Penis umgriffen, in dem es schon verdächtig zuckte. Sie spürte, daß er auf dem Weg zum Orgasmus war.

»Aber genau darum geht es, Paul«, sagte sie immer erregter. »Ich will dich, Paul, aber ich kann dir nicht exklusiv gehören.«

Sie zögerte einen Moment und schaute auf seinen Penis in ihrer Hand.

»Ich weiß, daß es sich wirr anhört, vielleicht auch unverständlich. Bevor ich dich kennenlernte, hätte ich auch eine konventionelle Zweierbeziehung eingehen können, wie es die meisten Menschen tun. Jetzt aber, glaube ich, kann ich das nicht mehr tun.«

Sie sah ihm in die Augen, die von Lust erfüllt waren, und sah zu ihrer Freude, wie auch der Beginn eines Verstehens dort zu lesen war.

»Die Begegnung mit dir hat mir das Leben zurückgegeben«, fuhr sie fort. »Du hast mich völlig verändert. Ich bin irgendwie aufgewacht. Und jetzt weiß ich mehr als vorher. Es tut mir leid, daß ich dich in eine solche Situation bringe, aber du hast ein loderndes Feuer in mir entfacht, und ich habe keine Lust, es zu löschen.«

Er konnte ihr immer noch folgen, obwohl sie ihre leichten reibenden Bewegungen nicht unterbrochen hatte. Er stand kurz vor dem Punkt, von dem aus es kein Zurück gibt.

»Ich mag Melody und Beatrice«, fuhr sie fort und schaute ihn wieder an. »Ich gebe zu, daß meine Empfindungen für sie nicht so stark sind wie für dich, aber ich möchte auf beide in meinem Leben nicht verzichten.«

Sie war sich der ungewöhnlichen Aussage in dieser

ungewöhnlichen Situation bewußt. Mit einem Seufzer richtete sie sich auf und begann, ihre Kleider auszuziehen. Er sollte bekommen, wonach ihn verlangte. Wofür er gekommen war.

Sie legte sich auf ihn. Es war heller Tag, und sie war eine Frau in den Vierzigern, und mit einer Hemmungslosigkeit, die sie in ihrem bisherigen Leben nicht gekannt hatte, bereitete sie ihm und sich die höchste Lust. Ihre eigene spürte sie, als der Orgasmus in ihr aufwallte, und seine Lust sah sie in seinen blauen Augen, die er in dem einen Moment weit aufriß und im nächsten, als es aus ihm heraussprudelte, fest zudrückte.

Es dauerte lange, ehe sie sich gefangen hatten und nebeneinander lagen. Sie fühlte sich gesättigt und glücklich wie seit langem nicht. Ihr Körper war verschwitzt, aber selbst das machte sie glücklich. Sie war gewappnet, jede seiner Entscheidungen zu akzeptieren. Er hatte ihr Leben bereichert, und das blieb auch so, wenn er sie ein zweites Mal verließ.

»Ich habe meine Arbeit, Claudia«, sagte er. »Ich muß Dinge zu einem Ende bringen, die nicht nur für mich wichtig sind, sondern für die Forschung insgesamt. Auf allen Gebieten bist du frei, stets das zu tun, was du tun willst.«

Bist du frei, das zu tun, was du tun willst.

Die Bedeutung dieser Worte filterten erst langsam durch ihr Gehirn, aber dann hatte Claudia begriffen. Abrupt setzte sie sich auf und schaute auf ihn hinunter, in den Augen ein großes Fragezeichen.

»Die Zeit, in der ich bei dir war, hat mich auch verändert«, sagte Paul. »Ich nehme an, weil ich kein Gedächtnis mehr hatte, konnte ich mich mehr auf die Gegenwart konzentrieren. Deshalb habe ich intensiver gelebt.« Es schien, als entwickelte er diese Theorie erst jetzt, während er redete. Plötzlich lächelte er. »Mir gefällt dein neues Leben, und mit den ... Variationen kann ich mich gut anfreunden.

Wenn du nur bei mir bist und solange eines uns verbindet: Liebe.«

Er war und blieb der Fremde. Claudia wußte, daß er nie aufhören würde, sie zu überraschen.

ENDE